中／华／文／化／丛／书

戏言曲吟

Xi Yan Qu Yin

丁淑梅◎著

四川辞书出版社

图书在版编目(CIP)数据

戏言曲吟/丁淑梅著. —成都:四川辞书出版社,2020. 1
(中华文化丛书)
ISBN 978 -7 -5579 -0540 -8

Ⅰ. ①戏… Ⅱ. ①丁… Ⅲ. ①古代戏曲 - 戏曲文学评论 - 中国 Ⅳ. ①I207. 3

中国版本图书馆 CIP 数据核字(2019)第 235293 号

戏 言 曲 吟
丁淑梅 著

责任编辑 / 杨正波
封面设计 / 成都墨之创文化传播有限公司
责任印制 / 肖 鹏
出版发行 / 四川辞书出版社
地 址 / 成都市槐树街 2 号
邮政编码 / 610031
开 本 / 880 mm × 1230 mm 1/32
印 张 / 10
印 刷 / 成都国图广告印务有限公司
版 次 / 2020 年 1 月第 1 版
印 次 / 2020 年 1 月第 1 次印刷
书 号 / ISBN 978 -7 -5579 -0540 -8
定 价 / 38.00 元

· 发行部电话:(028)87734281 87734332

序

彼黍离离，行迈靡靡，知我者谓我心忧，不知我者谓我何求。

戏曲之于你我，究竟意味着什么？是杳无人迹的丰壤，还是繁花似锦的落寞？是一群人的狂欢，还是一个人的孤独？是逝去了的流光，还是充满迷惑的魅影？那一袭薄衣、碎步辗转里走来的是你吗？那袅袅余音、声声檀板里吟唱的是你吗？一绺细发绿鬓对镜巧笑着开场了，转念间，一片浅紫深红怅望别离中散场了。在开场散场之间，我听你，读你，看你，我是否来过你在的地方？在课间课余、台上台下、人前人后的空隙里，谁人谈谑？谁在诉说？此夜无梦，听曲有吟；此际无语，对戏有言。

或许，从源头上寻觅一些有趣的细节，可以从戏曲在过往的分层与叠层里探得其复杂的内纹；从傩戏、傀儡、皮影的非物质遗形，可以触摸戏曲里蕴藏的生命渴望与灵魂悸动；从经典曲文的咀嚼品读，可以揣味那份经由戏曲的淘洗而悬照古今的怨苦、痴梦与疯癫。

戏曲向我们展开的，是一个浸润着理想光辉也同时崭露着人性幽暗的世界，一个既联结传统，又指向未来，对于现代社会来说意义并未过去的世界。品味中国戏曲，就是直面我们的文化传统历经沧桑的一面镜子；而直面，不是回到过往，而是着眼前路，只有超越了传统，跨越了历史，我们才能真正地走向未来。说戏话曲之际，不要忘了人们所谓“天地大舞台，舞台小天地”的箴言。看戏无言之时，更多慨于滋生农业文明土壤的桃源理想的辉煌和失落后的忧伤；比较鉴识戏曲的角色人物、脸谱类型的固化与迁延，可以更好地理解处于叙事观念草创期的戏曲艺术的层级结构与衍变轨迹，也可以进一步从民族审美心理的定式与剧型定位上捕捉戏曲艺术的美感特质和文化神髓。

目　录

一、戏来曲往

> 青青子衿，悠悠我心。纵我不往，子宁不嗣音？
>
> 青青子佩，悠悠我思。纵我不往，子宁不来？
>
> ——《诗经·郑风·子衿》

戏从何来？在戏曲的精神已离散的空间里，如何复现那一场过往的记忆？曲向何往？摩挲着纸面的世界，隔着一帘看似遥不可及的幽幕，如何在叠次元的世界里依然能够与你同在？如果我想去找你，你在哪里？如果我不去找你，你就音信了无吗？或许，与图可见，与名可解，不难寻觅戏曲的踪迹，而戏曲事象的勾连，其实映照的，不是你在与不在，而是人心的知与不知。

戏从歌舞来吗？歌舞究竟如何表现戏曲？自王国维述言戏曲

“以歌舞演故事”，此说几成常识。古语云“葛天氏之乐，三人操牛尾，投足以歌八阕”。这八阕如何歌？若依着《尚书·舜典》“诗言志，歌永言，声依永，律和声，八音克谐……百兽率舞”之语，葛天氏敬天与祈神、劳作与歌唱的象形表演，是否散落着一些戏曲的因子？竞技打斗，反是克谐，扮兽对舞，互有冲突，或许八阕乐的这一些细节，方与戏之所从来，不可轻轻放过。

这样扮兽拟兽的歌舞，裸露于云南沧源新石器时代青天旷野下的劳作仪式岩画中，也镶嵌在青海大通上孙家寨出土的仰韶文化时期舞蹈纹彩陶盆内壁上。就说那只彩陶盆吧，它的内沿上，绘有15个垂发辫、戴尾饰的女子，正三五成群，联袂携手，转面交足，翩翩歌舞。那耸动的尾饰，还有不成比例的短腿，还有幢幢身影，都让这一距今约5000年前的拟兽表演充满沉默的激情与诡异氛围。而“三人操牛尾”的描画，张臂顿脚时，显出人兽相峙的紧张；踏足击节间，隐约响起擂动的鼓声。我们仿佛感受到葛天氏部落的先民们驯服猛兽、征服自然的一种召唤姿态与乐舞精神。若说戏剧的本质是人类对自身行为的模仿，那么诸如手执斧钺、踏足击掌、扮兽戏拟，庆祷狂欢的远古歌舞，可以说就是这种模仿的最早形式。

《大韶》和《大武》是周代文舞与武舞的代表，分别执籥（类排箫的乐器）、翟（野鸡毛装饰的舞具）和朱干、玉斧表演，歌颂的是舜的圣德和武王伐纣的武功。从武功象形与征伐场面上看，《大武》无疑更“有戏”，更具体地显示了戏曲要素的发生过程中歌舞的先源性。然何以《大韶》远近闻名，《大武》却几近湮散？孔子在齐国闻韶乐，三月不知肉味，而称《大武》“尽美矣，未尽善也”。或许，征伐之象有违以和为美，戏曲表演不以冲突为重，秦汉以来鱼龙角抵、都卢寻橦①、跟挂掷倒、吞刀吐火、跳丸弄剑等百戏，很长时期停留于简单象形、搏击交锋的力的较量，而未能发展出戏的内质，即是这种社会观念隐性抑制的结果？

可以说，自迎送神灵、哀艳悲绝的歌舞《九歌》② 始，歌舞与戏曲就结下了不解之缘。佩赤金刀、绛缯束发、立兴云雾、坐成山河的东海黄公③所表演的秦地制蛇御虎之戏，张衡《西京赋》“戏豹舞罴，白虎鼓瑟，苍龙吹篪”所描述的仙子歌姬装扮苍龙、白虎、熊、豹起舞奏乐的拟兽表演，以及披发素衣、啼唱丧曲的钵头舞④，假面助阵、指挥击刺的兰陵王（北齐将

---

① 角抵：角抵戏，汉代百戏之一，体育活动和歌舞杂技的总称。都卢寻橦：古代爬竿杂戏名。

② 《九歌》：战国中后期流行于荆湘之间。屈原见俗人祭祀歌舞，其词鄙俗，乃作《九歌》之曲。

③ 东海黄公：《西京杂记》记载的巫师，善伏虎法术，其故事在民间广为流传和搬演。

④ 钵头：一种表现西域故事的歌舞形式。故事内容是胡人为猛兽所噬，其子披发入山唱丧歌，求兽杀之。

领）歌舞，还有“梁时大云之乐，作一老翁演述西域神仙变化之事”的《老胡文康》舞[①]，都可见早期歌舞衍入情节、角色、扮唱奏，而初步具有的代言体形式。歌舞作为戏曲因子的凝聚物，至唐出现了踏摇娘、秦王破阵乐、苏幕遮[②]等丰富的歌舞戏类型。那酗酒醉殴、衔怨哭诉、覥颜笑乐、男着妇衣、徐步踏歌、唱和帮腔的踏摇娘，那左圆右方、鹅鹳鱼丽[③]、交错击刺以模仿战阵之形的秦王破阵乐，那袖手为容、繁姿曼态、踏足击节、流盼旋旋的绿幺[④]，那男女老幼联袂对舞，或作兽面，或像鬼神，泼水相戏、持索搭钩、驱赶罗刹（恶鬼名）的苏幕遮，不断从角色装扮、表演程式、身段动作、场面造型上熔铸着后世戏曲的诸多要素。

从乐本体性质来看，传统艺术的根无不在“诗乐舞”三位一体的原始歌舞中。若将戏之所来看作一种历史生成过程，那

---

① 《老胡文康》舞：东晋初期由西域传入中原的歌舞形式。

② 踏摇娘、秦王破阵乐、苏幕遮：分别演述醉鬼殴妻、军阵步武、西域祭祀，缓转急旋，各具风采；情节结构和载歌载舞初备的唐代歌舞戏，为结合优戏以成戏曲奠定基础。苏幕遮，又译作《飒摩遮》《婆罗遮》，源自波斯，盛行于龟兹、康国，后传入中原，是一种祈求丰年、禳灾灭祸的大型假面狂欢歌舞戏，又称《乞寒舞》或《乞寒胡戏》。

③ 鹅鹳鱼丽：皆战阵之形名。见《通典》卷一四六《坐立部伎》。

④ 绿幺：唐代软舞的一种，也称为《六幺》《录要》《乐世》等，女子独舞，节奏由慢到快，舞姿轻盈柔美。

么，后来成为戏曲要素的诸种艺术形式，如歌舞抒情（音诗舞）、故事——情节（剧体叙事）、具有仪式虚拟性和象征意味的代言体与叙事体混合的言语与动作模仿（舞台表演程式）、打斗（杂技）、谐谑（插科打诨），以及剧场（勾栏瓦舍、广场戏台、庙宇戏楼）与观众（有闲的农民与市民）等等，在参与戏曲形成的过程中，其作用和功能是在不同阶段和层面上由表及里逐步展开的。在歌舞这一层，凝聚了戏曲的某些因素和成分，如歌舞的意象化抒情、与狩猎文化相关的打斗角逐、与宗教祭祀有关的扮演程式等。作为早期文化混融状态的普遍现象，它还不具备戏之形态意义。一方面，虚戈为戏（“戏”的异体字为“戱”），将游戏、打斗、狩猎、战争等矛盾对立性因素过滤转化，歌舞的意象化抒情在戏之来路上占据了主导位置，成为后世戏曲突出的虚拟性表征。另一方面，戏与歌舞分野，不是书写和言说，而是借由角色来律动和表演，无语不歌，无动不舞，从而表现了歌舞为戏的活态化历史。

戏自仪式出吗？戏与宗教究竟有怎样的共相？宗教孵化出艺术是人类文化史早期的一个普遍的必然的过程。戏剧源于宗教仪式，这是西方戏剧界的共识。中国戏曲与仪式的关系却更为复杂。戏曲与印度梵剧的关系，早有学者关注过。戏曲与儒释道的关系，亦有不少讨论。如若从戏曲形成过程中长期寄生的民间土壤看，蜡（zhà）祭、巫觋和傩仪等早期民间宗教祭祀活动与戏曲的关系，可能是更在地性的内化视角。

蜡祭，最早是祭祀农业的始祖神的，《礼记·郊特牲》说："蜡也者，索也。岁十二月，合聚万物而索飨之也。"蜡礼，作为古代岁末祭祀万物的礼制，又称"八蜡"，其所奉八神为先啬、司啬、农、邮表畷、猫虎、坊、水庸、昆虫①。除了神农、后稷，还有田畯庐舍、堤坝沟渠、猫虎昆虫，都成为古人崇信自然生命、悯农护农的神灵。神民同在，人畜无害，土苗相因，是不是很有实实在在的喜感和戏感？人家苏轼早就在《东坡志林》里说过"八蜡，三代之戏礼"了。古代农民为保证每年获得丰收，对与农业生产有关的诸神崇德报功，在收成之后一则报谢该年的恩泽，一则祈祝来年的庇佑。孔子曾问子贡观蜡之事，子贡茫然不解一国皆若狂之所乐，正所谓"百日之蜡，一日之泽"，一年来劳作辛苦、焦虑紧张，今天才得到这样快乐释放的机会，戏礼人情尽在这一张一弛中了。这种蜡祭活动后来逐渐变成了民间庆丰收狂欢的重头戏，在广大农村迎春社火的行进式表演活动中得以遗存。这一仪式功能由娱神向娱人转

① 先啬、司啬：此指神农、后稷，传说中的农业始祖，教民稼穑。农：此指古代的田畯，管理农业的地方官员。邮表畷：田间庐舍，田畯督促农事的居处。猫虎：因其食田鼠田豕，于农业有益，故祭之。坊：蓄水之堤。水庸：沟渠。

变，显示了其宗教意味逐步褪色与民俗戏乐不断增殖的过程。这种行进式仪式的表演中，不仅有高跷竹马、灯笼花轿，神话民俗与历史故事装扮，神头鬼面中，还有“尸”即活人装扮的受祭人（死去的祖先形象）出现，似乎透露了后世优的一个来源。

巫觋，是能歌善舞、卜筮通灵的神职人员，兼祭神、制乐、医病的神之使者。贺兰山岩壁上有一幅画，将人抽象成眉心涂点为人头、眉骨支起肩胛骨、胡须下垂为婆娑长裙的持棍人形，是山石镇压之巫觋图腾。信阳长台关楚墓出土的漆瑟彩绘巫师乐舞图，完整勾勒了狩猎、杀牲、献祭、颂咒、奏乐的祭祀全过程。其中的领祭巫师，头上竖角，眼睑涂白，手张利爪，身着斜纹衣缘四开黄裾、没脚白袍，整个身体的姿态显出肃穆威严、神异律动之状。与巫觋图腾、彩绘巫师乐舞图对应，《诗经·东门之枌》《楚辞·九歌》中都弥漫着浓厚的巫舞痕迹。女为巫，男为觋，《说文解字》释巫为祝，言“女能事无形，以舞降神者也”。杨慎曾有“女乐之兴，本由巫觋”的说法。在后来的社会阶层分化中，巫觋下行，降而为优，恰恰为后世戏曲准备了演员。王国维曾说：“巫以乐神，而优以乐人；巫以歌舞为主，而优以调谑为主；巫以女为之，而优以男为之。”（《宋元戏曲史》一章）以证“后世戏剧，当自巫、优二者出”。

傩仪是初民用以驱鬼除疫的一种禳祭活动，有人称之为戏曲的活化石。高承《事物纪原》云其始于黄帝，比蜡祭早，最初在宫廷里按季节进行。《周礼·夏官·方相氏》曰：“方相氏掌：蒙熊皮，黄金四目，玄衣朱裳，执戈扬盾，帅百隶而时难（傩），以索室驱疫。大丧，先匶（柩）。及墓，入圹，以戈击四隅，驱方良（魍魉）。”方相氏是一位领祭者，它头戴四目面具，披熊皮，着黑衣红裙，挥戈舞盾，率领众人搜寻宫室，驱扫疫鬼。傩仪亦用于在葬礼中驱扫鬼魅。三星堆青铜纵目神，与汉画像石及洛阳古墓画的方相，可以图文互涉，关联起方相、四目、熊皮的一些说解。《曲海总目提要序》说“戏曲肇自古之乡傩”，《古剧脚色考》考证了傩仪与戏曲角色脸谱的关系。这种仪式包含代言体的叙述表演，有一定的故事内容。它是巫文化与民俗文化的混合物，从傩到傩戏，有一个丧家之乐、嘉会之乐向民俗戏乐的转变过程。在仪式一层，宗教祭典与民俗事象共同丰富着祭仪为戏的表演形式和戏曲意味，而不为官方认可的“淫祀”仪式感与乡社纽带，及其神秘的谣谶功能，亦可能因小传统为大传统所覆盖而阻隔了戏曲的正常发育。

戏以俳优（古代演滑稽戏的艺人）成吗？俳优的滑稽传统为戏曲带来了什么？一般认为优出于西周末年，由贵族豢养，专供声色之娱，是以调谑为主的最早的职业艺人。晋优施谏里克、赵优莫谏饮酒、楚优孟衣冠[①]的故事都可想见最早的优人表演的痕迹。而成都出土的东汉墓击鼓优俑，则让我们看见了欢欣鼓舞、愁眉苦脸、作态打谑、黠意憨笑的优伶表演的生动

① 可分别参见《国语·晋语》《新序·刺奢》《史记·滑稽列传》。

姿态。因优孟以高筒帽宰相服学孙叔敖走路说话的样子，有角色装扮，有歌舞说唱，有清官受贫故事的动作表演，后世亦以“优孟衣冠”做最早的“戏曲”演出之代称。魏晋时的参军戏、唐代的滑稽戏、宋杂剧中的调笑讽刺剧，如黄幡绰见屈原、三十六髻、二圣环[①]等，都是优戏的代表作。陕西西安南何村出土的开元年间（713—741）鲜于庭诲墓俳优俑以及新疆吐鲁番阿斯塔那唐张雄墓出土的参军戏俑，其软巾幞头、窄袖长衣、深目高鼻的造型，明显见出边地胡人文化对唐戏的影响。据唐代元稹、白居易诗歌中曾记述的歌唱家刘采春为台柱子以及唐代家庭戏班演出的情形，参照莫高窟第 220 窟南壁下方壁画、榆林窟第 3 及第 38 窟演戏壁画，以及新出土的唐代戏剧壁画，可以推测，参军苍鹘[②]两角色演故事的唐杂剧，或许在中唐以后已衍出多角色演故事，并说唱歌舞为一体的综合性戏曲演出了。而通常我们接触的山西、河南、四川等地出土的金墓杂剧残俑及宋金杂剧雕砖，显现的是宋金杂剧两角色戏弄与副净、

---

① 黄幡绰见屈原：伶人黄幡绰被皇帝令人按入水中戏弄，乃说于水中遇见屈原，屈原嘲弄他：“尔遭逢圣明，何尔至此？”（《酉阳杂俎》续集卷四）二圣环：亦作“二胜环”。南宋初年的一种军旗图案。后亦用美玉琢成帽环。取蒙尘的徽宗、钦宗自北回归之意。后伶人以之戏谑当朝权贵。（岳珂《桯史》卷七、张端义《贵耳集》卷下）

② 参军、苍鹘：唐代参军戏的角色名称。参军本是类似军事参谋之职官名称，在参军戏中扮演低级官吏和吏仆，是被嘲弄的对象。苍鹘是嘲弄者，与参军相对的角色。

装旦、装孤、副末、末泥[1]五角色分艳段（正剧开演前的暖场小节目）、正杂剧、杂扮（依附于正剧的武打杂耍等小戏）三段式演出并存的情形。但陕西韩城出土的宋墓壁画却完全打破了我们有限的想象，展现了十七人出场演出的大型戏曲场景。只是从唐杂剧到宋杂剧，无论是参军苍鹘还是副净副末，两个角色斗嘴斗智、诙谐调笑的部分都是其中的主体。

优伶以模仿性的言语动作表演戏谑故事，为中国戏曲带来了无所不在的插科打诨和浓郁的喜剧色彩。俳优的滑稽传统，用自我矮化的形式提供了戏拟人生的镜像，与实在的人生保持了距离，“鱼龙隐苍翠，鸟兽游清泠”，经由戏弄而超越人生；谐谑为戏，或曰戏以俳优成，恰恰逆向地解开了人生如戏的扣。

曲向何往？当然，戏曲的结构，在歌舞的意象化抒情——即虚戈为戏的积淀中，以祭仪为戏、谐谑为戏的叠层，最终与说唱为戏合脉，在俗讲、变文、诸宫调等说唱艺术影响下，曲白相生，唱叙结合，形成了曲牌联套体的杂剧与传奇，凝聚起乐舞精神、诗性理想、悲患意识与喜乐神风格，造就了戏曲的丰饶与美。而戏曲之曲，从先期发达的抒情文学中自然接入的入乐吟唱、合乐歌唱的传统，其音乐属性不断标出以至超重，

---

① 副净：由参军演变而来，主要做滑稽表演。装旦：男子扮演的旦角。装孤：扮演官员的角色。副末：从苍鹘演变而来，任务是烘托发挥副净所制造的笑料。末泥：简称末，扮演中年男子的角色。

强调冲突的“剧”的介入，使得宫调[1]曲牌体对戏曲的束缚越来越受到挑战。

以汤沈之争与花雅之争[2]为两个节点，关于戏曲文学性与音乐性问题的持久之争，引发了戏曲史观念的巨大变革。戏曲究以“戏”为本位？还是以“曲”为本位？“剧”于其间又如何安放？在传奇大戏衰落、昆曲式微之际，雅部渐让位于花部，全本析出折子，大戏蜕为小戏，板式变化体音乐体制生成，中国戏曲走过了戏、曲、剧分层叠合、不断融萃的漫漫历程。

你走过了这漫漫历程，我来了，说晚也不晚，人和事需要缘分和遇合。纵我不往，子宁不嗣音？你始终在，等有心人来。

---

① 宫调：中国古代戏曲、音乐名词，是中国传统音乐关于音阶、调式、调高、调性等音乐构成的概念，吴梅说：“宫调者，所以限定乐器管色之高低也。”（《顾曲麈谈》一章一节）

② 汤沈之争：明代戏曲家汤显祖和沈璟之间在戏曲创作和理论上的争论。花雅之争：花部诸腔和雅部昆曲的此消彼长。乾隆嘉庆（1736—1820）以来雅部昆曲衰落，花部地方戏迅速崛起。

二、听戏观剧

呦呦鹿鸣，食野之苹。我有嘉宾，鼓瑟吹笙。

呦呦鹿鸣，食野之芩。我有嘉宾，鼓瑟鼓琴。

——《诗经·小雅·鹿鸣》

戏是用来听的，还是用来观的？情发于声，声成文谓之音，听的时候，听的是什么？笙箫琴瑟，知音嘉者谁？容动于神，神成姿仪出，观的时候，又观什么？手眼身步，看戏宾者何？燕飨乐歌，如麋鹿闲闲啮草，礼敬嘉祥，如鸣唤呦呦应和，音乐和文字起初的相遇，投射回来的那种奇妙的可视化音束，是穿透你我心扉的时间隧道。当戏之声从远处传来，当曲之腔涤荡心旌，柷敔（乐器名）长击曼声歌，击瓮叩缶快耳鸣。清和宜春情奚分，阳关三叠谁告陈。

《乐府杂录》讲过一个女歌唱家许和子（又因是吉州永新人而称许永新）的故事，宫中所有伎乐，也盖不过和子“喉啭一声，响传九陌”的歌声。那一天唐玄宗在勤政楼宴请群臣，万头攒动，满场喧嚷，唐玄宗问高力士，如何让会场静下来。高力士说，让永新上楼歌一曲，必可止喧。只见永新缓步登楼，轻抚绿鬓，扬起衣袂，拨动琵琶，歌喉一啭，霎时广场寂寂，若无一人。偌大广场上的人们竟都屏气凝听，如痴如醉，喜者闻之气勇，愁者闻之肠绝。

《苕溪渔隐丛话》也提到东坡善为秦声，其赴任河中（今山西永济），作词以答李公择，传曲曰：“济南春好雪初晴，行到龙山马足轻。使君莫忘霅溪女，时作阳关肠断声。”正是：雪后初霁马蹄轻，寒霜流离度关津。相逢且莫推辞醉，听唱阳关第四声。

李开先《词谑》三：“颜容，字可观，镇江丹徒人……尝与众扮《赵氏孤儿》戏文，容为公孙杵臼，见听者无戚容，归即左手捋须，右手打其两颊尽赤，取一穿衣镜，抱一木雕孤儿，说一番，唱一番，哭一番，其孤苦感怆，真有可怜之色，难已之情。异日复为此戏，千百人哭皆失声。”此知台前发洪音，谁怜幕后无度苦。云罗满眼泪滂沱，应声长歌以当哭。

沈璟《南九宫曲谱》卷四《正宫过曲·刷子序》：“君听：前朝太师，东窗事犯，谋害忠臣；赵氏孤儿，恩仇是岸贾公孙。

……叹古今，马上墙头，继着月夜闻筝。”一段风起云涌的历史，是一定要邀君来“听”，才能听出血雨腥风、金戈铁马的阵仗么？一场风花雪月的事，似乎只有月夜筝，方能余音寄之以了韵么？

《红楼梦》里说，有两句戏词是忽然吹进林黛玉耳朵里的，“原来姹紫嫣红开遍，似这般都付与断井颓垣”，“良辰美景奈何天，赏心乐事谁家院”，黛玉听了，一会儿感慨缠绵，一会儿点头自叹，还不由生出一丝遗憾，觉得世人只知看戏，哪能欣赏好文章的趣味。忽然又吹来“则为你如花美眷，似水流年”，竟然心动神摇，如醉如痴，站立不住，一蹲身坐在了一块山子石上。水流花谢又一春，半缕闲愁最无情，戏词吹来盈盈泪，千光耀目动心神。这是吹入黛玉心脾、浸入黛玉神髓的戏文与戏音。

《老残游记》第二回有一段明湖居王小玉演唱梨花大鼓盛景的文字：“声音初不甚大，只觉入耳有说不出来的妙境：五脏六腑里，像熨斗熨过，无一处不伏贴；三万六千个毛孔，像吃了人参果，无一个毛孔不畅快”；高音处“如一条飞蛇在黄山三十六峰半中腰里盘旋穿插，顷刻之间，周匝数遍”；低音处“仿佛有一点声音从地底下发出”，满园子观众都屏气凝神，“正在撩乱之际，忽听霍然一声，人弦俱寂。这时台下叫好之声，轰然雷动”。伴随着气息的翕动，悠扬的歌声穿透每一个毛孔，在心腑间荡漾，高旋低转，妙不可言；当你还沉浸在不期而遇的惊喜与酣畅淋漓的快意中时，那歌声戛然而止，你停留在那个声音里很久很久不能出来。中国戏的听赏习惯自古养成，大概就源于这种丝不如竹、竹不如肉的对音乐的感知与接受。

听戏，是可以进入心灵臆想的一种状态。旧时戏园里，观众是可以随意走动的，卖小吃小物件的，一家老小围坐吃茶的，吆朋喝友聊天的，小孩子串场子的，游手好闲辈打闹赌博的，浮浪子弟打情骂俏的，还有嗑瓜子、打牌、抽烟、喝酒的……均汇集于戏园。旧时闲暇，没有那么多娱乐方式，听戏成为唯一的公共娱乐活动。受教育也罢，凑热闹也罢，看光景也罢，借场子游戏也罢，听戏成了生活不能缺的调味品，成了很多人游戏人间的应世方。在人声嘈杂、哄乱一团的戏场中，没有如今之扩音设备，没有如今日入座的有序安静，稍远一点，其实也看不到台上演出的是什么真景。看戏的人多是把此际此刻当成了生活的一种装点，图个找乐，去消磨闲暇、打发时间，所以台下往往比台上还要热闹。所以真要赏戏，有的时候，还只能用耳朵听。所以听戏的人总比看戏的人自在受用。那些听客们闭眼跷腿，或晃动着脑壳，或微微俯仰着身子，或手脚起落打着板点，倚座凝神，摇扇曳袖，挠着痒处，品出韵道，则屏气长呼或拼着力气叫好。所以，双眼一闭，所有尘俗喧嚣全都抛在脑后；抬手击节，所有纷扰杂乱，尽可置若罔闻。放空了的心，进入戏里回旋，回出一种弥久的甘意，旋出一种岑然自在的心境。

听戏听的是什么呢？戏有腔有调，遇着自己喜欢的，百听不厌，逢着酸甜苦辣对味儿，自然会有断守，情有独钟。即使不会唱，只喜听，也乐陶陶没个够的时候；哼着曲儿，不着调儿，也喜滋滋没个了的时候。说到底，迷角儿，迷故事，都比不过迷腔音者。而无论腔音如何起，无论悲欢如何转，都脱不出团圆佳音，这就是中国戏最看觑观众、最体恤人情的地方。

还有那冷不丁响起来的锣鼓点，在不懂戏的人那儿尽遭嘈杂诟病，在听戏人那儿却觉得妙趣殊异。戏曲不借助锣鼓鼓点，人物无法完成诸如亮相、走台步、舞身段等程式表演。锣鼓点更其妙绝的是，举凡台上尽声可拟，尽情可传，尽场面可渲染，尽动作可达意，如大哭急叫、马鸣龙吟、风吼火爆、闪电响雷、征战厮杀、兵荒马乱、穿针引线、挥毫题诗、点兵选将、担水砍柴……伴着锣鼓点，可以三五步走遍天下，五七人百万雄兵。锣鼓经①，在模糊与明确、流线场景与定点亮相之间打造一种意外的跌宕和起落氛围，给人一种紧张的快感，一种莫可名状的心理期待，这正是戏曲吹拉弹唱、千锤百炼中积下的韵味。如果依照宗白华《中国艺术意境之诞生》的说法：音乐的秩序

---

① 锣鼓经：戏曲打击乐各种谱式的泛称。记谱时一般用某些代表字表示各种乐器的音响，如“大”表示鼓，“仓”表示大锣，“台”表示小锣，“七”表示钹，“扎”表示板，“乙”是休止符等。

结构，“尤能直接地启示宇宙真体的内部和谐与节奏，所以一切艺术趋向音乐的状态”，那么戏曲的音乐灵魂给这个世界带来的节奏与和谐，则是其中最复杂、最整体性的。

电影《霸王别姬》（陈凯歌导演）里的师傅挥起大刀片子猛揍小石头和小豆子，说出了他们应该好好练功唱戏的理由：“他是人吗？是人，他就得听戏！”多简单又多深刻的领悟！俗语云川剧辣、苏剧甜、越剧柔，评剧有唐山味，婺剧带着金华火腿味，我想正道出了唱戏者和听戏者彼此之间的一种呼唤和应验。

有人说，谭鑫培是介于听戏和看戏之间的关键人物，他未能做完的事，梅兰芳接着做完了，梅兰芳把腔音之美揉进唱作念打浑融圆美的戏曲程式。或许，从知音嘉者谁的角度说，这并没有多少见地，但从“看戏宾者何”的另外一层意义上说又是对的。“看”其实是视觉刺激转换成感官印象、裹挟着情感冲动的一种心理发抒过程。杜仁杰散曲《庄家不识构阑》描述了一个有趣的乡下人进城看戏的故事。这个乡下人少见多怪，趣解角色脸抹黑油彩是“满脸石灰更着些黑道儿抹”；初入戏场，不明白虚拟表演的门道，见“教太公往前那（挪）不敢往后那（挪），抬左脚不敢抬右脚”，就一本正经做了如提线木偶般出神入化的形容；继而见“太公心下实焦燥，把一个皮棒槌则一下打做两半个，我则道脑袋天灵破，则道兴词告状，刬地大笑呵呵”，敲头棒下揪心难耐，笑逐颜开转念释然，可掬的憨态中透露了看戏的至理——似与不似、假与不假。所以，戏曲在角色行当、结构体制等方面有一整套内在自足、表意与传神的记号系统，举凡自报家门、亮相走台、砌末道具、逞艺炫技等着眼处，自有其传码与解码的门道。

倘或有人打望角儿，那人物上场如何自报家门，即是看戏头道人参汤。张生见了红娘，张口就自报家门：“小生姓张，名珙，字君瑞，本贯西洛人也，年二十三岁，正月十七日子时建生，并不曾娶妻。”（《西厢记》一本三折）看官可能觉得张生如此鲁莽地“夫子自道”，遭红娘奚落也是活该，可这自报家门也实在锦心绣口趣得紧，一则向观众抖搂身份，二则向红娘陈明“清纯”，三则希望通过红娘传递自己的生辰八字与当婚年纪，以向莺莺表白心迹，可不是冰雪聪明、一石三鸟?！再看《汉宫秋》毛延寿与《伍员吹箫》费无忌的上场诗：“为人雕心雁爪，做事欺大压小；全凭谄佞奸贪，一生受用不了”，“别人笑我做奸臣，我做奸臣笑别人。我须死后才还报，他在生前早丧身”。两个反派人物都是奸臣，一出场都颠倒善恶、无赖自诩、自揭其丑。如此自报家门，看上去是给类型化的丑行角色贴标签，但对于看戏者来说，却别有投入戏境的简省与另一只眼看戏的兴味。因为看客不用再费心思去甄别是非，也不用再关心他是不是恶人，而是在调适好与角色的心理距离后，直接进入戏里，看他如何雕心雁爪、如何奸贪受用；看他亮出的恶念如何打结、生前死后如何报应；看一样的恶人不一样的恶念怎样多端“作恶”又是如何收场。

如静安先生王国维所言，戏曲角色“一表其人在剧中之地位，二表其品性之善恶，三表其气质之刚柔也”（《古剧脚色考·余说一》）。去类型化的角色行当，不仅给演员提供从位置关系到气质品性造像的多重变化可能——为臣节、为士风，宦者出、隐者逸，上者驭、下者劳，善者劝、恶者惩，亦需看客们察言观色，做人情事理之掂量。胡应麟《少室山房笔丛》卷二五说：“曲欲熟而命以生也，妇宜夜而命以旦也，开场始事而命以末也，涂污不洁而命以净也。凡此，咸以颠倒其名也。”看似调弄的闲话，意思不只在名物上，未始不是发付戏外人作生熟、夜旦、始末、污净的颠倒想。

倘或有人端详活计，那么在角儿走动之间，还有什么活的什物可端详？砌末（今亦作切末）即是观剧入迷之调味药。砌末，是戏曲舞台用到的简单布景和道具；虽然早期百戏中就有如《东海黄公》之赤金刀，但“砌末”一词在元杂剧中方出现。何以称戏曲道具为“砌末”？明人《墨娥小录·行院声嗽》提到“什物”，静安先生以为是“细末”之讹传，顾学颉以为多指与情节有关的小件头东西，徐扶明认为砌与切通，以刀断物谓之切，细碎谓之末。看上去都着意其小、细、末、零碎，如此说来“砌末”岂不是可有可无的细枝末节？然宋元杂剧常有“使砌”“打砌”之说，也称“打诨”，可知“砌”与“诨”义有相通，都可指戏谑，“砌”由此引申出表演的意思，所以，砌末应该是与表演发生关联的什物。

旧时戏曲演出要赶场迁徙，加之戏班物质匮乏，戏里的砌末乃因陋就简，无论作为舞台装置的砌末，还是随身道具，常有以虚代实、以一当百之用。如上场门和下场门贴上“出将”和“入相”，可概见出则将军、入则丞相的戏路，过足戏瘾里的奢望。空的舞台只有一桌二椅，可代表公案、御案、书案、酒案，尺寸也有所提高，以显出坐态美感。一桌二椅作为真实物件可筑造空间，如小姐上场表凭几于闺房，书生现身表读写于书房，皇帝在座表朝堂御案，官员来了表衙门公案，将军来了表掌印战场，随场而定；桌椅作为代指物可幻化空间，如代指窗可上下其间窥探里外，代指床可坐卧在上换形不移步，作为台可登高望远，作为山可崎岖登攀。又如戏里的帐子，即绘有刺绣图案的幕帐（门帘台帐），又名守旧，无论长短，无论华陋，可殿帐帅帐，可楼帐台帐，可床帐榻帐，可车帐船帐，应景而设。又如文人的扇子随袖展，可见风流可见仁厚；武人的翎子摇摆抖，亦有才略亦有风华；将军的鞭子抬手扬，竟发豪气显露神威；女人的镜子前后照，欲说心事旖旎自羞。佛家称帮助修道的什物为道具，戏曲讲究演员上场带戏，砌末就是带戏带出来的助演神器。为了让砌末发挥神力，可以夸张，如净角所用折扇要放大尺寸，以表粗豪。可以节缩，如山石片、布城、路堠都是具体而微，略具其形。可以示现，如烛台不点，但秉烛遮挡回护，看戏人便知是黑夜；没有船行，而持桨趔趄，观众就能意会到浪中颠簸；翎子竖颤，想见其人发怒示威；马鞭一挥，可知千军万马奔赴战场。借重砌末，戏曲表演的假定性往往以少胜多，以局部寓整体，以具象代抽象，以非幻觉营造幻觉，提供给演员和观众入戏的想象与虚拟的互动。

戏场观剧，怎么观？观后何感？也还有向下一路与向上一路的分别，趋俗趋雅，各异其趣，即是戏众之解醒散。

所谓向下一路，主要是面向中下层社会的市井乡村庶众。贝青乔《演春台》云："前村佛会歇还未，后村又唱春台戏。红男绿女杂沓来，万头攒动环当台。台上伶人妙歌舞，台下欢声潮压浦。脚底不知谁氏田，菜踏作齑禾作土。梨园唱罢斜阳天，妇老归话村庄前。今年此乐胜去年，里正夜半来索钱。东家五百西家千，明朝灶突寒无烟。"演戏和看戏，作为乡社生活的重要纽带，带给市井乡间的普通人一种集体游戏和娱乐生活。不论贫穷富贵，哪管口食营生，一有戏来，蜂拥而至，成就那个时代的一种社会性痴迷。王应奎《柳南文钞》卷四《戏场记》亦云："观者方数十里，男女杂沓而至。有黎而老者，童而孺者，有扶杖者，有牵衣裾者，有衣冠甚伟者，有竖褐不完者，有躧步者，有蹀足者，有于众中挡搋挨扰以示雄者，约而计之，殆不下数千人焉。”女子“有时世装者，有小儿呱呱在抱者，有老而面皱如鸡皮者”。乡社生活把人纽结成群体的主要形式是家族，处于下层和底层的普通人精神生活极度匮乏，演戏和看戏是唯一的公共文化生活和集体娱乐活动。

散沙式的个体为何可以聚集在这群落仪式感中，获得某种社会认同？集权专制时代，底层普通个体的力量微茫渺小，尤其在遭遇生活困境和灾难时，凭借个人的努力无法改变命运，普通人对生命的珍爱就转移到对血缘延续的重视，以及基于家族力量与血缘关系而持守的群体伦理观念上。受大传统——儒家纲常道德教化影响，戏曲作为族群联络的仪式，更多地关注忠孝节义的道德意志与功名富贵之间的因果关系，倾向于群体性的伦理关怀，恰恰接引了庶众的清官政治与农者习尚，为争取俗世生存权利而肯定实用的生活理想与德性人生。这即是戏曲向下一路的仪式搬演与群体伦理关怀之于市井乡民社会的意义。

所谓向上一路，主要参与者是士大夫文人及上层贵族。经过士人的文化过滤，戏曲的传统题材往往被开掘和加以提升。如蔡伯喈与赵五娘的故事，在早期南戏中是站在民间立场对痴心女子负心汉故事进行道德审判的；高明《琵琶记》则以“三逼三不从”终而三屈从的关目，将蔡伯喈塑造成一个有弱点的正面悲剧形象，将故事关注的焦点放在了人在道德缺憾里怎样摆脱伦理困境方面。《白蛇传》起初是一个人妖恋的色诱故事，清中期以后《雷峰塔》等文人本改写成功，主题已有数重置换：抒写爱情悲剧的，在于净化妖性恶行，将白娘子塑造成一个执着于爱的纯情女性；拷问人性者则将白娘子与许仙放在了人性两端，裸露出人性的褊狭与执见。而《牡丹亭》倡扬的“情至”、《长生殿》演绎的“情幻”、《桃花扇》揭示的“情空”，则通过存在之上的幻想之境消弭束手现实的困境，表达人性的孤独与审美体验。戏曲经文人精致的表达与艺术反思，臻于净化人心、钟情适性的境界。

李渔《闲情偶寄·词曲部·格局·大收煞》说戏剧收场“即勾魂摄魄之具，使人看过数日，而犹觉声音在耳、情形在目者，全亏此出撒娇，作‘临去秋波那一转’也”。要体会那一转的趣味，全在看戏人著目入心之幽微处。文人之间精微的唱和，在这一转之间，英华纷呈，境界全出。

言志载道为雅，言情谈谑为俗。向上一路以含蓄典雅为美，崇雅贬俗；向下一路则以淳朴直白为美，宁今宁俗。但也只是皮相，远离官方教化和礼法秩序的民间趣味与离经叛道的真性情与真精神，大似小殊。无论人参汤、调味药、解醒散，戏众都要在鹿鸣呦呦、琴瑟响应之时，回神转精，“色色相肖”；在表意的戏曲符码与它的内层话语之间，由“临去秋波那一转”逸出“以我慧发他灵，以人言代鬼语”之戏外意趣。

三、脸谱图趣

俟我于著①乎而，充耳以素乎而，尚之以琼华乎而。

俟我于庭乎而，充耳以青乎而，尚之以琼莹乎而。

——《诗经·齐风·著》

脸谱始于何时？为何在表演中加入了这种涂抹异装术？不以真容示人，而以线条、纹样、色彩在脸上勾画图案，如何得见其貌得显其性？婚娶迎亲之屏风或著，原是要遮住待嫁女子的视线；冠冕垂挂之充耳（也叫瑱），本是为着塞耳蔽听。然物色与青光对影一闪，隔开与接纳也只在一念。脸谱与角色真面之间似“著”，隔离了演者与观者；然“著”于面上之脸谱，

① 著：大门和屏风之间的地方。

却因着变化的表情与活动的影像，在隔与不隔之间，在见与未见之际，移人视线，动人心神。

脸谱始于涂面化妆。涂面化妆是用油色和水色进行整脸、揉脸、涂面、抹脸，它来源于以脂粉涂面、以青黛画眉的古代生活习俗。《木兰诗》里说“当窗理云鬓，对镜帖花黄”，这花黄，就是女子贴的额黄，涂黄色于全额或半额，或贴黄色花片于额上，以成鹅黄、鸦黄，应是南北朝以后佛教盛行，模仿佛像金铜装色的。唐以后女子的日常化妆，有花钿、画眉、斜红、面靥、唇脂等。花钿，多见云母、牛角、金箔、黑光纸、鱼骨等材料，扇面、寿桃、梅花等图形及抽象图案。画眉，比较熟悉的如汉武帝宫人的八字眉、魏晋时的蛾眉。唐明皇《十眉图》有鸳鸯、倒晕、垂珠、小山、五岳、三峰、月棱、分梢、涵烟、拂云等眉式，古诗里常见的“一双愁黛远山眉”，就是眉色如远山的小山眉。斜红一般涂在鬓部到颊部之间，似伤痕，像卷叶，如朝霞，如夕阳，“一抹浓红傍脸斜，妆成不语独攀花”。梅兰芳演《宇宙锋》之赵艳容，因不从其父赵高安排的婚事而装疯，脸上抓了三道“血痕”，就是很好地借用了如同晓霞的斜红妆。面靥，是于酒窝处点胭脂或贴金箔、翠羽，从豆点演化为桃、钱币、花卉、鸟兽形。“分妆开浅靥，绕脸傅斜红”，就是面靥斜红搭配妆。唇脂，以香料朱砂涂唇，有石榴红、淡红心、大春红、眉花奴、嫩无香、樱桃口等。

涂面化妆引入舞台化装之始，仅有黑白两色，所以叫粉墨登场；后逐渐开始讲究色彩、线条和图案的对称、繁简比例搭配，遂有了约定俗成的谱式。汉代百戏中已出现涂面化装。后唐庄宗曾自敷粉墨，与优人共戏。《因话录》卷一述唐肃宗时“女优有弄假官戏，其绿衣秉简者，谓之参军桩”，可知参军戏的服饰颜色由白、黄最后定为绿；苍鹘则鹑衣巫髻做鸟形打扮。《唐戏弄》有《掠地皮》剧，伶人扮绿衣大面胡人，为宣州土地神，言诸王觐见天子，连地皮都一起掠来；土地神着绿衣，形象演述了魏王徐知训为宣州帅苛政敛下事。花蕊夫人徐氏有诗曰：“舞来汗湿罗衣彻，楼上人扶下玉梯。归到院中重洗面，金花盆里泼银泥。”这里描述的洗面“泼银泥”的油彩化装，可见五代时歌舞戏装之一斑。宋金元时代，已有素面（俊扮）、描眉勾眼、敷粉施朱，重在端庄扮和花扮之分，而副净、丑则夸张变形、滑稽可笑，大意重在诙谐。南戏《张协状元》第二出［烛影摇红］曲有“一个若抹土搽灰，趋跄出没人皆喜”句，《错立身》也有“管什么抹土搽灰”句，从剧情看，或是副净装扮，引人笑谑。元代杜仁杰散曲《庄家不识构阑》“满脸石灰更着些黑道儿抹”句，杂剧《酷寒亭》之萧娥装束描写“青处青，紫处紫，白处白，黑处黑，恰便似成精的五色花花鬼”，都是用对比强烈的色彩形象地勾勒台上表演者的净角特征，与从良嫁人却势利恶毒、乖戾妖艳的丑妓悍妇嘴脸。

涂面化装沿用于元代杂剧，后来的昆山腔、弋阳腔等南方剧种都很重视化装，明清以后大盛，出现黑、红、蓝、花脸等分类，这都是戏曲演出中无须多言的普遍事了。

戏曲脸谱的色彩，整体色调呈现为凝重而又斑斓的特点，以白、黑、红为主，有所谓正五色（红、白、黑、黄、绿）、副五色（粉、蓝、紫、湖[①]、绛）和杂色（秋香、月白、古铜、灰、金银）等。

红色使人想到燃烧的火、太阳的炽烈、血色朱赤、烈毒瘟疫等，所以有勇敢、活跃、威猛、灾难等意涵。红色作为主色，表示忠勇义烈，比较典型的如关羽、姜维；用作副色，暗示人物不好的命运，如蒋忠（《水浒传》中的蒋门神）、马谡、华雄、高登（《水浒传》人物高俅的儿子）等。黑色象征刚烈、勇猛、粗率、鲁莽，如包拯、李逵、张飞、牛皋、尉迟恭、杨七郎、项羽等。白色给人以诡异、滑稽、狡诈、神秘的感受，如曹操、严嵩、董卓、赵高、秦桧、贾似道、毛延寿、司马懿、高俅等。蓝色表示刚强、粗犷、骁勇、桀骜不驯，如马武（东汉大将）、单雄信、窦尔敦（《施公案》中的豪侠）、吕蒙等。绿脸象征刚勇、强横、猛烈、暴躁等性格，多用于表示义侠盗贼，如青面虎张青、太史慈、马强（《三侠五义》中的恶霸）、程咬金、公孙胜等。紫色象征忠贞、耿直、果

---

① 湖：湖水的颜色，蓝绿色。

断、沉稳，如廉颇、李密、庞统、尤俊达、严良等。黄脸象征剽悍、凶残、阴险、工于心计等性格，如宇文成都、庞涓、晁盖等。

如此已将戏曲人物网罗殆尽，可见脸谱装点的色系的神奇辨识度。周贻白提到戏曲脸谱色彩运用的一些规律，如七红八黑三和尚：七红是关羽、孟良、火判（《九莲灯》）、李靖、牛魔王、赵匡胤、红蚂蚁（《南柯梦》）（廉颇亦是）；八黑是钟馗、包公、项羽、李逵、张飞、杨七郎、尉迟恭、牛皋（昆曲中亦有不同所指）；三和尚是《祝发记》之达摩、《西厢记》之惠明、《昊天塔》之杨五郎。而“三僧四白”之“四白”，说的是虽身份不同、禀性各异但都以白色勾脸的刘唐（《水浒传》）、吴王（《浣纱记》）、一只虎（《铁冠图》）和鲁智深（《虎囊弹》）。

脸谱直观地引起看戏观众的美感，即兼具夸张与真实的双重特性，应和了观众对脸部五官构图的简单审美意识，其背后又有着生活经验的叠加、道德操守的评判、民俗文化的熏染。

除了颜色，再加上抽象的线条、纹样、图案的组合，构成了脸谱简单与繁复的组合体。如圆形、方形、菱形、三角形、刀形和变形扭曲脸，三块瓦、十字门、六分脸①之比例切割，云纹、

① 三块瓦：用夸大眉、眼和鼻窝的手法，使额部和两颊呈现出三块明显的主色，平整得像三块瓦片。十字门：用一个色条从额顶一直勾到鼻尖以下，主色条和眼窝构成一个“十”字。六分脸：将脑门的主色缩为一个色条，夸大眉形，白眉形占十分之四，主色占十分之六。

弧纹、曲线纹、连环纹等繁缛圆劲、有序多变的纹样，蝴蝶、蚕叶、鱼、火焰、枣、葫芦、龙凤、蝙蝠、钢叉、元宝、艺术文字等图案镶嵌。在面部及五官特定部位做雕琢，如眉形不同，性情异趣，“少将一支箭，女将一条线，武将如烈焰”。又如用红花绿叶衬托、用红白八宝做主体花纹，以示无盐的面丑心美。

其实，红之忠勇正义、白之阴险疑诈、黑之直率鲁莽、黄之骁勇横暴、蓝之刚勇鲁直之脸，也非一概而论，结合纹样图案等细节变化，大抵还有不少区别。

如关羽，路见不平而杀人前是素面，后见血，出现红脸。桃园结义前，以丹红色鲜油涂面，黑勾三窝，显其光彩英俊。古城会前，面部加饰纹理，眼窝加丹纹，脸色加深，两鬓搭黑纱，显其沉着应对风采。水淹七军前，脸色加重至枣红，水多油少，光彩渐淡，鼻窝、两鬓为灰色，印堂上画蝠纹，突出其威严骄傲、苍老持重的神态。走麦城时，脸上纹理加重，眼梢勾鸡爪纹，鼻窝两边也加两道纹理，两鬓散乱，油层涂厚，以示刚愎自用、心胸狭窄、疲惫败走的焦急仓皇之情。

猴王，尖嘴两边有黑圈以示猴腮，面部正中为猴旋花纹，两边为毫毛，大闹天宫后方有火眼金睛。钟馗勾元宝脸，即半截脸，挤眉皱眼翘鼻，下颌是大块的黑色纹理，一直连到鼻窝，上红下黑，相映成趣，突出他笑、喜、勇的性格特征。凸额上点红，一方面示钟馗是撞死，另一方面也点缀色彩增加美感。

项羽是一个力拔山兮气盖世的英雄，又具有桀骜不驯的性格，为了突出其悲中有狠的特点，用笔要凝重，于是用寿字开眉窝，仿佛双眉在震撼怒跳，一副耀武扬威、叱咤风云的神气。曹操勾粉白脸，细眉长目，齐眉挑炭，眉间有蝠纹，表明其心思细腻、笑里藏刀、工于心计、多思多疑。

又如张飞、牛皋、焦赞、李逵四人都是黑脸，其中以张飞身份最高，是勇猛有智的大将，应勾以豹头、大环眼、燕形眉，微带笑容而略有秀气。牛皋是岳飞手下副将，勇武忠厚，勾环眼但眼尾破开，里边钩蝠形花纹，勾柳叶眉，以表其为人精细。焦赞比李逵和牛皋多点心眼，有心计，则勾上挑奸笑眼，整体上要显得比较干净漂亮、丰神俊朗。而李逵虽也忠厚正直，但比较粗鲁，所以勾黑色花三块瓦脸，大紫眉，紫鼻孔；但勾脸不能显出凶相，脑门和鼻梁要勾得线条开朗，以显其喜笑颜开的劲头。

值得多一点说道的，是净丑脸谱。净丑脸谱是以丑怪为美、扬丑避美的。大花脸、二花脸、三花脸，都是用色彩和图案对额、眉、眼、鼻、口、颊处做标记勾画而成。净角脸谱的涂面化装，是从宋杂剧“副净”角色化装派生来的，以黄红蓝白黑五色为主。山西侯马董姓墓出土的金代杂剧雕砖像中右一人鼻子上已有白色三角形涂痕，与豆腐块相似。山西洪洞广胜寺明代应王殿壁画前排左起第二人画浓眉，粘黑髯，勾有白眼圈，裸胸，可能就类似宋杂剧中装痴弄傻的副净一类人物。

净角最早出现在元杂剧中，多扮演一些性格粗犷豪放，或勇猛憨直，或滑稽可笑的人物，如元杂剧《西厢记》之惠明、明传奇《牡丹亭》之冥判；盗贼强梁、媒婆鸨母（搽旦）也有用净扮演的；而后来常常会由净角演出的张飞、李逵、鲁智深、包拯等人物在元杂剧中都是由正末、老生来扮演的。净角人才辈出是在花部地方戏兴起之后。净角和老生的区别在于老生不勾脸，戴三绺须，而净角勾脸，戴满髯或扎髯。后来净角向着更粗豪、勇猛、凶狠、沉毅、暴躁的方向发展，往往演一些恶棍、解差、盗贼、番将等人物。而丑角则更多地演滑稽、轻薄、幽默、诙谐、逗趣的角色。可以说，净角具有庄、谐两面质素。元杂剧中净角邻于丑而远于末，谐重于庄，如《杀狗劝夫》中的市井无赖、帮闲小人柳隆卿和胡子转，“不做营生则调嘴，拐骗东西若流水，除了孙大这糟头，再没第二个人家肯做美”；明清以来则邻于末而远于丑，弃谐就庄。净角所饰有动物性神灵如孙悟空、猪八戒等，有人化神灵如天王力士、金甲凶神，也有现实中人如包公、关羽等。净角分为正净、副净、侧净等，化装形式中遗存着神化痕迹，如虎豹的利爪尖牙、牛蛇的硬角坚甲、鹰隼的巨翅凸骨等，总之是突出其尚武崇威、斗力斗勇的。其浓墨重彩，比较华丽。而丑角是突出其尚智的，色彩简捷，比较质朴。

净角谱式的分类有整脸、三块瓦脸、花三块瓦脸、六分脸、十字门脸、花十字门脸、蝴蝶脸、碎花脸、歪脸、元宝脸、象形脸等。其中，三块瓦是花脸主脸谱之一。它将全脸划分为三块：额部为白色，脸为红色或黑色，眉为黑色，中间有白色相间。

如黑脸包公的脸谱装扮，在眼睛、眉形、髯口、月牙等附着细节上变幻多端。包公额上什么时候多出来了一个月牙儿呢？民间传说包公小的时候，母亲死后依嫂而活，放牛为生，被牛踢了额头，留下痕迹长成了月牙儿；也有说嫂嫂从小教育包公清平正直，包公有一天对镜在额上画日月，问嫂像否清官，嫂嫂说上有红白，下得着色，于是涂黑，以示铁面无私。这额上月牙儿到底表达什么意思呢？有人说，包公是民众心中的清官，是替百姓解难申冤的青天大老爷。民间冤狱太多，很多人死后为鬼还不能申解冤屈，以至于包公忙不过来，白日断阳间，晚上断阴间，这月牙儿象征着晚上断阴间。但明代包公脸谱无月牙，只画两道白眉，清代以后出现了额上有太极图、有太阳月牙等图案，从左往右上方勾。山西艺人还将黑脸用白色分为十二块，代表十二个月。此外，川剧舞台上的包公，如《长亭铡侄》《铡美案》《五花洞》《双钉记》《探阴山》《乌盆记》《清官谱》等戏，全脸为黑色，鼻子以上勾为笔架形状，眉梢处为龙角形状，额上涂半月形。龙角、笔架，表现了川剧对包公廉正自威、饱富才学、明理智慧的个性的绝妙把握。

丑角之丑，最早见于南戏，一说是醜的省文，徐渭《南词叙录》言："丑 以墨粉涂面，其形甚醜。今省文作丑。"又说是魗的双声字异文，省作丑，如静安先生《古剧脚色考》即如是说。但丑与醜（媿）意义完全不同，古剧剧本中也从来没有"醜"这个角色名。宋灌园耐得翁《都城纪胜》载有杂扮，即纽元子，又名技和，乃宋杂剧之散段，多演医卜倡优等幽默滑稽的人和事。纽字与丑字同属中古声母中的旁纽，又都是叠韵字，再加上《说文解字》释丑曰纽，所以纽省文作丑，就像另一个角色妲省文作旦一样。

丑角可以分为文丑、武丑，后来京剧文丑还有方巾丑——扮演头戴方巾的文人，袍带丑——穿蟒袍官服的官丑，茶衣丑——穿短蓝布褂的劳动人民等。这些丑行角色在中国戏曲行当中虽属晚出，但却非常重要，至有"无丑不成戏"的说法。丑角化装最突出的特征是在鼻窝涂白，其形俗称豆腐块，主要是在鼻子周围涂以豆腐块长方形、枣核形（椭圆、横尖）、瓶形、腰子形，所以又称豆腐块脸、腰子脸、枣核脸等，其外形装扮有一个历史演变过程。

丑角是漫画式的，其外形装扮不具备净角的取形和象征意义，鼻窝涂白、面中白斑、白眼圈是丑角的主要外形特征。丑角脸谱的色彩主要是用白，有时也用粉红，黑白两色具有醒目、分明、画龙点睛的作用，让观众从集中于面部的视感中直接辨人识物。它具有肯定和否定两种内涵。

丑角最初扮演阔少恶仆、市井无赖、腐朽老儒、酸傻书生等反面或否定性人物，鼻窝涂白表现出这类人的奸诈丑恶、猥琐无聊、流里流气等。如《十五贯》中的娄阿鼠，鼻梁上抹白粉，活画出一个好吃懒做、嗜赌如命的市井之徒的嘴脸；加上演员模仿老鼠鬼鬼祟祟、躲躲闪闪、探头探脑的动作，更突出了他的奸诈油滑。

但到后来丑角出演肯定性人物渐渐多起来，如《葛麻》中风趣善良、机警伶俐的劳人，《苏三起解》中性格善良、忠厚风趣的崇公道，豫剧《卷席筒》中天真烂漫、朴实可爱的苍娃，昆剧中更多出演善良淳朴、机智聪明、风趣诙谐、滑稽调笑的酒保、书童、小和尚、相士、小吏等。清官如《徐九经升官记》《唐知县审诰命》中的徐九经、唐成，都是地方官，徐九经是三角眼、豆腐块脸，而唐成则于下唇加白线并挂吊搭，两人个性不大一样。

俟我于著乎而，充耳以素乎而？脸谱并非静默的“著”，它是戏曲表演随身带戏的赋形物。它通过掩面来表达情感，通过虚饰而直击人心；它出离角色评判善恶，它变换身姿奖惩忠奸。它的奇妙之处在于——悉心描素与演者达成内应，旁敲侧击与观众形成对话，它流动的影像切分同时统合了观、演的两个世界，带给戏曲不一样的生色与异力。

四、傩与傩戏的不变量

淇水在右，泉源在左。巧笑之瑳，佩玉之傩。

——《诗经·卫风·竹竿》

隰有苌楚，猗傩其枝。夭之沃沃，乐子之无知。

——《诗经·桧风·隰有苌楚》

“傩”是什么？该怎样理解，或者从哪些层面可以解释傩的本质？从傩仪、傩舞、傩歌、傩技，如何发展出了傩戏？“巧笑之瑳，佩玉之傩”若之何？毛传《诗经·卫风·竹竿》云：“傩，行有节度。”“隰有苌楚，猗傩其枝”何可道？郑注《诗经·桧风·隰有苌楚》言：“猗傩，柔顺貌。”或许，《诗经》语境中的“傩”，传达给我们的，不仅是远嫁女子涉水思乡之际的玉齿嫣然、佩玉柔姿，还有那一派天真烂漫、明丽温暖的淋漓生气；而藤枝繁茂、光鲜润泽的阳桃，让我们向往和重温到的，更是那生机盎盎、无知无虑的生命最自然状态？作为另类的中国文化现象，“傩”具有一整套记号系统和仪式功能。它以活态衍生的文化机制，内隐的程式化结构原则，与固有的言说与书写文献系统之间形成了呼应，成就了越来越浮出历史地表的一种行动与表演的系统。“傩”与傩戏是否可以告诉我们，什么是人类文明中可以跨越文化和穿透时光的“不变量”？

让我们从方相说起。

在一张显示商傩记号的甲骨文拓片上，有一个字，读作guǐ，后省为“宄”。字形为：上“宀”，表示是宅内；下左“九”，与“鬼”相通；下右“殳”，与“支”相通，表示一丈二尺长、尖头八棱的竹制兵器。九与殳，即以殳打鬼之意，赶走室内鬼，与《周礼·夏官·方相氏》所说“索室驱疫”意同。其下为“夹方相四邑”五字。“夹”为方相氏执逐疫任务，四邑犹四方。方相何解？是仿佛想象可畏怖之貌？还是上古嫫母之官——巡行天下、亡妻于道的黄帝令嫫母监护灵柩而立？还是周礼规定的司马下属？还是“魍魉”？还是远古以来就存在的、与以上的解释项都或多或少有关联的一种驱鬼逐疫的祭祀活动？其中的领祭者方相氏又作何装扮？魌头是他戴的面具吗？或许从《周礼·夏官·方相氏》“黄金四目”的描述入手，结合“鬼”字人戴“田”、象形四目的会意，以及出入考古文物图像，我们可以一起来做些推测？1978 年湖北随县擂鼓墩战国早朝曾侯乙墓曾出土一具绘有方相氏的棺木。方相氏头戴面具，手执双戈，两臂曲举，脚踏火焰；面具由假头假面两部分组成，假面眼睛与其外侧熊首假头的硕大圆圈合像为“四目”。而在比簋、且己簋和爵等出土的青铜器上，也出现了左手执戈右手扬盾、以十字示四目的线描人形图，四纵目间插画干盾之干字、四目抽象为“十”之分写“╬”的象形脸谱图。

这种四目的原型，有黄帝四面和仿蚩尤而来的不同说法。《述异记》记述的蚩尤神四目六手、与蚩尤作战的旱魃亦四目，起源于以牛为图腾的远古部落的祖先崇拜。两种说法的合流，使得四目抽象成为被慑服的神息怒去凶的记号。山东沂南东汉墓出土的十二方相氏驱傩图，有模仿兽的毛、衣、角扮形的十二神兽，但已经变得仪态万方，狞厉却不使人感到恐惧了；四川郫县（今成都市郫都区）出土的方相氏，已是戴假面、披熊衣、执斧斩蛇、降妖除魔的人间英雄、大力士形象。

上古傩简单粗犷，秦和西汉的傩礼渐添入一些新的因素，童男童女后来变为仅有童男的“侲子”，后又加入“十二兽吃鬼歌”。其内容演绎甲作、胇胃、雄伯、腾简、揽诸、伯奇、强梁、祖明、委随、错断、穷奇、腾根十二种神兽，分别要吃鬼虎、疫、魅、不祥、咎、梦、磔死、寄生、观、巨、蛊等十一种鬼疫；最后还要劝鬼疫赶快逃跑，否则会被掏心、挖肺、抽筋、扒皮，以致被吃掉。而十二兽少有典出，十一疫也多无来源。其中的雄伯吃魅，伯奇吃梦，强梁能衔蛇，与祖明共吃磔死、寄生，穷奇如牛，钩爪锯手，与腾根共吃蛊……然这种傩制历世极短，于汉末战乱中失传。据《唐戏弄》所说："汉制大傩，以方相四，斗十二兽，兽各有衣、毛、角，由中黄门行之，以斗始，却以舞终"①，可见傩在人鬼对峙的冲突中逐步强化神力声威，并增添了斗十二兽和鼗鼓侲子歌舞的内容。傩于唐时被纳入军礼，唐宋以来成为国家礼仪制度的重要组成部分。

从傩仪、傩舞、傩技、傩歌到傩戏，经历了漫长的历史累叠过程，傩戏即蕴生于宋代的社会土壤中。但傩戏一词的出现，已是元明以后的事了。

傩戏以不同的搬演形态，迄今遗存于汉族和二十多个少数民族的广大地区，遍及二十多个省、自治区。傩戏被认为是中国戏曲的"活化石"，因为其既保留了最原始的早期搬演形态，又不断融入当地的文化空间和民间的日常生活观念。如贵州威宁彝族之"撮泰吉"（变人戏），于阴历正月初三到十五"扫火

① 任半塘《唐戏弄》下册，上海古籍出版社1984年版，第1221页。

星”民俗活动中举行。一群戴着面具、手拄棍棒、身着玄衣的舞者，从大山和森林走来，模仿动物的吼叫声高声应答，向天地、祖先、山神、谷神斟酒祭拜，跳“铃铛舞”，然后表演烧山林、开土地、刀耕火种、驯牛耕地，最后舞狮子。整个表演由模拟动作、原始舞蹈和彝语对白、诵片及应答构成。作为傩戏的初级形态，“撮泰吉”显示了原始先民由野蛮时代进入文明时代的过程中崇神祭祖、开垦农耕的原始意念的遗存。

而福建泉州的打城戏，融汇佛道二教观念，有打“桌头城”、打“土脚城”、打“大城”（搭大棚）等形式，表示打开地狱之城超度亡灵，进入天堂。其代表剧目有《目连救母》《收红孩儿》《打探无底洞》《陈靖姑》《抢卢俊义》等。安徽歙县的打罗汉戏相传是村民为纪念平匪佑民的惠安法师，于元宵表演祈佑平安的。其表演为队戏形式，先从祠堂引出观音像，再出军鼓、滚灯，以青狮、白象、天狗、独角兽、麒麟五灯“戏五兽”；后随铁拐李扮乞丐唱“莲花落”，随众村童男女扮唐僧师徒、包公、白娘子、郭子仪等地戏人物，游乡唱导宣化；并夜以继日出灯、祭台、扫台、净台，以多架叠罗汉终。又如四川梓潼阳戏，奉“四圣”（川主、土主、药王、文昌）为戏神，以提线木偶为主导，伴以面具和涂面表演角色。法师以“神歌腔”引诵，直接与愿主（还愿的人）作神人交流。剧目以出小鬼、出土地、出春牛、出僧道、出二郎等三十二天戏，和上祖师、上灵官镇坛、上点盘土地、上统兵元帅、出钟馗、二郎扫荡等三十二地戏自成体系，是对古代方相氏驱傩活动的直接继承与发展。打城戏、打罗汉戏、阳戏的表演中，可以看到大量带有地域印记的民间信仰的输入，加之宗教世俗化过程中佛道二教的影响，这些傩戏的搬演形态，显示了民间阴阳五行观念的一种衍生。

江西南丰的跳傩，据说源于汉初长沙王吴芮驻兵南丰，于西乡“传傩以靖妖氛”，唐末徙居南丰的余氏请傩神清源祖师至金砂村世袭“驱傩”。南宋刘镗《观傩》诗有“鼓声渊渊管声脆，鬼神变化供剧戏”之句，可见当地驱傩活动源远流长。南丰“跳傩”内容多来自神话传说、民间故事和通俗小说，现存两千多枚面具，有雷公、魁星、财神、哪吒、杨戬、金刚、回子等驱疫神祇、民间俗神、道释神仙、传奇英雄、精怪动物、世俗人物等不同类型的角色，其《傩公傩婆》与《钟馗醉酒》等“哑杂剧”表演形式颇具特色。安徽贵池傩戏，一般在每年农历正月初七至十五祭社时择日演唱，演员和观众都是本宗族成员。光绪年间（1875—1908）《梨村章氏宗谱·风土篇》载：“新年蛋茶相迎，开筵请亲邻。作傩戏。初六七择吉戏神下架，至十六日止，乃上架。每年有神首轮管。或骑竹马，或踹高跷，周礼所谓‘执戈扬盾’‘黄金四目’者，犹仿佛有之。鸣金跳号，谓之逐疫。”其剧目分两类，一以“乐神”傩舞演吉祥，如《舞伞》、《魁星点斗》、《舞回回》、《舞滚灯》、《舞判》（亦称《判官捉小鬼》）、《关公斩貂蝉》、《童子拜观音》等；一以戏曲唱白故事为正戏，如《刘文龙赶考》、《孟姜女》、《章文显》、《摇钱记》（又称《摆花张四姐》）、《陈州放粮》、《花关索》和《薛仁贵征东》，其中《刘文龙赶考》和《孟姜女》二本，是大凡宗族活动都要搬演的。南丰跳傩和贵池傩戏的表演场域，带有鲜明的家族世袭或宗族戏的特征，这也是傩戏赖以存在的原生文化土壤。以宗族血缘关系为纽带的古代社会结构，使得祠堂成为家族的象征，傩戏作为家族戏或宗族戏，也就成为血缘宗族活动的一个重要标志，或者说，傩其实是血缘宗族制度得以缔结的重要组成部分。

河北武安“捉黄鬼”演出，从农历正月十四持续至十七日。出场角色有阎王、判官、大鬼、二鬼、跳鬼和被捉拿的黄鬼。大鬼、二鬼和跳鬼捉拿藏于野地坟堆的黄鬼，押街示众，跳跃舞蹈，时进时退。黄鬼被押解到审判台前由判官、阎王审判。大鬼、二鬼和跳鬼将黄鬼押至河边行刑台，烟雾腾起，黄鬼在众人围观下被“开肠破肚”受极刑。表演是流动性的，当地人亦称“队戏”，其特殊角色“掌竹”——“竹竿子”在判官、阎王审判和行刑前吟诵“赞语”：“劝世人父母莫欺，休忘了生尔根基，倘若是忤逆不孝，十殿阎君难饶与你。命二鬼绳捆索绑，到南台抽肠剥皮，善恶到头总有报，为人何不敬爹娘。

若知队戏名和姓，《十殿阎君大抽肠》。”可见捉黄鬼的表演有宋杂剧的遗形，其宣扬孝道、惩处逆子的内容构建了民间社会的伦理。四川苍溪的庆坛，有罗公坛、篼篼坛、凤凰坛等，并有“正坛”“耍坛”之分。正坛有开坛、亮路、祭灶、请神、安位、扫荡镇宅等仪式。耍坛其实是仪程中戏曲化的部分，插演的戏有《黑案》《礼请》《出水狮傩傩》《皮金滚灯》《王大娘补缸》《神狗子碾磨》《王瞎子看坛》等娱人的民间灯戏。庆坛面具有二郎神、雷公、孽龙、武财神、土地公、土地婆、蚕丝公、天丝婆、春官、倮倮等；唱腔以端公调等为主，兼采胖筒筒、补缸调、五更调、十杯酒等灯戏曲调，目前流行于四川的灯戏或川剧灯调与此渊源颇深。有趣的是，捉黄鬼以死的恐惧宣扬了善恶报应，灯戏则在直面死亡、拆解死亡阴影的过程中，转而更多地注入了生之快意与活着的安逸，可以说从不同路向上共同诠释了傩作为生与死的仪礼内涵。

说到这里，傩是什么，或许已有了很多种可能的解释。傩，或许是神灵信仰、祖先崇拜的原始意念的遗存，或许是民间阴阳五行观念的衍生，或许是我们自古以来血缘宗族制度的一部分，亦或许是一种千百年来形成的关乎生与死的仪礼。但回到字源意义上看，傩这个字，一边为“人”，一边为“难”，最简单的解释就是，人在遇到了困难、遭遇了灾难的时候，该怎么办。所以，傩又似乎总是在生命的阴影里与困难、灾难、瘟疫、死亡相伴随。或者，我们还可以从篆书的傩字——“儺”读出什么不一样的信息吗？左边那个弯腰俯身、长垂双手、深深向大地拜揖的人，想要表达什么？中间那个“堇”，是不是与“漢”族的称名有某种神秘的同构和呼应？如果“堇”预示着古人可能把握的天机、天时，“隹”与“雀”是天上的猛禽与灵鸟，再联想到《诗经》以“佩玉之傩”“猗傩其枝”形容柔顺优美的行走姿态，是否可以做这样引申——那个垂拜大地的人，或许期望能够以生之虔敬直面现世的苦难，以大地恩养之生息，柔韧优雅地在地上行走？或者期望能摆脱死亡的威胁，获得灵魂的飞翔和永生超越？傩与傩戏，作为中国文化的另类记号，是不是包含着与人有关、与天堇有关、与神鸟有关的文化信息？包蕴着中华民族哲学思想中“待时而动、知行合一”的最精到的智慧？傩与傩戏是不是传递了可以跨越历史和穿透时光的“不变量”？

五、傩戏面具的背后

子子干旄，在浚之郊。素丝纰①之，良马四之。彼姝者子，何以畀②之？

子子干旟③，在浚之都。素丝组之，良马五之。彼姝者子，何以予之？

——《诗经·鄘风·干旄》

面具的出现可追溯到原始时代的人面纹、兽面纹，商周饕餮纹。商周傩面的造型是人兽结合或多兽复合的，圆目巨口、尖牙弯角，显示出超世权威的神力，其雄健的线条与凹凸铸痕，

① 纰：连缀。

② 畀：给，予。

③ 旟：画有鸟隼的旗。

都表现出原始艺术神秘残酷、狞厉冷峻的美。《诗经》时代的孑孑高帜，镶边嵌姝，鸟隼其形，已显兽面连缀装饰之美；而牦尾其上，彩羽其下，树于车后，已状造像编织的声威之仪。在面具史上，傩戏面具是怎样的一种类型？

面具装扮最早叫脸子、代面、倛头，是早期宗教祭祀活动的形式遗存。汉代已很盛行在门口悬挂虎头牌饰以驱邪的民俗。汉时百戏中使用面具的具体情形尚不可细考，但宫廷里有一种专门戴假面表演的优人，叫作“象人”。据说山东沂南汉墓出土的角抵画，即反映戴面具表演之状；沂南北寨村出土的汉墓画像石之梧桐引凤图，中有一人着羽衣，戴凤首羽冠，另一人戴假面，执梧桐引凤舞蹈。魏晋隋唐时代，因佛教传入，面具艺术也受到西域文化影响，具有了浓厚的宗教意味和异域风调，如梁代伶人扮演的《上云乐》，有伶人戴青眼高鼻白发装饰的面具表演。胡人力士、佛教金刚的样子普遍被用于面具造型，唐代的胡公假面就是一副尖头秃顶、犬齿暴突的本相。可以代表唐代面具的典型就是捉鬼的民神钟馗的造型了，而钟馗造型最突出的特征是虬髯、深目、高颧、钩鼻。唐代歌舞戏有面具的，如兰陵王、钵头、踏摇娘，不但感染了异域风采，而且颇富人情味和亲切感。两宋金元以来，中国文化向着阴柔的方向发展，加上宗教因素的影响，面具也渐渐褪去了它的狞厉色彩，而显得比较雍容大气、端庄圆润甚至滑稽和善了。明清以来，面具多以神兽、神头鬼面、英雄神相、世俗众生相形成类型沿袭下来。面具造型采取分裂再现、多像糅合、夸张变形等手法强调人兽（牛、羊、虎、豹、鹿等）一体的力量感，特别在眉、眼、鼻、嘴几个部位刻意变形，如眉可倒竖，或变为锯齿、火焰、剑等形，眼外突、圆、大，鼻子变形为牛、虎等兽形鼻或骷髅鼻，嘴大张，血红长舌，尖牙，综合起来就形成了极端夸张的一些面具典型，如头上长角、眉毛倒竖、双眼暴突、眼窝深陷、血口大张、獠牙外龇等。

傩戏面具又称“社神”“嚎啕戏神”“菩佬”或“脸子”，是驱鬼逐疫、消灾纳吉的傩仪与作为造型艺术、审美表现的戏剧表演相结合的艺术形式。面具在傩戏活动中被视为神的载体，在制作、取用、表演、封存时都具有严格禁忌和仪则。戴上面具即代表神灵说话和行动，艺术与宗教相伴相生；面具主宰着一切，表演者似乎作为神的附体形式而存在。但透过神秘的纹样线条、斑驳的图案色彩所显示的角色类型，还有那隆起的额头、空洞的眼睛，与张大的嘴巴等细节所呈现的视觉形象与造型艺术，那些面具不仅传递给我们或凶神恶煞、或狞厉恐怖、或正大安详、或谐趣横生的美感；而作为另类的文化记号，在原型与变体、反差和互补之间，颠倒的形式或许还蕴含着某种夸张与真实、肯定与否定的转换机制？

一般认为，《周礼·夏官·方相氏》提到的“黄金四目”要算是最早的傩面具了。作为图腾信仰和祖先崇拜遗迹的上古傩虽简单粗犷，戴魌头面具的方相氏以殳打鬼、索室驱疫，其四目的造型却非常有讲究；它化入仿黄帝四面（一说仿蚩尤四目）的原型，反映了人类早期最朴素的心理——用更多更远的目力张望身外的四方世界，探索自然奥秘。

傩戏面具，以地域与族群为标志，形成了丰富而自成系列的造型艺术；以变人戏、藏地傩戏、傩堂戏、地戏面具作为样本，可以追踪和考见傩戏面具在质地色彩、线条纹样、图案造型等方面文化记号的附着与叠加过程。

“撮泰吉”（变人戏）主要是围绕面具舞展开。变人戏面具用整块木头刻成长脸，利用木质纹理自然凸起宽厚的前额和长直的鼻梁，眼睛和嘴巴镂空，眼睛斜且大，嘴巴略小，无耳朵，无眼珠，无牙齿，底色涂黑，或饰以横竖变化的白色波纹，或缀以白色黑色胡须。这种造型五官略具，线条单一，用黑白对比色和线条变化标识“撮泰”神灵的身份，如阿布母年岁最大，1700 岁，缀白胡须，壮年的阿达母和马洪母分别是 1500 岁、1200 岁，前者缀黑胡须，青年哼布是 1000 岁，还有小孩阿戛等，整体形象显示出一种稚拙憨厚、天真淳朴而又神秘怪诞的特质。藏地傩戏，是一个较敏感复杂的话题。关于其与藏戏的分属关系，已有不少争议和讨论[1]，本文不打算就此展开辩驳，只是想基于已有研究原始祭祀、民间表演艺术、宗教、藏戏的西藏傩面具四分法[2]，将藏戏看作藏地傩戏较高层级发展的产物，以白面具、咒乌面具与寺院傩面具为例，讨论藏地傩戏面具的特征。白面具用整块原色山羊皮制成，脸部呈平面，额头、眉毛、鼻梁、耳朵用羊皮自然耸起棱道叠成，眼睛嘴巴镂空，黏附在羊皮上的羊毛自然形成头发、鬓毛。整个面具除了红线圈出的眼睛和嘴巴轮廓，没有其他装饰，现出纯朴、和善、悲悯的神色。四川白马藏人的咒乌神灵面具，其佩戴者要身穿羊毛外翻的白色羊皮，黑带束腰，面具有天眼冠，并施红黄蓝黑四色，用红色涂脸，黄色抹额并上牙色，蓝色在额头点缀天眼，黑色四珠上下并置四目，其中两目在鼻翼两侧，下巴抹黑，面具四围缀以彩色布条。面具看起来怒目圆睁、张口獠牙、五官比例怪诧，神色威猛。与白面具和咒乌面具相较，藏地寺院傩的跳神面具则显现出浓厚的宗教色彩。红黄蓝白绿五色，设色对比鲜明，除了天眼之外，加入或平面或立体的小骷髅造型的头顶缀饰，眉形、眼廓、鼻孔、嘴巴都作前突、外开、

① 刘志群《藏戏和傩戏》，《中央民族学院学报》1991年3期，第85—90页。

② 刘志群《西藏傩面具和藏戏面具纵横观》，《西藏艺术研究》1991年1期，第61—65页。

张大的夸张处理，充满惊怖、狂放、威严的震慑感。

傩堂戏和地戏，都是傩戏搬演形态中非常重要的品类。傩堂戏全国许多省份都有遗存，在不同地域形成了傩愿戏、傩坛戏、端公戏、土地戏等不同类型，并形成了正神、凶神、世俗人物三大类面具艺术造型。正神如慈眉善目、安详和悦的土地，头顶盘髻、满面笑纹的唐氏太婆。凶神如头长尖角、凶悍逼人的开山莽将，头戴道冠、额点混赤眼的王灵官。世俗人物如端雅清秀、忠厚可爱的甘生八郎，还有歪嘴皱鼻、滑稽多智的秦童等。地戏，与在傩堂、祠堂等固定地点搭台演出的傩堂戏不同，是春节和阴历七月在村落院坝间流动演出的队戏，主要流行于贵州安顺及周边屯堡，以及布依族、仡佬族、苗族聚居区。地戏演出佩戴的面具依其丰富的历史与传说故事系统，形成了将帅、道人、丑角和动物形象四大造型艺术类型。将帅面具形象多取自历史上的帝王将相如李世民、关羽、岳飞、薛仁贵等，造型线条棱块分明，装扮头盔耳翅，缀以繁复的吉祥纹样和动植物象形图案。道人面具则依反派或助阵人物造型，如戴鸡翅鸡尾道冠、奸诈狡猾的鸡嘴道人，还有飞钵道人、铁板道人等。丑角面具最有名的是歪老二与烟壳壳。动物面具则抓住虎、马、猴等动物威猛、驯顺、顽皮的特点象形雕琢。

从变人戏、藏地傩戏、傩堂戏、地戏面具的制作质料、五官造型、色彩运用、线条纹样及图案装饰看，傩戏面具的文化记号有一个不断叠加、层级迁延的过程，形成了以不同地域、不同家族和特定社会人群为标志的群落形态。从原始先民走出蒙昧、从事狩猎农事活动的集体记忆，到藏地日常生活、祭祀习俗、宗教活动的多元错落，面具反映了不同历史时空里变人戏和藏地傩戏的民俗印记与地域风情；从傩堂搭台、邀集族群聚会、建立人伦仪礼秩序，到列队巡演、承载会社乡俗，满足民众日常娱乐，面具昭示了空间移动与文化迁移中傩堂戏和地戏的亲缘纽带与民间伦理。依托地缘和亲缘，傩戏至今还存在着庞大的地域与族裔群落，如各地的端公戏、师公戏。有意思的是，与文献记载和文字书写的历史系统不同，以傩戏面具为代表的这一行动和表演系统，常常会以变形的或者反向的形式和路径印证中国思想和文化观念的传承意脉。面具所呈示的原始野蛮的神秘氛围与日常亲切的生活气息，无处不在的神异力量与人对威权的不屑与顽解，成为文化行为对立和颠倒、互补和平衡的一种象喻。

基于傩戏搬演与驱鬼祭神、逐疫驱邪、消灾纳吉等民间信仰的紧密联系，傩戏面具的形象类型，自然呈现了由天地人秩序的象征向戏剧角色的延伸。

最早的方相氏面具透露的从黄帝、蚩尤、颛顼到熊、牛、虎、龙以及十二神兽叠加的信息，已显示了面具作为图腾信仰与祖先崇拜的记号功能。除了揭示天地自然的秩序，面具还是世袭权力的象征与家族秩序的见证。在傩事与傩戏活动中，作为家族世传的面具，具有邀约聚集族群的号召力、确认族群中德高位重者权力尊荣的权威性和让人望而生畏的膜拜感。无论仪式、傩舞、傩戏都围绕着面具进行。一个家族失去了面具，就丧失了族群权威性和至尊地位。傩戏的表演通过建立婚丧嫁娶、生育饮食、内务外交等乡社伦常秩序，来分配财产、解决纠纷、联络族群力量、融合血缘亲情。傩戏表演作为族群生活的一部分，是娱乐的，也是实用的；傩戏演员与在场观众其实是二位一体的，观众不是看客，而是实现这一搬演仪式的社会功能必不可少的参与者。安徽省池州市贵池区殷村姚家面具28枚的摆放式，自上而下分八层，最上层是皇帝，接着是武官、圣帝和文官，然后是萧女、老回、财神、父老、老和尚，第四层是孟女、二回、土地、文龙、小和尚，第五层是吉婆、三回、包公、杞梁、三和尚，第六层是梅香、小回、周仓、宋中，第七层是唐叔、童子、杨兴，最下层是赵虎、张龙。又如江西南丰“跳傩”现存2300多枚150多类面具，有驱疫神祇、民间俗神、道释神仙、传奇英雄、精怪动物、世俗人物等层级造型。看上去，天神地灵、宗教神祇、神话人物、历史人物与家族成员、世俗民众、仆役随从层级并存，覆盖了宗族血缘关系和族群聚落向下一路的内在秩序。围绕面具铺展的傩戏表演场合提供了唯一的乡社生活的公共空间，从而实现了为下层民众驱邪、祛病、镇宅、赐福、延嗣、添寿、丰产、纳祥的精神抚慰功能。

当艺术从宗教中逐渐剥离，人与神的关系出现了富有意味的变化，傩戏面具的功能也从敬示神灵向写照人生转换。傩戏面具成为世俗的写照，并构造了戏剧表演所依凭的重要“道具”。傩戏面具中不仅正神形象渐染世俗色彩，而且凶神怪灵和世俗人物的大量出现，尤其是丑角人物自成系列的类型学造型，完成了由天地人秩序的象征向戏剧角色的延伸。

凶神是凶悍威猛、镇妖逐鬼、驱疫祛邪的神祇，面具造型咄咄逼人，线条粗犷奔放，或横眉竖眼、眼珠凸鼓，或头上长角、嘴吐獠牙，兼具夸张与写实的精神气质。如败走麦城的关羽封汉寿亭侯，历代官方和民间都累累加封，称王称圣，称公称帝。经由佛、道二教“三界伏魔大帝神威天尊关帝圣君”“伏魔大仙关帝圣君”护法神的民间演义，其民神地位更显赫，变成了傩坛的坛神与傩戏的戏神，面如枣色，卧蚕浓眉，丹凤吊眼半睁半闭，黑须长垂，以具有威慑性的神力镇坛护法，保一方平安。关公面具各族群均备，如清代遗存下来的安徽省池州市贵池区刘街乡茶溪汪就有逐疫关帝“圣帝登殿”像。傩戏开场必祭奉关公圣像方开演正戏，每逢春节或关公生日，田野村寨中会出现队戏，抬着关公像四处巡游、驱邪纳吉。又如开山莽将是最凶猛的镇妖神祇之一，头上尖竖长角，双耳耸起，獠牙外露，眼珠暴突，烈焰浓眉，面目狰狞，疾恶如仇，与头长三角的开路将军一起手执金光钺斧，砍杀妖魔鬼怪，为人们追回失去的魂魄。还有铁面无私、惩治恶魔、勾还良愿、计算阳寿的判官，额嵌混赤眼、纠察天上人间是非、追捕邪魔妖鬼的灵官，人面鸡嘴、似人似鸡、奸诈狡猾、奇异怪谲的鸡嘴道人，由因投湖自尽而被视为水神的杨幺形象演化而来，怒目圆睁、咬牙怒吼的杨泗将军等等。这些凶神怪灵作为人与神之间的过渡形象，充满了世俗化的意念和人的欲望，显示出神与人之间模棱两可的关系错动——人在神力的保护与吞噬下，成为神的驯众与同谋；又不断从神的阴影下走了出来，对神力形成了某种对抗与质疑。神不仅在人的世界里优游，甚至对红尘生活有一种瞩望和艳羡。

丑角面具自成体系的类型学造型，是傩戏作为戏剧搬演的艺术功能逐步增强的重要显征。如因相貌丑陋而落榜、科举失败撞阶而亡的钟馗，在各族群的傩戏中都是一个重要的角色，据说起源于三四千年前祈雨巫师仲虺，或也源自一个原始部落祭祀巫师——手舞棍棒的终葵。自敦煌出土的唐代写本经文《除夕钟馗驱傩文》描述钟馗钢头银额，身披豹皮，朱砂染身，率十万丛林怪兽捉拿野魂孤鬼以后，钟馗形象就与年节、端午习俗相结合，明清以来遗存了形态丰富的面具造型，其形象塑造还延伸到了年画、门神画、民间剪纸艺术中。钟馗相貌丑陋，面黑耳大，出场总与阴曹恶鬼相伴，头上长角，大眼暴突，嘴角向两鬓咧开并上翘，獠牙外翻，耳边鬓毛如剑戟，一副不怒自威、威严难犯、刚正不阿的形容，成为傩仪中统鬼斩妖的猛将，禳灾祛魅的灵符。以钟馗为主角的傩戏不胜枚举——跳钟馗、钟馗打鬼、钟馗捉鬼、钟馗斩鬼、钟馗夜巡、钟馗嫁妹、斩五毒、钟馗醉酒等等。安徽歙县郑村的《嬉钟馗》，就是一出典型的“跳钟馗”傩戏。它由拜老郎、钟进士出巡、斩五毒、谢老郎几个段落组成。先烧纸燃鞭拜老郎，握香望空三拜，然后钟馗持玉笏，与持钢叉狂跳的五鬼怒目对舞；在一片“傩傩”声中追五鬼冲出屋外，出巡开始。队前列锣鼓、回避牌、肃静牌，牌后有六蓝旗；旗后横书“钟进士出巡”五个大字；横幅后跟从蜈蚣、蜘蛛、蛇、壁虎、癞蛤蟆五毒（又称“五鬼”），脸部各涂其形；鬼后蝙蝠开道，钟馗打伞执酒坛，后跟骑驴小妹及媒婆，殿以锣鼓。钟馗登高鸟瞰，至要冲旷地搭高台，蝙蝠登台“竖蜻蜓”引道，钟馗登台作“金鸡独立”“智破四门”“海底捞月”等架势，以示寻鬼驱赶之状。巡至街道村路，蝠入堂屋，钟馗赶五鬼，手持青锋剑，“左青龙，右白虎”① 入宅驱邪。复上台做架势，下台巡视而出。入夜锣鼓齐奏斩邪除五鬼，嬉鬼至普济桥上，仍打伞执酒坛，小妹媒婆随队逐嬉，钟馗持剑将五鬼逐一斩讫；偃旗息鼓，全班会桥上，钟馗握香望空拜谢钟（馗）神归天。此外，地戏面具中有一

---

① 谓左侧门进，右侧门出，如只有一个大门，则指门的左侧进，右侧出。

个歪老二，还有一个秦童，其面具造型五官失衡、斜眉扯眼、皱鼻歪嘴，非常奇特。

随着正面神祇、凶神怪灵、世俗人物、丑角形象的次第迁延，傩戏面具形成了它自身丰富复杂、有序延展的类型系列。面具造型通过想象对比、变形夸张、附着更多纹样图案等造型手法，将天神地灵具象化，将风雨、雷电、禽鸟蝶蝠、虾蟹龟鱼、龙虎牛鼠等自然名物和飞禽走兽神格化，人与自然、人与神、人与鬼的位置关系有意味地被交错置换了。与此同时，傩戏面具将艺术触角更多地伸向了人的世界，将人作为创造物的摹本加以更真实的表现，铺染了浓重的世俗生活印记。傩戏面具演述了人经由面对自然、回溯神话、探索文明，从而确立自我感和内心思维的觉醒历程，成为负载更多文化意涵的类型学记号。

人类早期的面具艺术，其实是一种头颅崇拜意识的积淀。人所有的精神活动和内心生活最集中地体现在头脸上。身体提供的神经组织、智力系统的生物学属性和肌理，最终都要经由大脑的聚合、组织、分析与反射，再通过脸部的五官表情和动作形成智力活动和精神能量。面具用物质质料塑造了高度复杂的精神活动的艺术象形，然而在面具的物质形态下面，抑或并非仅仅如此？傩戏面具带给人作为主体的意义何在？什么是面具的“非物质之道”？据说黄帝胜蚩尤后，悬蚩尤画像以威慑天下。《左传·文公十八年》：“舜臣尧，宾于四门，流四凶族：浑敦、穷奇、梼杌、饕餮。投诸四裔，以御螭魅。”① 宾于四门，即将浑沌（或作浑敦）、穷奇、梼杌、饕餮四凶的头颅悬挂于国之四门，使之从宾从属、亦神亦友，远御魑魅魍魉，近护国之臣民。四凶之一的穷奇，是汉代傩事中的十二神兽之一，其形如牛，四目，长着坚硬的刺猬毛，其声如狗（又说像虎，长尾，爪如钩，手如锯），吃噩梦和鬼疫蛊，但却侍奸邪。这种通过败死者头颅完成的奇异能量传递与转换的仪式，出现在汉代傩戏雏形的魌头造型中，或许已预示了傩戏面具艺术的发生学原理。

如果进一步考察傩戏面具的五官构造，尤其是那些凶神怪灵和世俗人物面具的细节特征，我们会发现，附着在它上面的文化记号，是如此怪异而比例失调。轮廓式浮雕，尖竖的犄角，或许还有失落的胡须和羽毛，前凸的硕大额头，五官尤其是眼睛和嘴巴的细节被刻意放大突出、扭曲变形：睁大以至暴突的眼珠，或凹陷的镂空的眼窝，从眼窝里伸出来的圆柱形的眼睛；紧闭或线形拉长的嘴巴、外翻的圆张的大口、獠牙外翘、上下倾斜或无牙缺齿掉颔的大嘴。在强烈的装饰性色彩和神秘的线条纹样包裹之下，那些隆起的暴露的部分和凹陷下去的阴影部分之间是什么关系？

---

① 李梦生《左传译注》上册，上海古籍出版社2004年版，第419页。

首先，来看嘴的类型。傩戏面具人物的嘴形，可以归为闭嘴、张嘴与变形嘴三大类。紧闭或线形拉长的嘴巴，主要是通过左右上下拉伸嘴线，来表现角色或敦厚沉静、或洞察世事、或悲悯人间、或不满愤怒的情绪。外翻的圆张的大口则往往没有舌头和牙齿等口腔附着物，集中展示的是人物惊诧、恐惧、呐喊、张狂的意念。而獠牙外翘、上下倾斜或缺齿掉颔的大嘴，则往往突出与嘴相关的各式各样的舌头和牙齿部件。舌头或是轻轻抬起露一点，或是很厚实地略略前伸，红色，但却绝少长长的伸垂下来的猩红吊舌。牙齿要么是整齐排列的两排，要么是尖利外翘的獠牙，要么是残损不齐的缺齿。而龇牙咧嘴、缺齿掉颔、上下扭曲，意在镌刻角色凶神恶煞、勇猛威严、风趣蔼然、愚顽滑稽的个性。如藏于安徽省池州市贵池区刘街乡源溪村的千里眼和顺风耳，其嘴形就是张嘴和闭嘴的典型。作为社坛演出傩舞《神伞》与《古老钱》的舞者面具，千里眼头上有一对大肉角，额上嵌红色的太阳，红色眉毛倒竖，眼眶圆睁，眼球镂空。涂黑的大脸上衬着为了看得更远而极力外张的鲜红的大口，舌头前部抵在上下牙之间立起有寸余，以凸显粗犷奔放、勇武凶猛的印象。而顺风耳则耳郭浑大，下颔宽厚，同样涂黑的面颊上除了眉毛和眉间的烈焰，就是线形闭起的嘴巴造型，为了集中听力谛听远处的声音而紧紧地抿着，最引人注意了。至于獠牙外翘、嘴角歪斜、缺齿掉颔的变化嘴形，在贵州德江傩堂戏中的开山莽将、判官、小鬼、尖角将军、灵官、开路将军，安顺天龙镇屯堡地戏的傩神、孔宣，黔北黔东地戏的秦童、秦童娘子、歪嘴老娘、秋姑婆、唐氏太婆、土地神，云南镇雄傩戏的蚩尤、玄黄老者、孽龙，端公戏的丑娘猜、和尚、寿星，江西南丰跳傩的钟馗、啸山、开山，藏族十二相面具等不同地域的傩戏表演中，类型和变体都非常丰富。

其次，来看眼睛的类型。傩戏面具角色的眼睛变例，可以归为半睁半闭、凹陷空洞和暴突伸出三种非正常的形态。半睁半闭的眼睛，看上去似睡非睡、似醒非醒，目光凝滞，略显神秘，在傩戏面具中往往是正神具有的一种俯瞰世界、掌控人间、显示威权神力的眼神。利用面具质料自然镂空的凹陷空洞的眼睛，被用于秉性怪异乖张的一些凶神怪灵。它其实是人类通过神灵附体观看自我、内视心灵的窗口。空洞的眼神里其实贮存着为生命舞蹈、为死亡哭泣、看穿一切虚无的目光。它向后看，回溯并提取过往生活的经验；它向内求，抵达并洞穿灵魂最深处的陷阱。而极力睁大以至暴突、在黑暗中极目远眺而向外伸出的眼睛，它向前看，试图无限接近并探索未知世界的真相；它向外求，企望把握并省思人与世界共生并存的关系。尤其是空洞的凹陷的眼睛、向外伸出拉长的圆柱形眼睛，不仅在傩戏中出现，而且在更为普遍的文明发生地带，都有类似的示现：凹陷的空洞的眼睛，如日本考古出土的绳文时代贝制面具、土制与木制假面[①]，藏于柏林民俗博物馆和温哥华英属哥伦比亚大学人类学博物馆的夸扣特尔人的皂诺克瓦面具[②]；拉长外伸的圆柱形眼睛，如与悠久的黄河文明相异、属于长江流域文明形态的三星堆出土的青铜纵目神，属于既古老又毗邻南方开放文化圈的闽南木偶戏中的纵目偶人，藏于纽约美国自然史博物馆的北美考维尚族萨利希人的斯瓦赫威面具，藏于温哥华英属哥伦比亚大学人类学博物馆的夸扣特尔人的赫威赫威面具，藏于米尔沃基市公共博物馆的夸扣特尔人的赫威赫威面具，以及列维-斯特劳斯所考察和描述的考维尚人与穆斯圭安人的斯瓦赫威面具[③]。这些空洞的眼睛、从眼窝里伸出来的圆柱形的纵目，显示了文明发生学上的异地同源性，它是和失明的眼疾有关？还是和日食、地震的灾难记忆有关？还是和食人剜眼的野蛮习俗相对抗的一种形式？还是人类为了固定与肉眼难以透视的自然天神的距离，而借助身体记号创造的魔法望远镜？有意思的是，古人把观看世界和观看自我联系起来，把倒溯回去的向后看的历史，和对未来的世界的瞻望对接起来。傩戏面具的眼睛

---

① 《仮面的考古学》，大阪府立弥生文化博物馆2010年版。

② 〔法〕克洛德·列维-斯特劳斯《面具之道》，张祖建译，中国人民大学出版社2008年版，第48、67页及书前彩插。

③ 〔法〕克洛德·列维-斯特劳斯《面具之道》，张祖建译，中国人民大学出版社2008年版，第10、107、109页及书前彩插。

变例，实现了人类期待不受任何干扰的目力、在遥远而广漠的世界里确认自我位置、直接与自然对视沟通的记号系统功能。向后看其实是为了向前看，外求是为了内求，两种观看方式，连接着黑暗的真实与光明的极端，与暗黄的脸庞、扭结的眉毛、变形的嘴巴、喑哑的声音、含混的话语，一起为绽放的激情与生命力造型。而在面具的背后，真率的表情、生猛的姿态，延伸到生命潮汐涨落的律动中，在喧嚣和狂欢中遁入沉思冥想的灵魂，追忆着自然的神话与图腾的崇拜，也演述着宗族制度与生与死的仪礼。

一方面，傩戏的面具显示了人对宗教沉迷的深度：拥有面具，就拥有了至上神力。一切都在律动中不能止息，戴面具的傩者似乎受到神的蛊惑和控制，看上去无精打采，却又具有某种征服一切的威力。傩者手指苍穹，俯瞰大地，传达无所不在的天神与先祖的旨意，用长矛刺向想象中的妖鬼邪疫；作为神的奴仆，傩者敲打乐器，发出震耳欲聋的响声，似说非说，似唱非唱，并伴着群体应答和高声尖叫，驱傩赶鬼，呼唤神灵解除人类活着的痛苦。另一方面，傩戏面具的类型学造型，由现实象征秩序向艺术想象空间延伸，呈现了文明战胜自然过程中最原初的状态：统治宇宙的神怪妖鬼具有野蛮、吞噬、侵害和剥夺的权力，人类被监禁在未知空间里仓皇无助地张望逃生出口，对神顶礼膜拜的同时，夹杂着敬畏和恐惧，也滋生着、凝聚着对立反抗的情绪和征服欲。人与神的关系围绕傩戏面具展开了一次艰难旅程的转换：从敬畏、恐惧、受役，到征服、控制、操纵，再到祛魅、清障、除蔽，人与神终于达成和解。如天神、皇帝、如来、观音、太上老君、关云长、包拯、城隍、社公、土地、二郎神、关索、财神、庙神等诸神的威权被一点点拆解，它们寄身世俗，解人危困，流连红尘，与人和谐相处；如引兵土地、梁山土地、当坊土地、青苗土地、桥梁土地、村寨土地，乐呵呵地为人所使，奔走应役，护佑一方水土。艺术脱离宗教，走向自身的递嬗与成熟，戏剧作为艺术的诞生，构建了新的文化转换机制，治愈的不仅是肉体病患，也是生死的挣扎与困惑，是灵魂的撕扯与痛苦。

透过傩戏面具的视觉类型与细节特征，我们看到了人成为主体的精神活动打下的深深烙印。傩戏面具，成为借由行动和表演形成的、与固有的文字书写史相区别的另一维度的演述史。在面具的种种变异组合体中，戏剧搬演的艺术建立了自身开放与聚合、暴露与消弭、诙谐与庄重、粗犷与细腻、反差与互补的内应性法则。傩戏，围绕面具完成了艺术与宗教、物质与非物质的转换机制，实现了它物质表象背后的非物质之“道”。

六、秦童与傩丑

锐锋产乎钝石，明火炽乎暗木。

贵珠出乎贱蚌，美玉出乎丑璞。

——《抱朴子·外篇·博喻》

包荒匿瑕，蓄此顽丑①。

——李白《雪谗诗赠友人》

在此为美兮，在彼为蚩。

——刘禹锡《何卜赋》

在傩戏中，有一类面具的造型，以歪嘴秦童为代表，通过

① 包荒：《易·泰》“包荒用冯河”孔疏：“包含荒秽之物。”匿瑕：《左传·宣公十五年》“瑾瑜匿瑕”杜预注：“匿，藏也，虽美玉之质，亦或居藏瑕秽。”顽丑：丑恶。此其反用之。

嘴的变形和扭曲的脸部特征展现面具所代表的形象角色的个性与神采。它们形成了一种特殊的造型系列，亦并非傩戏所独有，但从角色系列与符码意涵、人神异出与世俗投映层面来看，以秦童为代表的傩戏面具的构造细节，形成了角色之间圣俗衍递的互动关系，具有独特的傩戏类型学意义。

傩戏的面具中，以脸部细节构造做变形夸张的，有额头、眉毛、眼睛、鼻子、皱纹、耳朵和嘴巴等。其中眼睛和嘴巴的变形往往成为关键。如果说，面具的眼睛或许是打通人与神灵、内心与身外世界的意念通道，眼睛的变形，可能更多昭示的是神灵的意念与人的灵魂思考的话；那么，面具的嘴巴则以生动的姿态表演着细微的情感，嘴巴的变形更多显现的是人回归自我时的情感律动与生命活力。

傩戏中，以秦童为代表，形成了一类变形嘴的丑角面具。地戏面具中的秦童，整个脸型左右偏倾扭曲，面部一般涂为红色或蓝色，一般造型为歪嘴皱鼻，斜眼龇牙，但在细节上还是有不少差别。如歪嘴咧嘴、扭曲倾斜的幅度随着脸部的皱纹肌理变化，或大开口，或一条缝，或几乎竖立，或露出齐排牙齿、外突二或四颗虎牙或缺齿；嘴型有枣核形、月牙形、波浪流线形、下巴脱臼错位形。与嘴巴的变形形成呼应的，还有头部的其他很多细节。如头饰发髻，或朝天大髻，或盘旋扭髻，或戴镶边圆顶帽，或戴网格尖顶帽；如眼睛，或一上一下、一高一低，或一睁一闭、一大一小，或眼角上斜吊、下斜吊，或眼珠镂空、下眼睑缀半圆眼珠。另外鼻梁外斜，鼻孔上下不平齐，鼻尖或人中点有小块白斑；长垂的耳朵几乎从额头顺拖到下巴。嘴型轮廓与脸部的纹理相呼应，涂红或无色，形成尴尬难堪、顽皮狡黠、憨厚愚拙、嗔笑假笑、呆板木讷、讪笑觍颜、风趣爽朗、疑惑思虑等等生动丰富的角色情态。

以秦童为代表形成了两个性别不同的丑角系列，属于男性角色身份系列的有歪老二、苗老三、和尚、挑夫、鲁班、小进财、王歪、老歪、童歪、牛公明、小花花、笑嘻嘻、小顶子等，属于女性角色身份系列的有媒婆、歪嘴老娘、歪嘴婆婆、王婆、娘猜、丑娘猜等。

应该说，这种特殊的变形嘴，虽带有一定的象征和指示意义，但并不是经过抽象凝固在面具上的神灵姿态。作为直观的图像符号，它捕捉的是面具所能呈现的仆人、军师、向导、书童、僧人、匠人、老人、小孩、媒婆、老妪等各种世俗人物日常生活中瞬间状态的视觉记忆与动态定格。我们会发现，这些面具所代表的都是社会中的边缘人群和小人物，他们或依赖主人而生活，或附从某一社会阶层而存在，在现实社会中隐匿于社会主流之外，却成就了傩戏面具世界里各具情采和风神的鲜活生命。

傩戏面具的五官结构，一般是对称、均衡的，其背后遵循的是二元对立的思维模式。但以秦童为代表的这一类歪嘴角色，却打破了惯常的以鼻梁为中轴的对称均衡的原则，突出和放大了豁嘴、缺齿、歪嘴、单目、挑眼等生理缺陷，并以五官错位、半正半歪、半哭半笑、半睁半闭等形成相反相证的平衡，构建了另类的二元对立模式。扭曲脸部纹理、增加色彩对比度、夸张部分器官线条与点缀头发胡须附着物等细节，有意造成脸部构造的歪曲、丑陋、怪谲，从而产生动态化视觉和滑稽效果，增加不对称、不和谐的紧张感和错动感。而亦老亦少相、文武并置相、男女合体相、正邪两禀相的面具语境，更是打破人神边界，示现了人与神关系的原生与衍生、切割与消长、对立与转换，传达给我们的是面具作为一种精神共同体，其背后从幻面崇拜到人神合体，再到人神异路的思维机制转向——高下反冲、缺完互衬、阴阳和合、圣俗颠倒；冲击我们视觉的外部特征的“丑”，并不引起讨厌和恶感，因为随着表演和故事的展开，其角色大多装演的是滑稽诙谐、机智聪隽、顽皮幽默的世俗人物。这些造型怪异的面具，通过身体的缺陷表达的不再是无所不在的神灵的威势，而是经由残缺、不完整的生命困扰获得的心灵释放和世俗情趣。

傩戏表演在冲傩中是非常重要的一部分，在开坛、祭坛、和坛之后展开。与之前祭祀仪式的氛围相映衬，为了向神灵还愿，正戏开演，在《扫地和尚》《开路将军》《引兵土地》等上洞戏后，进入中洞戏部分，《甘生赶考》《秦童买猪》是其中最重要的剧目。相比于着意请神还愿的上洞戏和与开山、二郎、钟馗、目连有关的伏魔驱邪、追魂斩鬼之下洞戏，中洞戏更贴近真实的世俗的人间生活，融入了更多的世情民俗与凡人的喜乐烦恼。这些戏目的演出，对于精神生活极度匮乏的乡间百姓来说，就成了让人蜂拥而至、喜闻乐见的娱乐活动。而娱乐活动同时负载了社群互动的功能——通过仪式性戏剧的演出，聚集族群、联络亲友、消弭穷愁，决定族中大事。

秦童是正戏《甘生赶考》的角色，又称“勤童”“琴童”，在仡佬族傩戏和阳戏中叫秦僮，在贵州铜仁、湖南等地叫甘生，在贵州安顺地戏里叫小歪歪、笑嘻嘻、歪嘴老苗。其典型面具现收藏于贵州傩文化博物馆，民间还有各种不同造型的遗存。在苗族、土家族、彝族、仡佬族等不同民族的傩戏里，都是这样一个重要的喜剧角色和丑角人物出场，与其相关的剧目主要有《秦童挑担》《甘生八郎》《甘生赴考》等片段。

关于秦童的来历，民间有许多传说故事。据说他是玉帝的儿子，只因长相丑陋，歪嘴斜睛，耳聋眼瞎，背驼腰弯，腿瘸脚颠，而被打下南天门。太上老君救活小皇子，送与凡间秦家，取名秦童。秦童心地善良，性格开朗风趣，对二老孝顺有加，深得邻里喜爱。老君封其为傩神，给人间增添欢乐。还有故事相传，秦童出身贫寒，长相奇丑。甘生穷愁潦倒，进京赶考请不起挑脚，被人嘲笑奚落，秦童却主动站出来，愿意跟从他做挑脚。原来秦童因为自己的缺陷也经常遭到取笑，对甘生的境遇感同身受，遂爽快地陪甘生赶考。故事有两个不同版本的结局。一个说的是，他们到了京城，甘生不幸落榜，秦童去碰运气，不想却高中夺魁。而另一个版本则说秦童为甘生白天挑担、夜晚点灯，秀才对秦童嘘寒问暖、添食缝衣。秀才考中状元，感恩秦童的陪伴和付出，带秦童就职，不分主仆一起管理所辖境地，安居乐业。

甘生又叫甘生八郎，是正戏《甘生赶考》中的主角，职司为愿主还愿领牲。面具为小生扮相，头戴圆顶冠帽，五官清秀，耳郭硕大，性格温和，一副书生模样。

原本作为配角出现的秦童，以丑角反激生角，不断上位。他五官不正，头梳歪髻，斜眉扯眼，歪嘴龅牙，却妙语连珠、顽皮耍赖，诙谐多趣；与主角——憨厚和气的甘生形成了有趣的反转与错位形象。作为傩祭仪式的《秦童挑担》，要行请五猖神、差发五猖神、送五猖神的科仪，黔北傩戏《秦童挑担》唱词即有“酬奉主，参拜神，参拜五路五猖神”之句。而作为世俗小戏的《秦童挑担》，以赴京赶考的甘生八郎雇觅挑脚请书童、夫妻告别、金榜题名、荣归故里的故事背景为线索，则串起了雇工讨价、贪酒嗜食、赌博调情、捉弄帮衬的一系列喜剧故事。在傩祭仪式向世俗小戏的过渡中，秦童由附从、边缘移向中心、主宰，在与甘生形成或对比，或映衬，或倒置的位置关系时，人与神的行动边界发生了重组。主角与配角、生角与丑角的人物关系在原生与衍生中不断递变，以至于在上洞戏和中洞戏中，还出现了《出（打）秦童》《歪嘴秦童》《秦童老将》《秦童买猪》等故事段落。有的面具还在其五官内部设置连动机关，表演时根据动作需要用绳子和竹棍掣动机关，使眼珠、鼻翼、下巴不时翘动，以显示其滑稽可笑、诙谐多趣的个性特点。

除了面相丑陋而机敏可爱的小书童、劳力吃苦而咬牙挣扎的挑夫、看破世相淡然微笑的和尚外，地戏中最常见的丑角为歪老二，又叫老歪或歪嘴二、歪嘴老苗。相传朱元璋南征云贵时，因不熟悉当地情况，参谋建议他在当地寻找一位向导，于是一副歪嘴龇牙相、惯会插科打诨的歪老二，成为朱元璋了解当地民情的内线和行军高参。丑角歪老二不但往返于军阵之间传递军情，在两军对垒中代为传语，还时不时发发议论、舞弄拳脚，时而为演员提词问句，时而又出入上下场门端水送茶。其面具歪嘴皱鼻，龇牙咧嘴，斜眉扯眼，髻上斜插一把木梳，面部涂红或蓝色，怪异可笑而显机智幽默。而小进财是道教传说中的招财童子、从属于赵公明财神的小财神，与我们一般见到的财神大不一样。云南镇雄傩戏中的小财神面具，虽童颜嬉笑，迸突的眼珠却又饱含看破世情的老道沧桑，硕大的鼻子配上嘴角快要歪咧成麻花的大嘴，仿佛在散财施舍的同时窥破了人们贪欲背后的惨苦。

还有“右眼挑，左眼眯，歪嘴包，半边须”，模仿看斗线做活计的鲁班，与美娘猜、花娘猜形成强烈对比的，以分娩女人的痛苦撕拽、乖谬荒诞出像的丑娘猜，它们都不再展示神灵的光彩，而是捕捉、凝固、镌刻凡人更富有声色活力的、一霎见永恒的丑怪面相。

有趣的是，歪嘴秦童还有一个陪伴角色——略含嘲讽而充满温情的秦童娘子。在以秦童为枢纽的衍生系列中，秦童娘子又形成了一个女性丑角系列——秦童娘子、歪嘴老娘、媒婆、歪嘴婆婆、丑娘猜。

与秦童歪嘴方向形成对照，秦童娘子的嘴大多反向歪曲，在非对称中又形成左右上下呼应的一种平衡。秦童娘子或发髻高耸、丝带束绾，或装饰头箍、簪花蝴蝶，或一眼乜斜、一眼无珠，或低眉顺目，或丹凤斜眼、圆睁半闭，或嘴角微翘、缺齿无颔，或嘴大失颊、皱纹扭曲，脸部表情纹理极富变化，表现出持重安泰、喜笑颜开、苦笑黯然、淳朴恬淡、操劳苦闷、惊愕诧笑的种种神情异相。

有语云：“秦娘歪嘴扯左边，三角眼斜两不平，蓝帕鬓花卷头发，曲鼻门牙趣有神。”可谓的语。据说，秦童陪甘生进京赶考，一去三年未归，秦童娘子千里寻夫至峨眉山，送子娘娘察她寻夫心切，请子送她。秦童娘子至傩堂索夫，八郎拉来和尚、土地、道士、算命、卦先生、唐二等众神故弄玄虚、打诨调笑，最终才说出秦童所在之地。秦童发现娘子背娃，疑妻有外情，秦童娘子逗夫一笑，方道出娘娘送子实情。有时为了排遣家居生活的寂寞，增加风趣，还会出现一只撵路狗。这只撵路狗据说是丑角秦童胞弟的化身，其面具只有上半截，头戴瓜皮帽或挽小髻，一眼大无珠，一眼小眯缝，大张笑口而无下颌。秦童陪考离家后，撵路狗终日跟在嫂子身后，唱着“哪根田坎不长草，哪个兄弟不跟嫂”来打趣逗乐，讨嫂嫂开心。

秦童娘子的面具造型，不断递入其他接近丑角的喜剧性女性角色，如亲切和蔼而风趣爽利的歪嘴老娘、挤眉弄眼而笑容可掬的媒婆、表情木然而大智若愚的丑娘猜等角色。这些形象，都在人性的低姿态中，崭露了普通女性家庭生活的琐碎愿望、风姿情趣和日常劳作细节。

以秦童为代表的歪嘴面具衍生的系列，就目前所见，从地域和民族看分布很广，以贵州为多，铺及黔东南、黔北的荔波、遵义、道真、沿河、铜仁、印江、万山、思南、德江，以及湖南、云南、江苏等地，分别在土家族、苗族、仡佬族、彝族等不同民族的傩戏中都有遗存。

从秦童面具及歪嘴造像看，整体造像或顶髻或偏髻，或圆帽或锥帽，或左斜或右倾，或抿嘴或张口，或木讷或狡黠，或憨拙或神敏，在五官构造、阴阳雕镂、倾斜曲度、神情纹理、附着装饰上变化极大。湖南武冈的歪嘴巴，还将这类面具扮演的角色延展为一种可以扮演各色逢场作戏、多嘴饶舌之人的丑角类型，增强了面具角色的喜剧效果。

值得注意的是，这种遗存并非中国傩戏独有，亦非非物质文化遗存独有。据笔者所见，与傩戏的歪嘴面具相对应，不同国家和地域亦曾出现过类似的面具造型。

如日本岐阜县博物馆藏能面之老女，以皱纹肌理雕刻脸部轮廓，头上用麻丝线缠绕成头发，其眼睛、鼻子、嘴巴整体上失调，尤其是随着鼻梁向右倾斜，嘴角向右上拉抻，将眼睛挤成眯起的三角线，缺齿之间逗出一脸的喜笑颜开。还有藏于日本国立民族学博物馆的日本人类学学者乌居龙藏氏 1898 年在色丹岛采集的千岛阿伊努族面具，据说是参照周边民族的面具制作的，是阿伊努族流传于世的唯一一份资料。面具用整块木头雕成，脸部排列细密的竖纹，眼睛细小空洞，面部上下拉长，半张的嘴巴与下颌呈右下左上方向整体倾斜，嘴巴周边的扩散性细纹显现出一种内力的撕扯、挤压和紧绷感。此外，藏于加拿大温哥华英属哥伦比亚大学人类学博物馆的北美夸扣特尔印第安人的皂诺克瓦面具，有点类似皮影戏中的七分面，缩小甚至隐去左脸下半部，将右脸放大做夸张处理，呈现为半边脸凹陷、半边脸突出的不对称脸部轮廓，额头与眉骨高耸，眼睛像黑洞一样静默中透着神秘，红唇大嘴像喇叭、像号角一样向一侧伸出圆张，显现某种讶异惊诧的神情，仿佛是在用力吸气吹气中将要爆发出无限的能量。这些面具虽表情各异，但都以嘴巴为变形节点，形成整个脸型不成比例的倾斜扭曲；这多少有可能印证面具艺术背后人类思维一致具有的世界性取则，以及不同国家、地域、民族面具变形的类型学的普遍意义。如果顺着这个思路，可以找到考古及民俗民族志的相关资料，做进一步延伸比较和思考的话，或许会发现人类共通的思维密码与造型智慧惊人的相似点。

与其他傩神面具造型的变形夸张不同，以秦童为代表的这类因刻意裸露丑陋而扭曲的傩戏造型，打破面具构造的内在规则，打乱五官原有的依存关系，异质性地趋向一个新的面相集合，形成另类的正像与偏像、冲突与对立的思维机制和功能意义。它显示出傩戏表演中非常重要的一环，即人神沟通过程中人与神的位置、身份、角色的变化与转换，从神灵崇拜、人依附神，转向人出离神、自足自乐。当外在的生理缺陷之丑与内在的心识智慧之美形成一种对照，它传达的不仅是送走鬼疫、为愿主还愿领牲的傩仪职司，还隐含着众生平等意识、对生命力量的敬畏与觉醒；所谓“齞唇历齿，旁行踽偻”①，而貌丑德充，庄谐互映，它通过颠倒美丑而达成了人与神的和解，获得内心与外物新的平衡；更通过对卑微者世情生活的展演，投映出对老与少、男与女、悲与喜、正与邪、生与死的人性禀赋的世俗拆解。

---

① 宋玉《登徒子好色赋》，形容丑妇。

七、人偶之间

南有乔木，不可休息。汉有游女，不可求思。
汉之广矣，不可泳思。江之永矣，不可方思。

——《诗经·周南·汉广》

鲍老当筵笑郭郎，笑他舞袖太郎当。
若教鲍老当筵舞，转更郎当舞袖长。

——杨亿《傀儡诗》

傀儡戏，其实分为立体傀儡戏与平面傀儡戏，木偶戏与皮影戏即属这两种不同类型。雕木为偶，持以为戏，木偶戏的制作与演出传统由来已久。在古代，木偶及其表演有许多不同的提法，如“鲍老”，是宋代戏剧中的角色；“郭郎”，则身份更具体，是戏中装演丑角的木偶。杨亿诗写鲍老，着墨无多，突出一幅

“笑”影；写郭郎，则紧扣其“舞袖太郎当”（衣服宽大，与身材不称）来描绘其滑稽可笑之情状，其偶人形象跃然纸上。木偶戏古称傀儡戏，傀儡原为古代凶神，因雄壮丑恶而得名，最早用于祭丧陪葬，是春秋时代俑殉代替人殉风俗的产物。长沙马王堆汉墓里有不少歌舞俑，河南南阳出土画像砖有像人戴头盔面具斗虎形象，即陪葬偶人的反映。汉代以后以歌舞戏表演丧家之乐，渐成娱乐活动，应劭《风俗通义》云：“时京师宾婚嘉会皆作魁櫑，酒酣之后，续以挽歌、魁櫑丧家之乐。”其驱祟逐疫的功能与方相氏发生了联系，以傀儡模拟真人的表演活动，开始进入傀儡戏的阶段。如《乐府杂录》记载汉代陈平用木偶美人解冒顿围困的故事，郭茂倩《乐府诗集·杂歌谣辞》题解《邯郸郭公歌》引《乐府广题》“北齐后主高纬，雅好傀儡，谓之‘郭公’，时人戏为《郭公歌》”的记载，《三国志·魏书·杜夔传》裴松之注引傅玄所叙，有马均水转百戏之木人，《大业拾遗记》述隋炀帝使黄衮制曲水而行、搬演《刘备过檀溪》等七十二势故事之水饰木人等，都可以看到唐前傀儡戏发展的痕迹：已渐增人物角色，可演故事片断，装饰精巧，富于变幻。

至唐，傀儡戏入于文献所记之散乐①。唐散乐包罗诸多百戏，《唐音癸签》所列四十三种伎艺中，傀儡戏在歌舞戏、大

---

① 散乐亦称俗乐，是与宫廷雅乐相对的民间表演艺术泛称。

面、钵头、踏摇娘、苏中郎之后，排在第六，可见其在民间伎艺活动中的分量和地位。唐代木偶戏有丰富多彩的表演形态，如弄傀儡、祭盘傀儡、盘铃傀儡①等，说明傀儡戏彼时有了长足发展。《封氏闻见记》曰："太原节度辛云京葬日，诸道节度使使人修祭。范阳祭盘最为高大。刻木为尉迟鄂公突厥斗将之戏。机关动作，不异于生。祭讫，灵车欲过，使者请曰：'对数未尽'，又停车，设项羽与汉高祖会鸿门之象，良久乃毕。"作为地方节度使葬礼上演出的祭丧戏，灵车上的木偶戏表演因为道具宏大、表演活灵活现，而被使者要求停下再演，完成"对数"后送丧队伍才能继续前行，不仅可以想见木偶戏精彩、观者如云、祭丧演为戏场的场面，还说明傀儡戏在祭丧活动中将哀作乐的演出效果，发生着娱乐性表演的某种变化。

唐代高宗年间佛教大律师道宣在《量处轻重仪》中有关于禁止寺院存放诸杂乐具，包括"傀儡戏、面竿、桡影、舞师子、白马、俳优"等戏剧道具的记述。寺庙存有丰富多彩的戏剧演出道具，是唐代世俗伎乐活跃在宗教经变俗讲活动场合的明证，且透露了傀儡戏源头与佛教普及教义而挂佛像讲经传统的内在联系。"两京戏场多在大寺院中。戏场外仍有歌场、变场及寺内之道场，同为仕女流连娱乐之地。"② 道场流入歌场，

---

① 据韦绚《刘宾客嘉话录》，此是以盘铃伴奏演出的傀儡戏。

② 任半塘《唐戏弄》，上海古籍出版社 1984 年版，第 980 页。

变场演为戏场，宗教讲经之地承担了社会娱乐和戏剧表演场所的功能，以傀儡戏为代表的各种戏剧搬演活动不断扩大领地，营造了唐代寺院戏剧演出的热闹局面。

唐代木偶制作技艺高超，文人笔记中有不少记载。如张鷟《朝野佥载》卷六：“洛州殷文亮曾为县令，性巧好酒，刻木为人，衣以缯彩，酌酒行觞，皆有次第。又作妓女，唱歌吹笙，皆能应节。饮不尽，即木小儿不肯把；饮未竟，则木妓女歌管连理催。此亦莫测其神妙也。匠作大匠杨务廉甚有巧思，常于沁州市内刻木作僧，手执一碗，自能行乞。碗中钱满，关键忽发，自然作声云‘布施’。市人竞观，欲其作声，施者日盈数千矣。郴州刺史王琚刻木为獭，沉于水中，取鱼引首而出。盖獭口中安饵，为转关，以石缒之则沉。鱼取其饵，关即发，口合则衔鱼，石发则浮出矣。”木偶小歌女在宴席上行觞劝酒，应和曲子舞动身躯；木偶小和尚持钵行乞，还能掣动钵中机关收钱；木偶水獭巧布机关可以钓鱼。这些地方官和匠人制作的木偶器具不但能表演，还成为日常生活的精巧用具，可见雕造技艺之精湛。

然而，从历史上看，木偶戏在民间的生长环境却极其困窘，发展极其缓慢。究其原因，存在三种阻力和两个偏向。物质的窘困、宗教的捆绑与官方的打击带来的三种阻力影响着木偶戏向着信仰寄托、宗教附庸和纯粹娱乐、游戏玩艺两个偏向的发展。宋代以来，傀儡戏在民间各种闹丧禳疾、驱傩赛社活动中不断发展，但因其活动场域以及驱邪镇鬼的功能所表达的民间意识，与官方正教产生矛盾和冲突，受到统治者关注和抑制。北宋城乡傀儡戏演出非常盛行，《东京梦华录》中载有杖头傀儡、悬丝傀儡、药发傀儡等名目。据《梦粱录》："凡傀儡，敷演烟粉、灵怪、铁骑、公案，史书历代君臣将相故事话本，或讲史，或作杂剧，或如崖词。"其后也提到悬丝傀儡、杖头傀儡、水傀儡等，演故事颇富神奇，扮角色百般伶俐，官方并不禁止。南宋绍熙元年（1190）朱熹《守漳颁谕俗文》曰："约束寺院民间不得以礼佛传经为名，聚集男女，昼夜混杂；约束城市乡村，不得以禳灾祈福为名，敛掠财物，装弄傀儡。"提议禁傀儡戏。朱熹禁傀儡，与宋代禁巫、禁淫祀的文化背景关联。宋代民间杂祠淫祀林立，被官方指为妖教乱秩、邪神酿祸的非法集会，一概在取缔之列。傀儡戏被指"借官方正教的名义聚众酿乱"，因其羼杂着地方化的民神崇拜，被认为多有弄神渎神之举，而以杂祠淫祀、异端非法之名禁黜。朱熹弟子陈淳在《北溪陈先生全集》第四门卷二十三《上赵寺丞论淫祀》中也记述了自己上札奏请漳州太守禁赛戏傀儡："某窃以此邦陋俗，当秋收之后，优人互凑诸乡保作淫戏，号乞冬。群不逞少年遂结集浮浪无赖数十辈，共相唱率，号曰戏头，逐家裒敛钱物，豢优人作戏，或弄傀儡，筑棚于居民丛萃之地，四通八达之郊，以广会观者；至市厘近地，四门之外，亦争为之不顾……欲望台判按榜市曹，明示约束，并帖四县，各依指挥，散榜诸乡保甲严止绝。”可以看到，“秋收之后”这特定的时间、“筑棚于居民丛萃之地，四通八达之郊，以广会观者”这特定的地点、“凑诸乡保作淫戏，号乞冬”这特殊的氛围共同组成傀儡演剧的特定场域，说明傀儡演剧所依托的男女杂沓、老少如狂的赛戏场域，其所表达的民神崇拜与信仰观念，都是不能得到官方认可的。

傀儡演剧的“淫祀”场域，虽因其“非法性”一再遭到官方禁断，但却经由赛戏成为宋代戏剧文化的丰厚积存。“空巷无人尽出嬉，烛光过似放灯时；山中一老眠初觉，棚上诸君闹未知。游女归来寻坠珥，邻翁看罢感牵丝。可怜朴散非渠罪，薄俗如今几偃师。”（刘克庄《闻祥应庙优戏甚盛二首》）宋代有很多歌咏傀儡棚闹弄戏场的观剧诗。如刘克庄《无题二首》云：“棚空众散足凄凉，昨日人趋似堵墙。儿女不知时事变，相呼入市看戏场。”程俱《观王君玉侍郎集有酒明诗次韵》亦写道：“簿领青州掾，风姿麴秀才。长烦拍浮手，持赠合欢杯。屡舞回风急，传筹白羽催。深惭偃师氏，端为破愁来。”洪咨夔在《谨和老人初冬寓笔十绝》其四中咏道：“当场弄出百般奇，傀儡棚中老偃师，满眼机关无着处，到头线索有收时。”这些咏剧诗形象展现了木偶戏表演伴着觥筹交错、歌管急催而疾徐灵动、神妙莫测的状态，也记录了宋代市中戏场搭建傀儡棚表演，人潮拥堵的观剧情形。

其实，在木偶戏的观演语境中，有一个现象是特别值得注意的。那就是与殉葬、祭丧活动有着天然联系的木偶戏，提供了一种生死共在的语义场，教会了人们怎样在务虚体实中参透真幻，怎样在出生入死中看淡生死。《庄子·至乐》中与髑髅对话，预置了开示机妙的重要素材——生与死、悲与欢的话题。东汉张衡《髑髅赋》写张平子见髑髅（即故去之庄子），问愿否再生，答曰“一安于休息，乐于接受死亡，进入与道逍遥的境地”，宣示了泯物我、齐生死的态度。中国古人已具有了对生死的超越意识。及至五代僧人图像出现布袋和尚回头笑骷髅，宋代李嵩画骷髅幻戏图，长真子《骷髅歌》云“须明性命似悬丝”，都或多或少让人将死亡的象征——头脑空空的髑髅、骷髅与傀儡表演联想在一起，感悟生死悲欢的交集。

元明以来，傀儡戏虽然也遭到不同时代统治者的禁止，但民间观演傀儡戏却越来越盛。如至顺二年（1331）官方曾颁布禁令：“诸民间子弟，不务生业，辄于城市坊镇演唱词话、教习杂戏、聚众淫谑，并禁治之。诸弄禽蛇、傀儡、藏擫、撇钹、倒花钱、击渔鼓，惑人集众，以卖伪药者，禁之，违者重罪之。”但我们从其中看到“演唱词话”、弄傀儡，与元代戏剧演出关系密切；而弄傀儡还产生了职业的训练教习，延续着唐宋以来民间搬弄的热潮。元末杨维桢《朱明优戏序》云："朱明氏，世习窟礧家，其大父应俳首驾前，明手益机警，而辨舌歌喉，又悉与手应，一谈一笑，真若出于偶人肝肺间，观者惊之若神。松帅韩侯宴余偃武堂，明供群木偶，为《尉迟平寇》《子卿还朝》于降臣民辟之际，不无讽谏所系，而诚非苟为一时耳目玩者也。"尤其肯定了朱明氏家传傀儡搬演技艺高超，不单供一时耳目之玩，且益以讽谏，具有了以敷演故事戏弄讽刺的力量。

明清以降，傀儡戏在宫廷和民间都非常盛行。《明宫史》记载的宫廷水傀儡戏，用轻木雕成海外四夷蛮王及仙圣、将军、士卒之上半身像，施油彩，设木池以置彩像，以纱围之，围屏内有人机动控制，伴以鼓乐，游斗玩耍，"有一人执锣在旁宣白题目，替傀儡登答，赞导喝采。或英国公三败黎王故事，或孔明七擒七纵，或三宝太监下西洋、八仙过海、孙行者大闹龙宫之类。惟是暑天白昼作之，犹耍把戏者耳"。宫中盛演傀儡戏可见一斑。而清代崇彝《道咸以来朝野杂记》则云："早年王公府第，多自养高腔班或昆腔班……其后外间又有大台宫戏班，以应宅邸堂会。其式小于戏台，而高与等，下半截以隔扇围之，内可隐人，与内外隔绝。傀儡人高三尺许，装束与伶人一般，下面以人举而舞之，其举止动作，要与伶人一般，谓之肘搂子。歌者与场面人皆另外齐备，坐于台内，与外不相见，当年所谓关防者也。""肘搂"当系"托偶"之音转。"大台宫戏”即原来的宫廷大型杖头傀儡戏，流入市井以后渐渐萎缩变形，成为上等人观看的把戏与民俗“玩艺”。

与宫中玩赏娱乐性傀儡演出道具华丽、场面炫彩不同，民间傀儡戏的娱乐性演出则受困于物质与经济条件，在只能靠人力和随身技艺获得生息的境遇里不断发展。明万历年间（1573—1619）《歙志》卷九《艺能·戏艺》记载民间真人反扮傀儡的情形说：“傀儡亦优也。然是木偶，而人提之盖之、死而致生之也，犹易为也。乃吾乡有古氏者，故优也，一朝出其新意，乃身为傀儡，以线索蹲身笼中，听人提出顿地做剧。瞪睛冷面，仰卧曲身，行坐跪拜，一如傀儡之状，场下观者不知其为人也，此则之生致死之不易为也。”此徽州古氏是以人扮木偶表演的傀儡戏世家。真人扮傀儡，反其体而状形，屈曲由人；反其物而摹声，啼唤随口；反其意而戏弄，颠倒生死：达到了出神入化的表演境界。“淫言媟语久难闻，景戏洋歌[①]里巷纷。祸害易萌邪僻念，妇人土棍半为群。”[②] 遭到福建当地文人鄙薄的杖头木偶、傀儡戏却令百姓心欲醉、涕欲坠，一时遍传，流连竟夕。李斗《扬州画舫录》卷十一“肩担戏”：“（凤阳

---

① 景戏即儒林景戏，是杖头木偶、傀儡戏的民间俗称；洋歌被称为“洋歌伬”，即江西弋阳腔传入福建，与当地民间歌舞小调融合，在傀儡戏演出中发展出的戏曲声腔。

② 王道徵《兰修庵避暑钞》卷三引林昌彝《福州竹枝词》，道光二十二年（1842）刊本。

人）围布作房，支以一木，以五指运三寸傀儡，金鼓喧阗，词白则用叫颡子，均一人为之，谓之肩担戏。”[①] 此即安徽凤阳艺人在扬州演出的布袋木偶戏，独自一人肩担戏具赶场，演出时唱念伴奏、操纵木偶全由一人担当，即《燕京岁时记》所云北京的“苟利子，即傀儡子，乃一人在布帷之中，头顶小台，演唱《打虎》《跑马》诸杂剧”。[②]

明代余永麟《北窗琐语》记载唐子畏傀儡诗云：“纸作衣掌线作筋，悲欢离合假成真。分明是个花光鬼，却在人前人弄人。”而文衡山子弟诗曰：“末郎旦女假为真，便说忠君与孝亲。脱却戏衣还本相，里头不是外头人。”如果说此二诗形容傀儡神妙毕肖，那么清代郑板桥《咏傀儡》诗所说：“笑尔胸中无一物，本来朽木制为身。衣冠也学诗文辈，面貌能惊市井人。得意那知当局丑，旁观莫认戏场真。纵教四肢能灵活，不藉提撕不屈伸。”则道出了木偶戏弄假成真、足以警世的真谛。傀儡演剧虽无法逃脱官方禁戏的法与礼的双重禁锢，作为巫文化与民俗文化的衍生艺术，其道具搬弄的仪式感、演出效果的狂欢化与集众场域的开放性，却在有限的活动空间里造就了民间演剧的生动镜像，泉涓涓而始流，木欣欣以向荣，显现了民间话语（小传统）逐步扩大并覆盖社会的过程。

---

① 李斗《扬州画舫录》卷十一，中华书局1960年版，第263页。

② 富察敦崇《燕京岁时记》，北京古籍出版社1981年版，第56页。

八、影戏与影人说

月出皎兮，佼人僚兮。舒窈纠兮，劳心悄兮。

——《诗经·陈风·月出》

愿在昼而为影，常依形而西东；
悲高树之多荫，慨有时而不同！
愿在夜而为烛，照玉容于两楹；
悲扶桑之舒光，奄灭景而藏明！

——陶渊明《闲情赋》

戏曲在光影里会有怎样不同的景致？皮影戏所代表的一种戏曲意念，该从怎样的角度去理解和阐释？

影戏，是一种用灯光照射兽皮或纸板做成的人物等剪影以表演故事的民间戏剧。表演时，一般由三到五个艺人在白色幕布后面，一边操纵剪影，一边用当地流行的曲调唱述故事，同时配以打击乐器和弦乐。

先来看看影戏是怎样制作和表演的吧。影件的绘画染色有一定讲究，女性发饰及衣饰多以花、草、云、凤等纹样为图案，男性则多用龙、虎、水、云等纹样为图案。最初皮影颜色单调，不能够在视觉上吸引观众，后使用多样着色技术，使皮影看起来五颜六色，能够传达善恶美丑，更具表现力。皮影制作也有自身的特定性，它是将羊皮、驴皮或其他兽皮去净毛血，药物处理，使皮革变薄，呈半透明，涂桐油，镂成所需影人形象；雕刻时一般用阳刻，也用阴刻，雕工细致，刀法多变。皮影影人高可达 55 厘米，低仅 10 厘米，其头部、四肢、躯干等各自独立，用线连为一体，分别以连杆由演员操纵表演。皮影的表演，一般忠良人物为五分面，反面人物为七分面。形象造型与戏剧角色大略相同，生旦净末丑齐全。操杆表演者在半透明白布后，贴近幕布熟练操纵皮影活动，伴着说唱，有声有色地演民间神话故事、武打故事，唱古人。皮影或手舞足蹈，或屈直俯仰，或腾云驾雾，或翻跌扑滚，出神入化，变幻莫测。独创的“换头”技术，类似戏剧“变脸”。还有影人面部拉眼皮瞪眼睛的绝技，使得影人动作和表情变换更加自然逼真。锣鼓之外增添民族弦乐器，伴奏形式也很丰富。而影人表演也形成了一些特定的程式，如戏谚云：“出场风摆柳，升帐亮相身一扭。单脚一抬回身走，坐帐报名双袖抖”，这说的是武小生；“举止重如山，开打似叶漂。站立如玉树，走路像风扫”，这说的是武生；“走路臂一晃，脑袋点两下。蹒跚步履迟，站立手平跨”，这说的是髯（老生）。是不是很形象生动呢!

再来了解一下影戏的源头与故事。一般认为影戏源于汉，成于唐，盛于宋以后。但影戏的源头，也有说可以追溯到秦末楚汉相争，张良用革人惑敌解彭城之围事。源于汉，也有宫女剪桐、方士弄影的不同说法。方士弄影更为人熟知，说的是汉武帝的李夫人殁，术士做影人以慰帝悬想事。高承《事物纪原》卷九“影戏”云：“故老相承，言影戏之原，出于汉武帝李夫人之亡，齐人少翁言能致其魂，上念夫人无已，乃使致之。少翁夜为方帷，张灯烛，帝坐它帐，自帷中望见之，仿佛夫人像也，盖不得就视之。由是世间有影戏。”

唐代俗讲兴起，影戏与立铺①讲唱、变文变相关系甚密，得到进一步发展。《太平广记》卷十二讲到幻术，即有宋子贤临街小楼弄幻影的故事。当然，影戏兴盛，是宋代勾栏瓦肆各种市井伎艺的交融荟萃促成的。宋代说三分（三国故事）等说话伎艺中已显露影戏表演的端倪。《都城纪胜》“瓦舍众伎”条讲：“凡影戏……初以素纸雕镞，后用彩色装皮为之。其话本与讲史书者颇同，大抵真假相半。公忠者雕以正貌，奸邪者与之丑貌。盖亦寓褒贬于市俗之眼

① “铺”是佛教变相常用量词，立铺与横卷相对，指的是竖立挂画，依图说讲。

戏也。”讲到影戏质料从素纸到皮装的变化，影人已有类似戏曲行当的忠邪正丑之分。从《梦粱录》记述“更有弄影戏者，元汴京初以素纸雕镞，自后人巧工精，以羊皮雕形，用以彩色装饰”①，《东京梦华录》列举影戏表演艺人有“董十五、赵七、曹保义、朱婆儿、没困驼、风僧哥、俎六姐，影戏。丁仪、瘦吉等，弄乔影戏”② 等说法看，影戏在宋代已形成固定的职业行当和家庭搭班，并出现大影戏、小影戏、乔影戏等类型。南戏《张协状元》第十五出、《杀狗记》第三十一出还有［大影戏］调名，可见宋代影戏的繁荣。影戏繁荣还第一次引发了案狱——“刘遇僧称皇”案。据《三朝北盟会编》记载，南京刘婆家一小儿遇僧，卖于染户朱从至砀山，人见之多以其长相酷似“少帝”而惊叹，“遇僧心中暗喜，每看影戏唱词，私记其宫禁中、殿阁下龙凤之语”。绍兴十年(1140)，朝廷寻访宋宗室，遇僧乃自谓是少帝第二子，编出“亲坐翁翁怀中，翁翁腋下有黑痣子，常以手撚之……少帝使黄院子张全夫妻背其出城，以奔至夏邑县，遇刘统领留之，取其土铃。张全夫妻遭难，刘统领尚在”③ 等一番虚言，威吓刘统领统一口径，纠集追随者二三十人，迫县令遣使至朝廷，为司法参军孙守信谏止。一

① 吴自牧《梦粱录》，浙江人民出版社1980年版，第194页。

② 孟元老《东京梦华录》，古典文学出版社1958年版，第30页。

③ 徐梦莘《三朝北盟会编》卷一九九，上海古籍出版社1987年版，第1569页。

行人后入狱，至勘实判处脊杖二十刺配琼州牢城。这说明当时的影戏表演深入平民社会，流行市肆街头，已能敷演丰富生动的宫廷故事，以至遇僧能熟记影戏唱词而“称皇”。而小民借影戏僭逆，也成为此后官方禁影戏的由头。天会五年（1127）金灭北宋，金人索掠北宋官私乐人，“杂剧、说话、弄影戏、小说、嘌唱、弄傀儡、打筋斗、弹筝、琵瑟（琶）、吹笙等艺人一百五十余家，令开封府押赴军前……里巷为之一空”。[①] 被掳掠的民间伎艺人将宋杂剧、傀儡戏、影戏等伎艺传到金朝，易代之际戏剧流动散播的具体场景，也成为元代戏剧艺术繁荣的孵化场。周贻白说：“当成吉思汗的儿子继承大统后，曾有中国的戏剧演员到波斯，表演一种藏在幕后说唱的戏剧”，表演了许多国家的事[②]。顾颉刚、佟晶心等均认为这种幕后表演的特别戏曲就是影戏[③]，可见影戏伎艺流传之广。

为什么宋代是皮影戏兴盛的时代？这就要说到皮影戏产生的历史条件了。虽然说《韩非子·外储说》讲到客为周君画髹策（漆过的竹筒），显现了古人最初对针孔成像光学原理的了解和把握，但使得制革、刀雕、彩绘技术水平达到一定高度，操演影偶

① 徐梦莘《三朝北盟会编》卷七十七《靖康中帙》，上海古籍出版社1987年版，第583—584页。

② 周贻白《中国戏剧史》上册，中华书局1953年版，第138页。

③ 顾颉刚《中国影戏略史及其现状》，《文史》，中华书局1983年版，第115页；佟晶心：《中国影戏考》，《剧学月刊》1934年3卷11期，第4页。

的艺人队伍技艺高超，一定的曲牌唱腔和剧本积累，相应的文化环境和演出市场，这四者能兼备，是到了宋朝才完成的。如高承《事物纪原》载“宋朝仁宗时，市人有能谈三国事者，或采其说，加缘饰作影人，始为魏、吴、蜀三分战争之像”，皮影戏已可表演长篇历史故事了。张耒《明道杂志》还记述了一件怪谲之事：“京师有富家子，少孤，专财。群无赖百方诱导之。而此子甚好看弄影戏，每弄至斩关羽，辄为之泣下，嘱弄者且缓之。一日，弄者曰：‘云长古猛将，今斩之，其鬼或能祟。请既斩而祭之。’此子闻甚喜。弄者乃求酒肉之费，此子出银器数十。至日，斩罢，大陈饮食，如祭者。群无赖聚享之。乃白此子，请遂散此器。此子不敢逆，于是共分焉。旧闻此事，不信，近见事有类是事，聊记之，以发异日之笑。”一位富家子因喜看弄影戏，闻关羽被斩，哭求俄延慢演，并出家中贵重银器致祭，不想为群无赖要挟骗夺。可见影戏流行市井、移人性情之深。

而宋无名氏《百宝总珍集》“影戏”条所列宋代皮影戏影件之丰，也令人惊叹：“大小影戏分数等，水晶羊皮五彩装。自古史记十七代，注语之中仔细看（影戏头样并皮脚并长五小尺。中样小样大小身儿一百六十个，小将三十二替〔屉〕，驾前二替〔屉〕，杂使公二，茶酒、着马马军共计一百二十个。单马、窠石、水、城、船、门、大虫、果卓〔桌〕、椅儿共二百四件，枪、刀四十件……《唐书》、《三国志》、《五代史》、“前后汉”，并杂使头，一千二百头)。”这个戏箱容量如此惊人，包括表演宋前十七史所有故事的影人造型一千二百个，仅将帅造型就有三十二屉，可见宋代影戏所达到的技艺高度、丰富表现力和繁盛度。皮影戏的兴盛，也渐渐改变了人们对它的看法，如张戒《岁寒堂诗话》云：“往在柏台，郑亨仲、方公美诵张文潜《中兴碑》诗，戒曰：‘此弄影戏语耳。’二公骇笑问其故，戒曰：‘郭公凛凛英雄才，金戈铁马从西来。举旗为风偃为雨，洒扫九庙无尘埃。岂非弄影戏乎？’”

金元以来的影戏表演，虽然文献记载不多，但我们从一些文物遗迹和壁画上都能看到。如山西省孝义市金正隆元年（1156）七边形砖砌单室墓中出土的皮影头像壁画、山西省繁峙县岩山寺文殊殿金大定七年（1167）壁画儿童弄影戏图、山西省孝义市元大德二年（1298）古墓基口两侧绘有纸窗人影的壁画，显现出侧身式皮影空实显影、实处着色的雕刻技艺，并有“乐影传家，共守其职”字样。明初官方颁布了强制性的戏剧文化管理政策，市肆演剧的典型场所——勾栏瓦舍萎缩并渐渐消隐，影戏演剧的记载并不多，但从明初文人瞿佑“南瓦新开影戏场，满堂明烛照兴亡。看看弄到乌江渡，犹把英雄说霸王”① 的影戏表演描述也可作一斑了解。徐渭有灯谜诗：“做得

① 田汝成《西湖游览志余》卷二十引瞿佑《影戏诗》，上海古籍出版社 1998 年版，第 288 页。

好，又要遮得好。一般也号子弟兵，有何面目见江东父老”，说的也是这个故事，可见影戏搬演项羽故事当时风行。

清代以降，皮影戏的表演，出现了演出之盛与禁毁之厉相伴随的情况。一方面，从文人笔记杂著中见到观演影戏的记载。如康熙三十五年（1696）李声振《百戏竹枝词》咏影戏诗曰：“机关牵引未分明，绿绮窗前透夜集。半面才通君莫问，前身原是褚先生。”其小注曰：“剪纸为之，透机械于小窗上，夜演一剧，亦有生致。”清人陈赓元《游踪纪事》有《影戏》诗曰：“衣冠优孟本无真，片纸糊成面目新。千古荣枯泡影里，眼中都是幻中人。”嘉庆乙丑（1805）刊本的《成都竹枝词》咏成都灯影戏云：“灯影原宜趁夜光，如何白昼即铺张。弋阳腔调杂钮鼓，及至灯明已散场。”① 又如崇彝《道咸以来朝野杂记》曰：“又有影戏一种，以纸糊大方窗为戏台，剧人以皮片剪成，染以各色，以人举之舞。所唱分数种，有滦州调、琢州调及弋腔。昼夜台内悬灯映影，以火彩幻术诸戏为美，故谓之影戏。”另一方面，影戏的表演延日入夜、夜聚晓散，有悖农本社会日常生活秩序，在官方看来引起一系列社会问题，而受到禁断打击。如雍正十三年（1735）定律禁当街唱夜戏：“城市乡村，如有当街搭台悬灯唱演夜戏者，将为首之人，照违制律杖一

① 定晋岩樵叟《成都竹枝词》，成都心太平斋藏版，嘉庆乙丑（1805）新刊本。

百，枷号一个月。不行查拿之地方保甲，照不应重律杖八十。”[①] 乾隆十年（1745）陕西首禁影戏：“白昼甚长，尽可演唱，何必定于夜间。陕省向有夜戏恶习，于广阔之地，搭台演唱，日唱不足，继以彻夜，聚集人众，男女杂沓，奸良莫辨，一切奸盗匪赌，每由夜戏，且有酿成命案者……影戏一件，必在夜演，亦聚集多人，皆足滋事，嗣后须一并实力禁止，违者乡地会首，及戏班之首，一并重处。其有会首恃众，不听乡保劝阻，许乡保报官，专责会首班头。果能禁止夜戏，地方可省无数事端也”。[②] 影戏夜唱带来颠倒日夜、混杂男女等风化问题，一再引起官方惩戒。如文献记载浙江绍兴“关厢内外，有种好事之徒，沿门苛派，勒索钱文，黑夜招摇，扮演影戏，此街彼巷，彻夜不休，无赖棍徒，酗酒生事，不分男女，不辨嫌疑，宵小逞奸，窥伺窃扰，种种滋事，为害实深。合行出示严禁……除拿捕保敛头究处外，听从出钱附和之人，一并查拿责惩，断不姑宽”[③]。正如葛兆光《思想史研究课堂讲录》所说：“在传统的观念里面，夜幕下不仅是黑暗，而且是阴谋、混乱、肮脏和反叛”，“在一切生活都由官方控制的传统中国社会里面，日夜

① 《大清会典事例》卷八二九《刑部·刑律·杂犯》，宣统元年（1909）上海商务印书馆铅印本，第3页。

② 陈宏谋《培远堂偶存稿·文檄》卷十九，家刻本，第21页。

③ 王利器《元明清三代禁毁小说戏曲史料》，上海古籍出版社1981年版，第160页。

的生活秩序不仅仅是一种习惯，它又和政治上的合法与非法、生活上的正常与非常是有联系的。历代的法律规定，就给民众划出了关于生活的合法与非法、正常与非常的界线”①。夜戏招集人众、夜聚晓散的性质，在官方看来已然构成对农本社会明动晦休日常生活秩序的反叛。在官方文化视野里，影戏夜唱根本上是反叛现存社会秩序的非法集众活动。

夜戏之禁作为高频出现的禁戏关键词，不仅出现在官方律条、地方文告中，也多出现于正统文人的舆论抨击文章。在湖北黄安（今红安），影戏与花鼓戏一起被指为荒业坏心之术：“近有不可训者二：曰呀（迓）戏，曰影戏。子弟不列于梨园，节奏不谐乎弦管。呀戏演于昼，其词淫，其态媚，观之易迷。影戏演于夜，其词俚，其音土，听之易晓。价廉费省，便于集事，故一村乍停，一村复起，男女辐辏，乐此不疲。荒之业而坏人心，莫此为甚！”② 虽然处在官方的围剿与舆论的旋涡中，影戏搬演还是延伸到了官方禁戏权力难以掌控的民俗地带，且演变为大众娱乐不择时地的集体狂欢仪式。“影戏借灯取影，哀怨异常，老妪听之多能下泪”③，吸引大批年轻女性流连戏场，而且以其哀怨动情的故事和高超的表演技艺打动人心、传

---

① 葛兆光《思想史研究课堂讲录》，三联书店2005年版，第255，247页。

② 《（湖北）黄安县志·风俗志》，道光二年（1822）刻本。

③ 富察敦崇《燕京岁时记》，北京古籍出版社1981年版，第94页。

扬里巷，成为那个时代普通百姓能够获得的最宝贵的娱乐权利和精神安慰。

正如皮影戏场上传诵的谚语所说：“悲欢离合无非借光树影，衣冠人物俱是依皮成影”，“一口道尽千古事，双手舞动百万兵”，“皮影本是圣佛留，未从上台灯打头，大锣好比开山斧，劈开三教与九流”，影戏通过艺术与技术的变形夸张，将人的附着物变为创造物，在真幻、光影、虚实之间，用民间智慧雕刻时光，再造历史，同时透发出人性光辉。如果我们像林风眠那样将皮影元素融入现代绘画，像张艺谋话剧《白鹿原》开场那样将陕西老腔皮影艺人搬上舞台，挖掘影戏与影人历史中珍贵的现代文化元素，或许可以让积存在当代各地的民间皮影艺术再绽光彩，从而在重建失去的文化传统的同时，获得更深的文化理解和认同。

九、琵琶戏语

采薇采薇，薇亦柔止。曰归曰归，心亦忧止……昔我往矣，杨柳依依。今我来思，雨雪霏霏。行道迟迟，载渴载饥。我心伤悲，莫知我哀！

——《诗经·小雅·采薇》

在泥泞的人生路上，有多少痴女怨妇在劳作中煎熬，在离乱中守望，从雨到雪，哪里是归期？从春到冬，哪里是路的尽头？作为“南戏之祖”，《琵琶记》这部诉说痴女弃妇命运的南戏故事，它的题材很早就在《王魁负义》《赵贞女蔡二郎》中孕育，在宋代引起了很大的共鸣。早期南戏中表现痴心女子负心汉的民间故事渐渐多了起来，其同类题材互为典故也非常明显，而主题人物也一步步发生着蜕化和变异，如《王焕》《王魁负义》《赵贞女蔡二郎》等。“永乐大典戏文三种”中的《张协状元》就是一部表现富贵易妻、女性遭弃的婚变戏。书生张协赶考路上被强人打伤，为寄住古庙的贫女收留。张协向贫女求婚遭拒，由邻人做媒议定婚事。婚后张协赴举，贫女剪发为其筹措盘缠。枢密使王德用招赘状元张协而遭拒绝。贫女得知张协中举，千里寻夫找到京中却被张协打出衙门，无奈乞讨回到古庙。远赴外任的张协路遇采茶的贫女而将其砍伤。王德用赴梓州途中见贫女酷似死去的女儿，遂收为义女。张协到任后发现上司正是王德用，中间张协受到百般刁难摆布，最终二人被撮合成婚。《琵琶记》的问世标志着南戏的成熟与定型，对南戏诸种声腔的发展亦影响深远。《琵琶记》产生以来影响巨大，不仅版本众多，有 41 种版本，仅居《西厢记》之次，而且在明清、近代及 1949 年后都曾引发过与时代精神相关的文学论争和文化阐释热潮，这是一个非常特别的现象。

《琵琶记》故事的男主角是蔡伯喈。历史上的蔡邕，字伯喈，乃东汉著名学者，博洽多闻，擅辞章，通音律，汉灵帝时因弹劾宦官而流放朔方，亡命江湖 12 年，董卓当权时被迫出仕，董死后被囚死狱中。史载邕至孝，守护久病的母亲七年之久而不辍，与叔父同居三世而不分财，乡党高其义；并无中举后弃妻再娶、父母双双饿死事。陆游《小舟游近村，舍舟步归》诗有“斜阳古柳赵家庄，负鼓盲翁正做场。死后是非谁管得，满村听唱蔡中郎”[1] 的诗句，记载了民间说唱蔡中郎故事的盛况，并暗示了此故事道德贬抑的思想倾向。早期南戏《赵贞女》描述的也即此事。南戏《刘文龙菱花镜》有一段女主人公的唱词，后为京剧改为《小上坟》，大体上叙述了这一故事的原貌：“正走之间泪满腮，想起了古人蔡伯喈。他上京中去赶考，一去赶考不回来。一双爹娘都饿死，五娘抱土筑坟台。坟台筑起了三尺土，从空降下一面琵琶来。［介］身背着琵琶描容相，一心心上京找夫回。找到京中不相认，哭坏了贤妻女裙钗。贤惠的五娘遭马踹，到后来五雷轰顶是那蔡伯喈。”[2] 可见，民间传说中的蔡伯喈是一个不孝爹娘、背亲弃妻、人人唾骂的小人，五娘马踏而死的结局也非常悲惨。而《琵琶记》的作者高明，却把蔡伯喈塑造成了一个全忠全孝的正面人物，并以大团圆作结。

应该说作者把一个乡野传唱的民间故事改编成了一个精致优美的文人剧，在艺术上经过了一个由俗到雅、由粗到精的提炼过程，取得了巨大的成就。首先，塑造了一个有弱点的正面悲剧人物蔡伯喈和一个富有美德的平民妇女赵五娘，尤其是五

---

① 陆游著，钱仲联点校《剑南诗稿》（上），岳麓书社 1998 年版，第 761—762 页。

② 《小上坟》，《戏考大全》（第一册），上海书店据中华图书馆《戏考》原本影印，1990 年版，第 639—640 页。

娘纯朴善良、克己待人、勤劳自立的性格基调，忍辱负重、任劳任怨、忘我牺牲、坚韧不拔的人格精神，都开掘出了民间伦理文化的精髓；其次，创造了苦乐相兼、生旦戏交错的双线对比式结构，对戏曲叙事手法的丰富和推进功不可没；再次，本色自然而高华优雅的曲辞风格，获得了世人瞩目的语言艺术成就。

《琵琶记》在主题上的确存在着显在的矛盾。作者主观上意在肯定和宣扬忠孝道德，客观上对恪守忠孝的反人道造成的人生悲剧，却给予了深刻展露，呈现出主观的道德说教与客观的反道德倾向的抵触、矛盾。《琵琶记》的思想题旨在副末开场的上场诗［水调歌头］中宣示：“秋灯明翠幕，夜案览芸编。今来古往，其间故事几多般。少甚佳人才子，也有神仙幽怪，琐碎不堪观。正是不关风化体，纵好也徒然。论传奇，乐人易，动人难，知音君子，这般另作眼儿看。休论插科打诨，也不寻宫数调，只看子孝共妻贤。正是骅骝方独步，万马敢争先。”这种教化贤孝的主观命意，在开篇就已昭显。据说高明曾经为家乡一位割股疗亲的孝女陈妙真写过旌表文，朱元璋还曾把《琵琶记》和四书五经相提并论：“五经四书如五谷，家家不可缺，高明《琵琶记》如珍馐百味，富贵家岂可缺耶。”故事包含的教化意识、帝王的大力推重，使得《琵琶记》成为明初伦理教化剧代圣贤立言的先声。

高明在《琵琶记》中多次强化着“有贞有烈赵真女，全忠全孝蔡伯喈”“管取一封天子诏，表扬四海孝贤人”“亲坟共扫添荣耀，不负诗书教子方”“莫道名高与爵贵，须知子孝共妻贤”的教化意识。为了实现这种教化，他赋予主要人物蔡公、蔡伯喈、赵五娘、牛小姐、张大公等人以忠孝节义的种种美德，以德行良方为故事安上一夫二妻的团圆尾巴。但这似乎只是作者精心镶嵌在作品四周的一个表面化、浮雕式的框架，而故事内容所呈现的现实主义深度和苦难重压之下真切自然的人性之美，却又往往在关键时刻破坏着、轰毁着这一装饰性的浮框。

《琵琶记》的故事主干是“三逼三不从”：蔡公逼试，伯喈不从；皇帝逼婚，伯喈不从；丞相逼官，伯喈不从。故事主干已显示着封建伦理道德自身的冲突与荒谬。就故事展开的第一个层次——蔡公逼试，伯喈不从看：黄卷青灯、满腹文章的蔡伯喈与赵五娘新婚燕尔，两情相谐，正值满面春风、高堂庆寿之时，一心想侍奉八旬高堂，共享夫妻和顺、父母康宁的家庭生活和天伦之乐。蔡公却为改换门闾，在大比之年，催子进京赴春闱。蔡公逼试，其子不从，矛盾爆发。人说自古忠孝难两全，忠于国君、尽臣子之责，与敬养双亲、守父子之礼，原只是家国同构的封建道德理想的完美体现，生活中能否实现那就是另外一回事了。“真乐在田园，何必区区公与侯！”儿子本来是想恪守“父母在，不远游”的信条事高堂而弃功名的，而本应教子行孝的父亲却因过分看重功名而训诫儿子孝顺父母只是小节，立身扬名、荣耀门闾、从宦事君才是大孝。为了不让父亲误认为自己依恋新婚，蔡伯喈不得不按父亲的既定安排走读书人“学成文武艺，货于帝王家”的老路，看淡功名又被迫求取功名，他内心其实充满了矛盾和怨尤。高明在浙东幕僚任上告归时曾说过“士子赴乡里、达朝廷，即为人生忧患之始”的话，看来作者对蔡伯喈的心理是感同身受的。蔡公逼走儿子，却逢荒年少食，纵使五娘吃糠咽菜，仍不免双亲饿死。而伯喈入仕求官，三年不归，双亲饿死，五娘艰难度日，孝子却一点不知。殊不知这违反人伦常情的局面，恰恰是固执地要求儿子尽大忠大孝之道的蔡公自己造成的，他在家破人亡时也责骂儿子不葬父亲，却没有意识到悲剧是自己一手造成的。

再看故事展开的第二层次——皇帝逼婚，伯喈不从，丞相逼官，伯喈不从：蔡伯喈金榜题名，被信口开河的皇帝乱点鸳鸯谱——入赘牛府为婿。金口玉言，圣旨难违，丞相高门，赐恩赐福。中了头名状元的蔡伯喈还没来得及体验骑马游街的喜悦与兴奋，就陷入媒婆的纠缠与牛府的保亲大战中。思念父母妻子的蔡伯喈并没有高攀权门、富贵变心，他决定面见皇帝，辞婚返乡与亲人团聚。但辞婚之举根本就未付诸实施，“丹陛陈情”只是委婉地向皇帝辞官，就已激怒了权倾一时的牛丞相，御旨招婿竟然遭到一个寒门状元的拒绝，这在专横自私的牛丞相看来是绝对不能接受的。于是牛丞相抢先奏明皇帝，坚留伯喈，奉诏逼其从宦为官。事君之道重于事父之礼，伯喈痛苦地喊出“闪杀人么一封丹凤诏!”君臣一气用名缰利锁威逼利诱，斩绝了蔡伯喈侍亲行孝的普通人生活愿望，修齐治平的人生道路失去了它正义的内涵。

在孝悌之家与忠君之国的两相争夺中，蔡伯喈产生了深刻的动摇与徘徊，发出了“儒术误人，读书误身”的心灵悲叹，在《琵琶记》第三十六出，蔡伯喈唱道：“书啊，我只为其中自有黄金屋，反教我撇却椿庭萱草堂，还思想，毕竟是文章误我，我误爹娘。……书啊，我只为其中自有颜如玉，反教我撇却糟糠妻下堂，还思想，毕竟是文章误我，我误妻房。”对父母生不能养、死不能葬、葬不能守，伯喈陷入内心极度的困苦和莫名的怨难之中，剥夺了孝，忠又何所附丽？蔡伯喈这个多重性格的悲剧人物，在厌弃名利而又不得不接受名利之间动摇不定，内心充满悲剧性的感受，三逼三不从却终而三屈从。当他金榜题名、骏马雕鞍、春风得意、春容待选之时，殊不知五娘正病体惨淡，独撑门户，勉力侍亲，无人怜惜；当他天香染袍、琼浆玉液、歌舞雍容、洞房花烛之时，哪想到五娘四处乞食，遭人抢劫，典尽衣衫，寻死不得；当他荷池抚琴、中秋赏月、楼台流连、新人劝酒之时，何曾见五娘献米公婆，糟糠自咽，无端遭忌，忍气吞声；当他官邸闲游、酒食自娱、鸳帐牙床、豪华富足之时，更不料五娘剪发待殡，生养死葬，心力交瘁，昏死街头……作者通过这一系列悲喜交错的场面对比，充分表现了蔡伯喈内心的凄楚与痛苦，同时更展示了蔡伯喈因自己善良、软弱、缺乏与环境抗争的勇气而无法把握自己的人生道路，酿成了事与愿违、功名误身、家破人亡的仕宦悲剧。蔡伯喈欲弃忠而尽孝的不可能，揭示了统治阶级标榜的已失去价值的忠对合情合理的孝的践踏。

明代陈继儒在《琵琶记总评》中说，此剧“纯是一部嘲骂谱。赘牛府，嘲他是畜类；遇饥荒，骂他不顾养；厌糠、剪发，骂他撇下结发糟糠妻；裙包土，笑他不奔丧；抱琵琶，丑他乞儿行；受恩于广才，书他无仁义。操琴、赏月，虽吐孝词，却是不孝题目；诉怨琵琶、题情书馆、庐墓旌表，骂到无可骂处矣”①。正是通过对蔡伯喈这一悲剧形象的分析，我们觉得，《琵琶记》在客观上显示出强烈的反道德内容：有贞有烈反寓着贞烈亡命的女性控诉，全忠全孝反寓着功名误身的士子嘲骂，这使《琵琶记》成为一部在道德说教外衣下具有深刻道德批判意识的伦理悲剧；将原来对士子个人发迹变泰而道德品质蜕变

---

① 侯百朋编《〈琵琶记〉资料汇编》，书目文献出版社 1989 年版，第 270 页。

的谴责，深化为对忠君与孝父两种伦理体系自身矛盾与悖谬的揭露，表现出一定的人道主义精神；真实描绘了天灾人祸下人民的苦难与普通家庭的悲惨境遇，体现出民主性和现实主义的深度；通过蔡伯喈这样一个具有悲剧倾向的正面人物抨击了科举制的罪恶以及功名利禄对封建知识分子身心的摧残。

高明通过“三逼三不从”的关目设置，试图将此剧改成一个“全忠全孝、有贞有烈”的道德训诫剧。然而，主观的道德说教意图与客观的反道德内容却形成了矛盾，作品富有现实主义深度的性格及环境描写，恰恰反证着纲常伦理道德体系自身的悖谬和虚伪，因而成为“一部嘲骂谱”。有贞有烈反寓着贞烈亡命的女性控诉：赵五娘作为传统女性的忍辱负重、克己待人、勤劳自立、忘我牺牲的性格光彩恰恰成为女性美的一曲颂歌，而她作为悲剧主体的苦难、忧伤，以及她在天灾人祸下不幸的命运，则恰恰证明了封建道德对女性身心的无情摧残和肆意践踏；全忠全孝反寓着功名误身的士子嘲骂：蔡伯喈这一有弱点的正面悲剧形象，揭露了传统士人在生存道路上的失落、苦闷以及封建伦常自身的非人性、反人道。

此后清代的传奇和近代地方戏，不断演绎着这一类的戏曲故事，如《续琵琶》《赛琵琶》《忠孝国》《姜氏挂帅》《秦香莲》《铡美案》等。在《姜氏挂帅》和《忠孝国》中，陈世美变成了一个被女主人公的高尚行为所感化、被女主人公的文慧武勇所震慑的正面形象，但其性格转变却不具有必然性；而在《赛琵琶》《秦香莲》《铡美案》几剧中，不同的作者一再地强化着男主人公辜恩寡义、虚伪凶残的本性。与此同时，这类痴女弃妇故事中的女性不再是政治权利和封建婚姻的牺牲品，不再是自卑无能、隐忍无奈的委曲求全者，不再是软弱可欺、哀切无告的悲剧人物。作者不断丰富、充实着女主人公善良贤淑、勇于抗争、坚忍不拔、智勇双全的性格特征。她们的形象，渐渐由被动软弱的命运承受者，变成了决绝抗争的命运主宰者。尤其是《铡美案》一剧，作者通过“不认妻”事件表现了女主人公既伤心又愤恨的情感状态；通过“女审”“拒绝纹银”事件表现出女主人公对官官相护社会不公的不满和对清官畏权、不能伸张正义的痛骂；通过“遭打”“追杀”事件表现出女主人公复仇的决绝和自我人格的觉醒；通过“闯宫”“拦轿”事件更表现出女主人公不畏权势，敢与皇族理论，为争取个人生活的正当权利，而单枪匹马冲决强大的封建恶势力网的勇气。这些都显示了剧作家在传统题材中另辟蹊径，为弱者代言发声，重构女性人物的理想。

十、冤解魂游

交交黄鸟，止于棘。谁从穆公？子车奄息。维此奄息，百夫之特。临其穴，惴惴其栗。彼苍者天，歼我良人！如可赎兮，人百其身！

交交黄鸟，止于桑。谁从穆公？子车仲行。维此仲行，百夫之防。临其穴，惴惴其栗。彼苍者天，歼我良人！如可赎兮，人百其身！

——《诗·秦风·黄鸟》

黄鸟哀鸣，交交其声，谁人殉葬，谁人赎亡？老天爷啊，人命卑贱没蒿莱，好人该不该活埋？殉者丧身赴泉台，好人该不该残害？王国维在《宋元戏曲史·元剧之文章》中说：“其最有悲剧之性质者，则如关汉卿之《窦娥冤》，纪君祥之《赵氏孤儿》。剧中虽有恶人交构其间，而其蹈汤赴火者，仍出于其主人翁之意志，即列之于世界大悲剧中，亦无愧色也。”[①]《窦娥冤》作为中国古典悲剧的代表，该怎样理解其悲剧意蕴，其悲剧精神的指向又有怎样的复杂性呢？

让我们从这一桩故事的来源说起，看看冤狱主题是怎样凝聚的。早在先秦两汉时期，已有关于“庶女”与“东海孝妇”的传说，如《淮南子·览冥训》曰：“庶女叫天，雷电下击，（春秋齐）景公台陨，支体伤折，海水大出。”许慎注云：“庶女，齐之寡妇，无子养姑，姑无男有女，女利母财而杀母，以诬告寡妇，妇不能解，故冤告天。”[②] 这一传说中述及的寡嫂被小姑诬杀，冤结叫天，竟引起天象变异，致宫中高台倒塌砸伤国君肢体，海水也即刻汹涌漫溢的情节，以上天垂诫来表达人命关天关地，已发出为弱小鸣不平的声音。《汉书·于定国传》抄录刘向《说苑》一段故事，讲到东海有孝妇，无子少寡，养姑母死，被诬问斩，郡中枯旱三年，后于公杀牛祭坟，天立大雨。这一故事增添了大旱的灾异，但因为重心在于公积阴德为丞相，孝道感天显示出统治者畏天命的思想，可以说磨钝了庶女故事的思想锋芒。此外，干宝《搜神记》描述：“长老传云：孝妇名周青，青将死，车载十丈竹竿，以悬五幡，立誓于众曰：

① 王国维《宋元戏曲史》，商务印书馆1925年版，第141页。

② 刘安《淮南子》，岳麓书社2015年版，第50页。

‘青若有罪，愿杀，血当顺下；青若枉死，血当逆流。’既行刑已，其血青黄，缘幡竹而上标，又缘幡而下云。”[①] 突出的是临刑立誓、颈血逆流的奇冤，一定程度上冲淡了孝的色彩。在南朝宋时王绍的《孝子传》里，又增加了血飞白练的情节，突出的是周青反哺之孝、助人之诚、被诬之惨，浓重的伦理色彩不断加强。看起来这是一个朝野皆知的冤狱案例。据说王实甫、梁进之、王仲元都有《于公高门》杂剧，这种公案、清官剧有一个将传说故事戏曲化的过程。关汉卿汲取了此类故事的一些要素，诸如：庶女守寡、无亲子无权势、孤苦卑贱而善良坚强，乃人间不幸之化身；其孝行应褒扬同情却反遭诬陷屈杀；冤情感动天地、天象变异、人命关天。问题是，关汉卿将这一故事引入杂剧创作，试图表达什么时代内涵？揭示怎样的悲剧意蕴？应该说，关汉卿的创作冲破了原有故事悲剧源于小姑刁蛮的家庭伦理纠纷局限性，不仅完成了一部社会悲剧，同时将悲剧的伦理内涵深化，揭示了伦理异化的人性悲剧，并借助冤魂镇鬼、祈雨禳灾仪式功能的展开，最终试图消解个体与家庭悲剧给世道人心带来的冲击，抚慰底层挣扎的苦难灵魂。

元代的公案剧，一般写权豪势要横行霸道、谋财害命，贪官污吏擅权纳贿、助纣为虐，社会冤狱遍地，百姓沉冤难雪，

① 干宝《搜神记》，岳麓书社2015年版，第104页。

清官主持正义，断案有方，惩恶扬善。按照这个公案路数看，《窦娥冤》揭示的社会矛盾是显而易见并层层递减的，如高利贷主残酷剥削、泼皮无赖横行霸道、贪官污吏草菅人命。除了这些导致悲剧发生的社会外力，《窦娥冤》悲剧情境的关捩究竟在哪里？

首先看所天折丧与呼天问天。楔子里流落楚州、一贫如洗的窦天章，以五十两银子将窦娥典与蔡婆做童养媳，揭示出元代畸形的经济剥削对底层人生活的威胁。三岁丧母、七岁离父的窦娥是一个心智还未成熟、没有人的尊严、被动承受命运的弱者。而在第一折，窦娥一出场开口唱，就对天发问，埋下一个大大的伏笔："满腹闲愁，数年禁受。天知否？天若是知我情由，怕不待和天瘦。"在窦娥的生活情境中，看来是有着"两重天"的，即实在的天与观念的天。实在的天是什么呢？父也，夫也，君也。一者，司马迁《史记·屈原贾生列传》云："夫天者，人之始也；父母者，人之本也。人穷则反本，故劳苦倦极，未尝不呼天也；疾痛惨怛，未尝不呼父母也"①；二者，被卖的窦娥在家从父不得，只能出嫁从夫，没想到丈夫却没三年就撒手人寰，生活中失去了可以依靠的夫——"所天"。如晋潘岳《寡妇赋》有"少丧

① 司马迁撰，裴骃集解，司马贞索隐，张守节正义《史记》（第八册），中华书局2014年版，第3010页。

父母，适人而所天又殒”[1] 之句，明徐有贞《贞妇孔氏挽诗》有“所天嗟早失，誓死不重婚”[2]。当现实中父亲、丈夫角色的两重天都失去了，窦娥把希望寄托在“臣以君为天”[3] 的现存秩序权威时，却君道辽远，臣道混乱。窦娥顺天不得、所天折丧而呼天，所呼之“天”才指向了无处不在的抽象权威——冥冥中掌运人事的“天道”。此即观念之天。一方面，被抵卖的身世、寄人篱下的生活、新婚即寡的遭遇，严重挤压着她的自我观念，使她陷入一种先定的无从选择的境遇中。寡妇的身份无形中约束着她的思想和行动，个体意志在大部分时候被群体认可的道德规范所淹没，传统的贞孝观念作为一种深入骨髓的意识，已成为她自觉履行的一种人生道义，她自觉给自己安排了一条顺应天命、奉养公婆、服孝守节的路，如果没有突发事件的搅扰，或许窦娥后来的人生也就以愁怨焦虑始，以隐忍空乏了。而闯进窦娥生活的两个男性——张驴儿父子的逼婚欺侮，泼皮无赖的“乱天”，让窦娥第一次表现出自我意识的萌动，责婆婆、叱混账、自卫抗婚。

① 萧统编，海荣、秦克标校《文选》，上海古籍出版社 1998 年版，第 112 页。

② 徐有贞撰，孙宝点校《徐有贞集》，浙江人民美术出版社 2015 年版，第 192 页。

③ 《后汉书·梁竦传》有“乃敢昧死自陈所天”句，李贤注云：“臣以君为天，故云‘所天’。”

其次看青天不湛、天地不平与怨天叱天。在第二折里，张驴儿投毒药死父亲，反诬窦娥药死公公，窦娥坚决要求见官，桃杌太守严刑逼供，屈打成招蒙冤。窦娥的心灵矛盾无处不在地撕扯着：对官府抱有的“明如镜、清似水”的幻想被捻得粉碎；敢于对簿公堂，据理力争，任凭严刑拷打，“一杖下，一道血，一层皮”，血肉横飞而至死不肯招认，却为使婆婆免受酷刑，随即画押承当罪责，屈打成招。“覆盆不照太阳晖”，揭示了贪官污吏草菅人命的社会矛盾，同时也形象地暗示了窦娥身处覆盆——覆天而怨天的心迹。在第三折里，窦娥被绑赴法场，怨天叱天进而突越到逼天誓天。强制自己遵从传统，却无辜典刑；不敢逾越婆婆对张驴儿采取断然举动，反而养虎遗患；相信官府会主持公道，却落得斩首长街、冤死刑场的结局。这导致窦娥产生严重的心理错位，于是在行刑路上，窦娥向天地陈情，以撕心裂肺的呐喊对王法刑宪无端加在顺民弱女身上的不平提出强烈的控诉：

［正宫·端正好］没来由犯王法，不提防遭刑宪，叫声屈动地惊天。顷刻间游魂先赴森罗殿，怎不将天地也生埋怨。

［滚绣球］有日月朝暮悬，有鬼神掌着生死权。天地也，只合把清浊分辨，可怎生糊涂了盗跖颜渊！为善的受贫穷更命短，造恶的享富贵又寿延。天地也，做得个怕硬

欺软，却元来也这般顺水推船！地也，你不分好歹何为地？天也，你错勘贤愚枉做天！哎，只落得两泪涟涟。

天地在古人天人感应的思想意识中，被赋予了辨是非、分贤愚的道德品格和社会属性，成了一种公道的象征。人间统治离道，天则降灾以谴告，如邹衍下狱而三月飞雪，杞妻哭夫而城崩，荆轲刺秦王而白虹贯日等，孝道感天，冤情动地。窦娥向天地诉冤鸣不平，通过日月、鬼神、清浊、贫富、善恶、寿夭、贤愚的分辨，窦娥对天地态度发生了急转直下的变化。自然界的天地是人所赖以生存的环境，环境的恶化昭示出人的生存困境，窦娥对此产生了埋怨、怀疑——主宰天道的神灵是公理与正义的最终评判者，难道神灵也有暗昧？窦娥对此进行了诘问、责骂——受命于天的皇权、执掌生死的官吏最低限度本应给顺民一条生路，可是官吏草菅人命，权豪为非作歹，这是怎样的枉天枉地？窦娥对天道的怀疑与对君道的否定因而具有了某种生命觉醒的意味；而血溅白练、六月飞雪、亢旱三年的三桩誓愿的罚下，力逼天从人愿的意志，仿佛使窦娥化身为一个天地的审判者。

问题是窦娥的性格基质，包含着这样两个几乎无法调和的对立面：身世苦难、与世无争、温顺善良与“争到头、竞到底”、勇于抗争、刚烈不屈。在窦娥的生活情境中，忍与争、顺与逆、贞与孝、生与死的矛盾尖锐对峙着。在窦娥的精神世界中，真诚的道德信仰与强烈的抗争意识始终撕扯着。真诚的道德信仰使她一直生活在社会契约的阴影下，并进而将阴影叠化为自身，她身体力行地去成为一个温顺的孝女、尽责的儿媳、贞洁的寡妇。强烈的抗争意识使她以个体意志反问“女人的天”，在生活突变前试图挣脱伦理枷锁，成为一个抗辩天命的怀疑论者。说到底，窦娥既不是阶级复仇、血亲复仇的女神，也不是善良与刚强等传统女性美德的简单叠加，在天命与人事极端对立的时代，窦娥选择坚守传统美德的方式作为生存武器和自卫工具，而内心和行动却始终存在无法调和的矛盾并且至死也未获得精神解脱。契约深入骨髓，伦理酿成悲怆——窦娥的困境，提出了一个尖锐的问题，即那个旧时代的女性如何面对现世苦难，又如何解决自己的心灵矛盾？或者我们可以做一点比较，窦娥在传统文化中代表着贞洁而美的女性，潘金莲代表淫滥而丑的女性，尽管她们所处的时代不同，但被剥夺的生活情境却是相同的：前者相信天道，认同伦理精神，以维护和执守秩序为生之使命；后者脱离天道，背叛伦理精神，以破坏与背叛秩序为生之本能。然而无论是含垢忍辱，还是不忍辱而无耻，她们都无所选择，作为男权社会镜像中的囚徒，她们都成为伦理异化的牺牲品。

最后来看天从人愿的虚构与代偿。这是一个与故事结局和走向关联的问题。在第四折，窦娥不顾人鬼相隔、天地辽远、问结不审而托梦诉冤。经过三压三复、鬼魂辩冤，得官的父亲方才惩治了贪官和凶手，窦娥冤仇得报。那么，这虚构的鬼魂复仇是窦娥抗争的延续，是作家理想的代偿，还是观众习惯性审美的心理期待？窦娥命运多舛、奇冤难平，悲剧与绝望情绪如何调适？在《窦娥冤》悲剧情境的展开过程中，其所有精神意向一层层由个体指向底层群体，指向民间，可见作为大众文化代言人，道德的局限性可能会使作者成为一个认同异化的文化庸人，而美学的力量则使他探掘了人性所应有的深度和尊严。三桩誓愿的一一兑现，将鬼魂复仇、清官审案的大团圆结局重心，放在了冤魂苦诉的展演上。旧时认为，冤魂安抚与否，暗中决定着灾害的来临与消解。审判“阴事”在五行里对应的是“水”，相应方位是北方。如果司法不公，冤案堆积，阴气郁结，天地间阴阳不能协调，就会导致天象异常、时序错乱——这就是六月飞雪、亢旱三年的结果。如果说，作为一部公案剧，《窦娥冤》以“覆盆”、阴阳颠倒的境况呼唤秩序；作为一部伦理剧，当作家肯定尚忍尚善的伦理态度，又对伦理异化后在劫难逃的悲剧命运产生悲悯与困惑时，道德悖论与人性异化就显得更加触目惊心；那么作为一部仪式剧，这种冤魂镇鬼的仪式，让作为父亲的窦天章通过水旱灾害的征象来招冤魂归于家、通阴阳合天地，或许最终才能安抚四处游荡、无法安放的灵魂。

十一、汉宫与青冢

美人赠我金错刀①，何以报之英琼瑶。……

美人赠我琴琅玕②，何以报之双玉盘。……

美人赠我貂襜褕③，何以报之明月珠。……

美人赠我锦绣段，何以报之青玉案。……

——张衡《四愁诗》

元代虞集有诗《昭君出塞图》云：“天下为家百不忧，玉颜锦帐度春秋。如何一段琵琶曲，青草离离咏不休。”④ 与细君、解

① 金错刀：一说黄金镀刀环或刀把的佩刀，一说王莽所铸刀币。

② 琴琅玕：饰琴的美石。琅玕是一种似玉的美石。

③ 襜褕：直襟的单衣。

④ 虞集《道园学古录》卷三十，商务印书馆1937年版，第514页。

忧公主先后嫁乌孙，义成、淮南公主先后嫁突厥，文成、金城公主先后嫁吐蕃相对照，一个在历史上出身平民、并非声名显赫的女子，一个在众多皇家宗室身份的和亲女子中地位并非特出的女性，却被文人、画师千百年来吟咏不绝、涂抹不倦。这其中原因何在？琼英美玉，一寻再寻，呼吸于馨香芳华，联翩于长声曼吟，昭君怨，在怨什么？昭君故事从历史本事、故事再植到众声喧哗，其中的主调何在？是否有什么被遮蔽和遗落了？

首先，我们来看看汉宫秋月的历史光影如何在文本层积中回溯和延展？

昭君故事的展开有三个塑形系统。首先是历史本事与民间传说。从史实与本事来看，从《汉书·元帝纪》《汉书·匈奴传》《后汉书·南匈奴传》前后相续的记述中，大致可以梳理出关于昭君的基本史实：昭君，姓王，名嫱，字昭君，南郡（今湖北兴山县）人，元帝时以良家子充入后宫，竟宁元年（前33）春，匈奴呼韩邪单于来朝修好，元帝赐待诏掖庭的王嫱为阏氏，入匈奴，生一子，呼韩邪单于死，从胡俗再嫁单于前妻子雕陶莫皋，生二女，死于胡地，葬于金河（今属内蒙古）。而民间传说的附会，主要可见于《琴操》《西京杂记》《乐府古题要解》等。《西京杂记》卷二："元帝后宫既多，不得常见。乃使画工图形，案图召幸之。诸宫皆赂画工，多者十万，少者亦不减五万。独王嫱不肯，遂不得见。匈奴入朝求美人为阏氏，于是上案图以昭君行。及去，召见，貌为后宫第一，善应对，举止闲雅。帝悔之而名籍已定，帝重信于外国，故不复更人。乃穷案其事，画工皆弃市，籍其家，资皆巨万。”① 以这一段记述为代表，传说增添的主要细节有：昭君入宫，不得见御而积悲怨，单于来朝而自请出塞，帝惊悔而终从之；元帝备选后宫而画师受贿，昭君出行，究画师之罪而至弃市，籍家私巨万；昭君不肯从胡俗而吞药自杀。

其次是绘画文物与建筑遗迹。绘画文物很多，其中最引人瞩目的如，内蒙古发现的昭君出塞古画残片，1909 年在甘肃发现的南宋平阳木刻版画。这幅木刻版画也是现存最早宋版年画，名《随朝窈窕呈倾国之芳容》，也即《四美图》。这幅木刻年画《四美图》与后来另一幅宋人设色《四美图》相比，在人物的姿态神情、衣饰线条、位置关系上都不大一样。还有明代仇英的人物故事图册之一《明妃出塞》，清倪田题句“一望关河萧索”的《昭君出塞图》，清代朱英的《昭君出塞长卷》等。建筑文化遗迹则主要集中在昭君故乡湖北与葬地内蒙古。在她的故乡湖北兴山县有昭君台可以怜望，有昭君祠、明妃庙可以祭奠，有香溪、洗面井可以回想其涤妆丽容，有琵琶桥可以重温其弹奏技艺。而内蒙古大青山上有很多座青冢，其上草色常青，

① 葛洪《西京杂记》，中华书局 1985 年版，第 9 页。

昭示人们对昭君的怀念。

再次是诗词曲咏与舞台表演。歌咏昭君的诗词，据不完全统计，有约 800 篇。琴曲有《汉宫秋月》《昭君怨》。戏曲小说则难以计数，其中富有代表性的，如元代的《汉宫秋》《月夜走昭君》，明代的《昭君出塞》《和番记》，清代的《昭君传》《青冢记》《双凤奇缘》等。目前可见的最早歌咏昭君故事的诗，是晋代石崇的《王明君词》："我本汉家子，将适单于庭。辞诀未及终，前驱已抗旌。仆御涕流离，辕马悲且鸣。哀郁伤五内，泣泪湿朱缨……"① 可以说写尽了昭君离乡出塞、哀痛辞诀的心怀。梁代沈约的《昭君辞》云："朝发披香殿，夕济汾河阴。于兹怀九逝，自此敛双蛾。沾妆如湛露，绕臆状流波。日见奔沙起，稍觉转蓬多。胡风犯肌骨，非直伤绮罗。衔涕试南望，关山郁嵯峨。始作阳春曲，终成苦寒歌。惟有三五夜，明月暂经过。"② 又将昭君出塞的途程迢递、入塞回望的歌哭之意传达得锥心彻骨。唐代李白《王昭君》二首其一曰："汉家秦地月，流影照明妃。一上玉关道，天涯去不归。汉月还从东海出，明妃西嫁无来日。燕支长寒雪作花，蛾眉憔悴没胡沙。

---

① 萧统编，海荣、秦克标校《文选》，上海古籍出版社 1998 年版，第 211 页。

② 丁福保编《全汉三国晋南北朝诗》（下册），中华书局 1959 年版，第 987 页。

生乏黄金枉图画，死留青塚使人嗟。”① 更为深切地流露了对昭君不幸的同情。

那么，昭君故事的文本层积过程，有哪些主调？给汉宫秋月叠加了怎样的历史光影？一如石崇、沈约、李白所咏，宋代欧阳修有“红颜胜人多薄命，莫怨春风当自嗟”的叹惋，这些咏叹或抒写昭君幽闭后宫的孤寂，或着意其离乡背井、思亲念远的愁苦，充满红颜薄命的嗟怨，这是最早形成的昭君故事的一缕声音。唐东方虬《王昭君》三首其一有“汉道初全盛，朝廷足武臣。何须薄命女，辛苦事和亲”② 之感叹，唐代胡曾《汉宫》则责问“明妃远嫁泣西风，玉箸双垂出汉宫。何事将军封万户，却令红粉为和戎”③，另一唐代诗人徐夤《明妃》更直言“不用牵心恨画工，帝家无策及边戎。香魂若得升明月，夜夜还应照汉宫”④，将谴责的矛头对准了君臣上下的无为，形成昭君故事的第二种责难声音。自从石崇《王明君词》吟出“殊类非所安，虽贵

① 李白著，王琦注《李太白全集》，中华书局 1977 年版，第 235 页。

② 彭定求等编《全唐诗》（第一册），中州古籍出版社 2008 年版，第 99 页。

③ 彭定求等编《全唐诗》（第六册），中州古籍出版社 2008 年版，第 3366 页。

④ 彭定求等编《全唐诗》（第七册），中州古籍出版社 2008 年版，第 3672 页.

非所荣。父子见陵辱，对之惭且惊。杀身良不易，默默以苟生。苟生亦何聊，积思常愤盈”开始，就已经隐伏着昭君书写的第三种声音——民族屈辱的羞恨。这样的作品还很多，如唐代诗人戎昱《咏史》曰：“汉家青史上，计拙是和亲。社稷依明主，安危托妇人。岂能将玉貌，便拟静胡尘。地下千年骨，谁为辅佐臣。”① 金代王元节《青冢》云：“环佩魂归青冢月，琵琶声断黑山秋。汉家多少征西将，泉下相逢也合羞。”② 明代陈子龙《王明君》吟道：“我本弱女子，被选当雄兵。男儿畏强虏，辛勤独远行……岂欲惜一死，恐起汉胡争。天子方厌战，妇人聊苟生。纵有归来时，耻见父与兄。”③ 在昭君故事的书写主调中，第四种声音最多，也很富有意味，这就是怀才不遇的愤慨。如唐代李白在《于阗采花》中说：“……丹青能令丑者妍，无盐翻在深宫里。自古妒蛾眉，胡沙埋皓齿。”④ 明代罗洪先《昭君辞》其三云：“行人驻马莫惊嗟，处处溪流有落花。不待今朝悲远嫁，长门

---

① 戎昱著，臧维熙注《戎昱诗注》，上海古籍出版社 1982 年版，第 23 页。

② 元好问编《中州集》（下），中华书局 1959 年版，第 345 页。

③ 陈子龙著，施蛰存、马祖熙标校《陈子龙诗集》，上海古籍出版社，第 9 页。

④ 李白著，王琦注《李太白全集》，中华书局 1977 年版，第 230 页。

风雨即天涯。”① 清代张鹏翮《昭君青冢》曰：“……万里长城凭粉黛，千秋国士老渔樵。”② 这些都是文人借他人之酒杯浇自家之块垒的别题书写，抒情主体渐渐地从同情女性向文人自况身世不平迁移了。

马致远所作《汉宫秋》，臧懋循编《元曲选》即列其为首篇，可见其作为元曲压卷之作的分量。作为昭君故事的集大成之作，《汉宫秋》在承接昭君故事书写传统的同时，在和亲的背景方式、昭君的经历，以及毛延寿身份、故事结局等方面作了较大更动，将之写成了一部末本戏、一部代言体的戏曲叙事文本。改动比较大的地方如：改和亲时代国势为汉弱胡强；昭君以农家子身份入宫遇冷，凭才艺打动元帝获得爱情；大军压境，自请和番；临行脱汉宫衣服，沉黑江而死，毛延寿由画师变为朝中的中大夫等。这些改变使得此剧的人物关系和关目设置发生了很大的潜转。《汉宫秋》全剧四折：楔子交代番王索公主、元帝选秀女的背景；第一折叙元帝听琴惊艳，与昭君才情相谐；第二折写昭君请行，元帝憾嫁明妃；第三折叙二人灞

---

① 可永雪、余国钦编纂《历代昭君文学作品集》，内蒙古人民出版社 2004 年版，第 78 页。

② 可永雪、余国钦编纂《历代昭君文学作品集》，内蒙古人民出版社 2004 年版，第 120 页。

桥饯别，昭君沉江全节，此为全曲的高潮；第四折写孤雁惊梦，元帝昭阳挂图忆念昭君。正如此剧题目、正名所概括：沉黑江明妃青冢恨，破幽梦孤雁汉宫秋。

作为元杂剧的末本戏，正末扮演元帝成为主唱的主角，马致远将其塑造成一位软弱无能、具有文人才子多愁善感气质的正面悲剧人物。在帝王庸弱、权奸叛国、红粉赴难、两邦修好的故事主线中，一个多情天子的江山美人之梦，通过精彩关目听琴惊艳、灞桥饯别、孤雁惊梦，一点点凸显出来。其实，作者将汉元帝塑造成一个有弱点的正面悲剧形象，除了有助于揭示社稷危亡的悲剧根源外，还有着更深的个人寄托。这个在政治和爱情上双重失败的帝王形象，隐含着作者内心复杂难捺的情绪：马致远出生于诗书之家，自幼接受儒家思想教育，身逢异族入主的乱世，所以志士仁人空有济世之心而无用武之地的忧恨，失意文人满腹经纶而怀才不遇的创痛，都重重叠叠积郁在元帝这个充满挫败感的人物身上了。他不像关汉卿那样以雄肆的笔法描绘社会生活场景，以通俗性、本色语言和大众化饮誉后世，也不像王实甫那样以诗情画意之美引人心旷神怡，以委婉的心理铺叙、善写情事而流光溢彩；作为一个热衷功名的失意文人，马致远特别爱写末本戏，剧作中渗透着强烈的主观色彩与不幸的命运感，同时以其清俊典雅的语言风格使得《汉宫秋》成为抒情诗剧的典范。

那么，《汉宫秋》作为戏曲叙事文本，如何建构马致远的“有我之境”呢？

意境又称境界，是中国古代诗论中一个重要审美范畴，至一代宗师王国维而集大成。王国维意境之说，在戏曲本质规律的探索上给后人以极大启迪。他说：“元剧之最佳处，不在其思想结构，而在其文章。其文章之妙，一言以蔽之，曰：有意境而已矣。何以谓之有意境？曰：写情则沁人心脾，写景则在人耳目，述事则如其口出是也。”① 王国维将诗论中用以处理情景关系的意境说引入戏曲批评中，且创造性地从情、景、事三元关系入手，揭示戏曲言情、写景、述事所独具的传神、绘境、代言特质。情景事三者如何构成元剧意境？传神、绘境与代言三种艺术要素又怎样造就元剧妙境？《汉宫秋》的“有我之境”正可以由此说起。

周德清《中原音韵》说：“未造其语，先立其意。”② 李渔在《闲情偶寄》中也讲：“言者，心之声也，欲代此一人立言，先宜代此一人立心。”③ 这“意”“心”，是熔铸着剧作家深切的内心

---

① 王国维《宋元戏曲史》，上海古籍出版社 1998 年版，第 99 页。

② 周德清《中原音韵》，《中国古典戏曲论著集成》（第一集），中国戏剧出版社，第 232 页。

③ 李渔《闲情偶寄》，《中国古典戏曲论著集成》（第七集），中国戏剧出版社，第 54 页。

体验和饱满的创作激情的一种意念，那使“快者掀髯、愤者扼腕、悲者掩泣、羡者色飞”① 的境界，正是剧作者的主观性情与艺术形象的精神特质神妙契合的体现。

《汉宫秋》是以正末扮汉元帝为主角的末本戏，但昭君的形象并不是陪衬。第一折［醉中天］［金盏儿］［醉扶归］几支曲子就为我们描画出一位“将两叶赛宫样眉儿画，把一个宜梳裹脸儿搽。额角香钿贴翠花，一笑有倾城价”的芙蓉出水般美人。第二折又着力渲染了昭君琴艺超绝、冰清玉洁的形象。昭君的重场戏在第三折，单于索妃，大军压境，国家民族处于危难之际，作者设置了自愿和番、留汉家衣服、沉黑江而死几个精彩关目，用大段的对白和科介（即人物动作），集中表现了昭君坚毅果决的性格和深明大义、为国捐躯的崇高人格。看到了生活的外部残损中并未泯灭的人性的光辉，也印证和回味着自己的心路历程，可以说，在昭君这一形象身上，更多蕴蓄了作者精神世界中光明美好的一面——对济世理想的追求，对国家的命运的关注。与此同时，汉元帝作为一个政治退守失败而导致爱情死别的悲剧形象和多少带有文人士子多愁善感的气质，及其江山欲坠的困惑，则更多地自况着马致远心灵深处仕途暗淡的悲凉、理想破灭的焦灼。第二折［牧羊关］［贺新郎］［斗虾蟆］［哭皇天］一发而不可收

① 臧懋循编《元曲选·序二》，中华书局1958年版，第4页。

的对文武群臣无能的呵责，第三折［七兄弟］［梅花酒］［收江南］的错愕悲吟、梦魇幽怨，隐含着作者多少复杂难捺的情绪。尤其是第三折一开头［双调·新水令］起，就将锦貂裘、汉宫妆，双鸳鸯、分飞翼作比，正是“吟诗日日待春风，及至桃花开后却匆匆”，昭君赴难特定的事，萌发元帝悲别特定的情，选出宫妆裘衣特定的景，染上旧恩新恨、劳燕分飞特定的情，情景事环环相扣。接着［驻马听］以惜别之情造渭城衰柳、灞桥流水之景，［步步娇］［落梅风］［殿前欢］以情到深处乱宫商点染物是人非空椒房，情以物迁，景随情至。李渔《窥词管见》说：“情为主，景为客。说景即是说情，非借物遣怀，即将人喻物。”① 到了第三折［梅花酒］和［收江南］，将酝酿了很久的感情洞闸大开，一泻千里，汹涌澎湃。

［梅花酒］呀！俺向着这迥野悲凉。草已添黄，色早迎霜。犬褪得毛苍，人搠起缨枪，马负着行装，车运着糇粮，打猎起围场。他、他、他，伤心辞汉主；我、我、我，携手上河梁。他部从入穷荒，我銮舆返咸阳。返咸阳，过宫墙；过宫墙，绕回廊；绕回廊，近椒房；近椒房，月昏黄；月昏黄，夜生凉；夜生凉，泣寒螀；泣寒螀，绿纱窗；绿纱窗，不思量！

---

① 李渔《窥词管见》，《明词汇刊》（上），上海古籍出版社 2012 年版，第 713 页。

［收江南］呀！不思量，除是铁心肠；铁心肠也愁泪滴千行。

野草枯黄、早霜惨白暗示着远去佳人的命运不测。宫墙边的美人笑靨，椒房里的柔情蜜意，都变作淡月昏黄、寒螿低鸣、孤影青灯。悲别远眺、凄怆忆旧，意与事合；落寞悲戚、思绪恍惚，景事相依。而前后五次“雁叫科”的提示，更推波助澜地深化着情节高潮之后的情感高潮和悲剧意境。祁彪佳说“境界是逐节敷衍而成”[①] 的。《汉宫秋》正是以听琴惊艳、灞桥饯别和孤雁惊梦为元帝一线，以自请和番、留汉家衣服、沉黑江全节为昭君一线设置精彩关目，两条动作线一转一深，一深一妙。《汉宫秋》立意写情，以情造像，承载了自我心像，强化了曲境作为“有我之境”的意韵；以情与景会，景事相依，巧妙营造情景事融会的规定情境。

但是，这一昭君故事的聚合性文本，是否存在故事主线与角色主体的错位？在这个男性扮演主角主唱的戏曲空间里，被强化的“有我之境”是否隐存着昭君故事书写话语的问题？在文人的声音和代言中，是否遗落了什么？换一句话说，在众生

① 祁彪佳《远山堂剧品》，《中国古典戏曲论著集成》（第六集），中国戏剧出版社，第146页。

喧哗中，女性自我作为主体的声音在哪里？

我们先来看文人的声音中有没有代女性立言者。如传诵久远的杜甫《咏怀古迹五首》其一云："群山万壑赴荆门，生长明妃尚有村。一去紫台连朔漠，独留青冢向黄昏。画图省识春风面，环珮空归夜月魂。千载琵琶作胡语，分明怨恨曲中论。"作者代昭君言，仿佛可以感受到千载琵琶曲中发自心底的"昭君怨"的深切悲音，但"分明怨恨"的体味代言也还没有脱出文人观感的路子。《青冢志》载有460多篇作品，历代名家多有吟作，或同情其出塞别家之不幸，或赞叹其舍身和亲之壮举，唯有王安石、吕本中、王恽、张翥等人曾出惊人之语为女性发抒不平。如王安石《明妃曲二首》其一云："明妃初出汉宫时，泪湿春风鬓脚垂。低徊顾影无颜色，尚得君王不自持。归来却怪丹青手，入眼平生未曾有。意态由来画不成，当时枉杀毛延寿。……君不见咫尺长门闭阿娇，人生失意无南北。"[①] 其二更有"汉恩自浅胡自深，人生乐在相知心"之语，这种婚姻知心的反驳，是为昭君代言之一端。此后吕本中《明妃》曰："人生在相合，不论胡与秦。但取眼前好，莫言长苦辛。君看轻薄儿，何殊胡地人？"[②] 宋人诗中这

---

① 王安石撰，李壁笺注《王荆文公诗笺注》，中华书局1958年版，第66页。

② 傅璇琮等主编《全宋诗》，北京大学出版社1991年版，第18047页。

一无问南北、无论胡秦的观点尚属罕见，到了元代则更多出现了。如王恽《王昭君出塞图》其二“朔漠风沙异紫台，琵琶心事欲谁开？人生正有新知乐，犹胜昭阳赤凤来”①，明言出塞获得新生胜比汉家冷宫。张翥《昭君怨》“队队毡车细马，簇拥阏氏如画”②，则以艳羡的笔调描绘了光彩照人的昭君出塞时受到的礼遇和厚待。张可久散曲［越调·寨儿令］《题昭君出塞图》“翠车前白橐驼，雕笼内锦鹦哥，他，强似马嵬坡”③，亦沿着张翥的羡叹，写出昭君远嫁胡地的雍容华贵，胜过马嵬殒命的杨妃。为昭君代言之又一端话语，是对画师贪贿的指斥。这种指斥始于《西京杂记》的画工弃市说，在各代文人作品中或多或少有所涉及，如唐代崔国辅《王昭君》“一回望月一回悲，望月月移人不移。何时得见汉朝使，为妾传书斩画师”④，可谓拟昭君口吻、斩画师之切恨，声口毕现。

有意味的是，当我们终于看到女诗人书写昭君的诗歌时，作为女性主体的声音最初表达的，竟然也是对画师贪贿的指斥。如梁朝

---

① 可永雪、余国钦编纂《历代昭君文学作品集》，内蒙古人民出版社2004年版，第52页。

② 唐圭璋编《全金元词》（下），中华书局1994年版，第1023页。

③ 王季思编《元散曲选注》，北京出版社1981年版，第215页。

④ 彭定求等编《全唐诗》（第二册），中州古籍出版社2008年版，第556页。

女诗人沈满愿《昭君叹》曰："早信丹青巧，重货洛阳师。千金买蝉鬓，百万写蛾眉。"① 隋炀帝宫女侯夫人绝命诗之一云："秘洞扃仙卉，雕房锁玉人。毛君真可戮，不肯写昭君。"这种书写，深切传达了女性对命运悲剧背后推手的憎恨之情，但也让我们看到女性自我反省与自我表达的局限性——还停留在自伤美色被污而不能获得幸福，甚至愤激之下以金钱博取富贵的感慨中。这种谴责画师把美人丑化，而毁了昭君一生的声音，在明清女诗人笔下也不绝如缕。如左锡嘉《昭君辞》其一："长眉入鬓愁，断梦胡笳迫。戚戚苦无悰，丹青误颜色"②，这是正写；又如沈持玉《咏王昭君呈心斋先生》："琵琶一曲怨春风，万里飘零逐塞鸿。最是多情毛画史，不教倾国老深宫"③，这是反写。而黄幼藻《题明妃出塞图》："天外边风掩面纱，举头何处是中华。早知身被丹砂误，但嫁巫山百姓家"④，则从帝妃恋之外别出机杼，在感慨昭君出塞遭遇的悲苦时，指出平民女子如嫁百姓人家，不贪恋王宫贵族生活，自可去苦安

① 丁福保编《全汉三国晋南北朝诗》（下册），中华书局1959年版，第1321页。

② 胡晓明、彭国忠主编《江南女性别集（二编）》（下册），黄山书社2010年版，第1267页。

③ 任兆麟辑、张允滋选《吴中女士诗钞》，清乾隆五十九年（1794）林屋吟榭刻本，第122页。

④ 可永雪、余国钦编纂《历代昭君文学作品集》，内蒙古人民出版社2004年版，第101页。

生。在清代歌咏昭君的女诗人中，还有一种声音，如郭润玉《明妃》：“漫道黄金误此身，朔风吹散马头尘。琵琶一曲干戈靖，论到边功是美人”①，可以看作是女性花木兰式的自我揄扬与肯定。这种对昭君千秋英名的歌颂，在清代女诗人笔下多有流露，如张綰英《昭君》：“莫怨丹青误此身，天教艳质靖边尘。请看万古轮台月，照尽长门绝代人。慷慨襟怀类请缨，红颜谩道总倾城。未妨异域埋香骨，赢得千秋不朽名。”② 而葛秀英《题明妃出塞图》：“绝尘扬鞭赋《大风》，旌旗依旧过云中。他年重画麒麟阁，应让蛾眉第一功”③，则直陈巾帼不让须眉的凌烟功业，出语硬朗而充满英气，成为昭君故事晚期书写的一抹亮色。

昭君故事的书写传统与女性声音的融入，让我想到了另一个在命运途程中与昭君相向而行的汉代女子——蔡文姬。虽然清代女诗人陶安生《昭君》诗有“不及文姬能返国，空留冢上草青青”④ 之语，意在为昭君留胡未归惋惜和感叹，但如果说，

---

① 杜珣编著《中国历代妇女文学作品精选》，中国和平出版社 2000 年版，第 399 页。

② 杜珣编著《中国历代妇女文学作品精选》，中国和平出版社 2000 年版，第 714 页。

③ 杜珣编著《中国历代妇女文学作品精选》，中国和平出版社 2000 年版，第 378 页。

④ 胡晓明、彭国忠主编《江南女性别集初编》（下），黄山书社 2008 年版，第 1360 页。

出塞之于昭君，是女性在自我放逐的路上欲求新生而冒险无归，那么，归汉之于文姬，是否是女性在自我救赎的路上希望灵魂回家而归意难成呢？“可怜青冢已芜没，尚有哀弦留至今”（王安石《明妃曲》其二），关于昭君故事的书写，还将继续，留给我们的是对女性命运的无尽思索……

十二、孤儿的魅力

彼何人斯？其心孔艰。胡逝我梁，不入我门？伊谁云从？维暴之云。……

彼何人斯？胡逝我陈？我闻其声，不见其身。不愧于人？不畏于天？

——《诗经·小雅·何人斯》

究竟什么人心难测浅深？究竟什么人堂前来往行？谁能救赵家孤儿？谁来保我的儿存？难道只有那暴虐的心，上天也不畏敬？大都人纪君祥几乎以《赵氏孤儿》孤篇横绝，成为元人四大悲剧的作者之一。此剧在中国戏曲史上具有不容置疑的经典地位，在世界剧坛上亦享有盛名。因为该剧 1735 年译为法语，后来搬上西方舞台，是元杂剧最早走出国门走向世界的作品，以后又译为英、德、俄、意等多种文字，成为驰名世界的历史悲剧，至今国内外仍盛演不衰。那么，孤儿的背后有怎样的魅影？“孤儿”的魅力又带来了什么？

纪君祥的《赵氏孤儿》具有怎样的故事模式和书写题旨，历来说法不一。《赵氏孤儿》本事，说的是春秋时代晋景公朝赵盾和屠岸贾两个家族的矛盾与复仇故事。《左传》《史记》《说苑》等史籍、杂著中均有记载，以《史记》所载最详。《国语》《左传》中的“孟姬之谗”经司马迁的书写，女人进谗导致家族灾难和赵氏与君权的对立被弱化，史传文本成为强化伦理价值的《赵氏孤儿》的故事原型。《史记》的《晋世家》《赵世家》和《韩世家》分别叙述、互有补充地展示了这一因君臣矛盾而导致的赵氏三百口被诛、遗腹子被救、终而复仇的历史事件。但其历史真实性曾受到自唐代孔颖达以来众多学者的质疑，而剧家想象却和史家考证越走越远。元杂剧《赵氏孤儿》与这一原型故事的对话，是儒家伦理意识暗合时代要求与民间伦理诉求的结果。

纪君祥将“孤儿”故事发生的历史时限，由景公一朝拉长为灵公、成公、厉公、悼公四朝，如此大的时间跨度，以家族恩怨为基点，串起了春秋时代风起云涌、波澜频起的忠奸斗争和社会矛盾。义士韩厥十五年后扶立赵孤的史实，变为一开始就为救赵孤自杀，前置了矛盾激化的道德砝码。赵孤匿山中长大，变为匿屠府长大，更深地纠结着家族复仇中恶有恶报的伦理观念。赵盾门客公孙杵臼和程婴在剧中变成了退隐老臣和草泽医生，则避免了家族复仇可能带来的狭隘无道和血腥残酷性，强化了这一斗争中暂时处于弱势的正义力量终将胜利的公道和正义性。存孤救孤斗争刚展开，就死了三位义士——鉏麑、提弥明、韩厥，其中二人还是屠岸贾亲自提拔、视为亲信的近臣，接着是公孙老臣、程婴之子。而故事的主人公——草泽医生程婴献出亲子，眼睁睁看着他被剁成三段，忍受着巨大创痛，更忍受着众人误解，伪装自己，得以育成孤儿，并坚守着盼到了善恶有报的最后结局。这些故事加工，意味着作者并不看重历史事件的细节真实，而是依据虚构增饰的情节场面来构想结局。奸臣屠岸贾的残暴狠毒与程婴、公孙杵臼等人冒死历险、慷慨赴义的自我牺牲精神构成尖锐激烈的戏剧冲突。屠岸贾为个人私怨而杀害赵盾全家，为搜捕赵氏孤儿而不惜下令杀全国小儿，这种令人发指的残忍行径，使他成为邪恶的化身。由于他得到昏君的宠信，掌握了大权，这就使得程婴、公孙杵臼等人为救护无辜而进行的斗争尤为艰巨，甚至要以牺牲生命和舍弃亲人为代价，从而构成了全剧惨烈悲壮的基调。

宋王室自认是春秋晋国赵氏的后裔，因而对保存赵孤的程婴、公孙杵臼等多次加以追封。南渡之际，徽、钦二帝被掳，赵宋王朝风雨飘摇，“存赵孤”更被赋予了强烈的现实政治意义。如文天祥曾写诗赞扬抗元忠臣家铉翁云：“程婴存赵真公志，奈有忠良壮此行。”我们虽然难以考察纪君祥撰写此剧的真实动机，但在宋亡不久的元代舞台上演出这一历史故事，而且让主人公高唱“凭着赵家枝叶千年咏”“你若存的赵氏孤儿，当名标青史，万古留芳”等唱词，至少在客观上对当时广大汉族人民普遍存在的反元复宋的思想情绪是有所回应的。孤儿是忠与善的象征，孤儿的存与灭，代表着民族精神能否最终得到张扬。而故事的主人公——草泽医生程婴，则成为作者伦理意识的化身。正是这一形象自我牺牲的献身精神，诠释了作者崇尚的惩恶扬善、弘扬正义的道德理想。可以说纪君祥对这个家族复仇和忠奸斗争相交织的故事，进行了全新改造，以搜孤与救孤的矛盾冲突，串联起血亲复仇和忠奸斗争两条线索，映射着强烈的民族意识和伦理意识。

那么在元杂剧中，历史剧有什么值得注意的创作动向呢？除了《赵氏孤儿》外，还有不少历史题材的创作，如马致远《汉宫秋》、白朴《梧桐雨》、尚仲贤《气英布》、狄君厚《介子推》、孔文卿《东窗事犯》、李文尉《圯桥进履》、费唐臣《贬黄州》、张国宾《薛仁贵》、罗贯中《风云会》、宫天挺《七里滩》等传世之作。历史剧的创作总是存在历史真实、时代精神、艺术需要三者之间的关系处理问题。可以说，元杂剧奠定了中国古代历史剧“历史大写意”的创作倾向和方法。郭沫若《谈历史剧》说：

“写历史剧可用诗经的赋、比、兴来代表。准确的历史剧是赋的体裁，用古代的历史来反映今天的事实是比的体裁，并不完全根据事实，而是我们在对某一段历史的事迹或某一个历史人物，感到可喜可爱而加以同情，便随兴之所至而写成的戏剧，就是兴。”① 从纪君祥为代表的元代历史剧作家开始，中国古代历史剧作家就大多视比和兴的题材为正宗，而少有严格意义上的历史剧。当历史真实和时代精神相冲突时，元代历史剧作家总是以时代精神为准则，以强烈的时代意识摆脱历史因袭的纠缠，为时代把脉，呼民族心声。当历史真实与艺术需要相抵触时，元代历史剧作家往往以历史大写意的态度审视历史，凸现主观命意，在历史表象背后寄托和发挥艺术真实。

元代历史剧作家的这种创作态度和准则，对当世和后代历史剧的创作观念影响极为深刻久远，可以拿两组与搜孤救孤主题相关的后续作品来看。一组是承接纪君祥《赵氏孤儿》故事而来的，如明代徐元《八义记》、清代灵皋轩《节义谱》、近代京剧《搜孤救孤》、秦腔《赵氏孤儿》等。另一组是由元末无名氏《抱妆盒》演化而成的，如明代汪元亨《仁宗认母》、明代姚茂良《金丸记》、清代石子斐《正昭阳》、京剧《狸猫换太子》等。第一组作品中，《赵氏孤儿》是一种改写，《八义记》

① 彭放编《郭沫若谈创作》，黑龙江人民出版社 1982 年版，第 155 页。

则是另外一种改写。明代徐元的《八义记》，依据“非奇不传”的传奇创作原则，将存赵孤救赵孤的故事作了更为奇特的改头换面。作者将悲剧发生和解决的时间改回到灵公至景公朝，有意舍弃了纪氏故事横跨的漫长时代，并不再反映这一悲剧背后隐藏的社会矛盾；而简化矛盾恰恰是为了突出八义士群体的英雄壮举。作者还虚构了一个日后替赵朔赴死的浪子周坚的形象，而赵朔之妻德安公主被囚禁并遣送守陵，最后赵朔亲自手刃仇人，从而夫妻父子团圆。这一“大团圆”的情节套路，完成了一幅“八义图”勾画，显示了群体力量支撑的信仰胜利。作者在为存孤救孤献身的程婴、公孙杵臼、韩厥三义士和程婴之子——一个被剁死的假孤儿之外，又增加了四人——屠岸贾心腹、触槐而死的刺客鉏麑，救护赵盾、打死神獒而惨遭灭门的值殿将军、金瓜武士提弥明，背负赵盾隐居首阳山的樵夫灵辄，替赵朔赴死的浪子周坚。八位义士组成一个前赴后继、救孤存孤的英雄群体。他们的行为并不都出于偿人之恩或赏识之遇，有的甚至与扶助之人不曾谋面、素昧平生，有的更是原本分属两个敌对阵营，却在大义感召下忘我献身。这里表现的没有不分是非的打家劫舍，没有关乎恩怨的劫富济贫；这里展示的不仅是对主人的忠心，不仅是对个人的承诺，不仅是对家族门风的旌扬。隐居的士大夫、无名的草泽医生、仇敌的武将、惨死的孩子、触槐而死的刺客、朝中的金瓜武士、逃难的樵夫、流落的浪子，不同身份、不同阶层的人为了存孤自觉赴义。我们所注目的是八义士像珍珠一样闪光的壮举，而不再是串起珍珠的线——赵、屠家族矛盾。深植于故事土壤中的、以儒家信义为基础的义气思想，作为一种朴素的民众信仰和群体意识，在《八义记》中被开掘出来——正所谓传衮钺之奇、敷粉墨春秋。

另一组搜孤救孤的戏曲作品，源自元末无名氏《抱妆盒》，明代姚茂良传奇《金丸记》、清代石子斐传奇《正昭阳》可以对照来看。元末无名氏《抱妆盒》全名为《金水桥陈琳抱妆盒》，剧叙宋真宗即位无子，太史官设法，请真宗于御园射弹丸，六宫妃嫔拾得而进幸则必有子嗣。西宫李美人进幸而生子，刘皇后胁迫宫女寇承御将太子骗杀并抛尸金水桥下，寇承御不忍下手。正值捧黄封妆盒去后园采办果品的内监陈琳路过金水桥，二人商议由陈琳将婴儿藏入妆盒冒充果品带出宫。不巧路遇刘皇后盘查，寇承御假传圣旨，请刘皇后回宫接驾。陈琳脱险并将幼子送真宗之弟、楚王赵德芳处收养。十年后楚王携子见驾，欲说明真相，被在场的刘皇后所阻。刘皇后见楚王子容貌酷似李美人，顿生疑忌，宫女寇承御在严刑拷问之下拒不招认，刘皇后又命令陈琳拷打寇承御，寇承御撞阶而死。真宗死时遗命楚王第十二子即位，即仁宗，仁宗当朝询问旧事，陈琳如实奏明，仁宗重赏陈琳、赵德芳，追封寇承御为忠烈夫人。其中刘皇后盘问妆盒、拷问寇承御两处，与《赵氏孤儿》中韩厥追问药箱、屠岸贾拷问公孙杵臼情节相似，可以看出其间的渊源影响。此剧立意、价值尚不及《赵氏孤儿》，但它主要通过搜孤救孤事件揭露宫闱权力斗争的残暴凶狠，歌颂两个身份卑微而主持正义的小人物——宫女寇承御、内监陈琳，表现出身处宫廷权力角逐和复杂斗争形势中的小人物的正义感和刚烈坚韧。

明代姚茂良的传奇《金丸记》取此题材，除故事主线搜孤救孤外，还加入了真宗乏嗣选妃、李美人入选进宫、李美人被刘皇后点破美人图而未能见幸、辽兵入侵、真宗准备御驾亲征、李美人劝阻而被打入冷宫，以及真宗生前决定立楚王次子为嗣等几处内容。作者还改动了故事结局：寇承御被活活打死，陈琳面见真宗奏出实情，真宗降旨，李美人册封正宫，刘皇后被打入冷宫，寇承御被追赠为圣母夫人。此剧同样描写宫闱斗争的惨烈，但角色形象较之前作更鲜明。刘皇后的阴险狠毒、寇承御的舍生取义、陈琳的应对自若，都通过戏剧性的场面和语言表现出来，且故事收束干净利落、痛快之至。作者借剧中人“赵家有福，得此一男一女，两个忠臣”的话，寄寓着对明代忠奸斗争的时事感慨。清代石子斐的传奇《正昭阳》仍以搜孤救孤为主线，又加入了包公赈灾、侠义夫妇救李妃、刘妃陷害包公、放火烧宫、饮鸩自尽、太子即位迎母回宫等枝节，在一个表现宫闱斗争的宫廷剧中糅进了公案、侠义元素。剧中对江湖游侠巩拆天、蒯云飞打抱不平、行侠仗义的形象塑造，对刘妃肆行作孽、怙恶不悛的性格刻画，都有可观之处。这种有意借宫廷故事宣扬民间意志的错位现象，显现出搜孤救孤剧作对历史存在的一种超越。

“孤儿”的魅力，除了直接影响了当时和后世的历史剧观念和搜孤救孤题材的创作外，还远播域外。《赵氏孤儿》在1733年传到法国，次年法国《水星杂志》发表法译片段，1735年巴黎出版的《中华帝国全志》刊登了法文节译本。启蒙大师伏尔泰于1735年在耶稣会教士杜赫德主编的《中国通志》（即《中华帝国全志》）第三卷上，见到马约瑟翻译的《赵氏孤儿》。1753年伏尔泰从普鲁士返法后开始创作，1755年他的《中国孤儿》在巴黎公演。《赵氏孤儿》与《中国孤儿》成为中法文化交流的历史见证。后来孤儿的故事曾经三度译为英文，五度被不同国家的剧作家改写上演，在西方社会产生了极大反响。

那么，作为跨文化交流的一个早期实例，“孤儿的魅力”究竟体现了怎样的故事漂移和文化的差异？在《中国通志》译本中，元杂剧里的唱词一概不录，“诗云”之类刊落大半，只注明在歌唱。杜赫德说：“一个演员要扮演好几个角色，所以一上台就自我介绍。”他认为这些话如果是对自己说的就太可笑了；如果是对观众说的，创造力也太贫乏，太不相信观众。演员在台上一激动，就放声歌唱，他很难理解这种歌唱和说白奇奇怪怪地纠缠在一起的情况，如在第二幕里韩厥的叙述句，被三个括号中断，括号里是“他唱”“他唱”“他还是唱，望上帝惩罚屠岸贾”。他还批评美丑相杂的施刑场面几近闹剧，如程婴拿大小棍子打公孙等。伏尔泰的朋友阿尔更斯批评此剧时间地点不一致，如屠诈传国君旨意赐死赵朔到孤儿长大，前后二十余年，剧中动作在晋宫、驸马府、太平庄帅府、闹市等地方展开。他还批评场面与措置得体的惯例不符，行动不一致，如赵朔刀头自尽、赵朔妻裙带自缢、韩厥刎颈、假孤儿被剁三剑、屠被钉上木驴剐三千刀而死等。受 18 世纪的欧洲的新古典主义戏剧观念的影响，此剧因为不合三一律①，被认为不能和当时欧洲的戏剧同日而语。回头看这个早期的节译本，中国戏曲“曲白相生”的戏曲结构被破坏，故事的前后脉络也被割裂和脱落，王国维所谓“元剧之文章”之妙，已荡然无存。

当然，在英国文艺界的戏剧评论中，也出现了一些不一样的声音，因为三一律在当时也受到不同程度的质疑。理查德·赫德将《赵氏孤儿》与希腊剧作家索福克勒斯《厄勒克特拉》比较，认为两剧有许多共同之处，如都是以怨报怨的故事，阿伽门农被妻子和她的情人刺死后，孤儿俄瑞斯特斯由老师救护并带往异地掩藏，长大以后回来替父复仇，与《赵氏孤儿》的情节惊人相似。《赵氏孤儿》中的那些唱词、抒情唱段犹如希腊悲剧中的和

---

① 三一律：一出戏所叙述的事发生在一天之内、一个地点，情节服从一个主题。是西方的一种戏曲理论。

歌，其结构简朴单纯，动作完整统一，事件连贯紧凑，是模仿自然的成功的作品。所以，在伏尔泰的《中国孤儿》完成前后，英国还先后出现了两部《中国孤儿》的重要译本。

第一种是英国哈切特的《中国孤儿》，1741 年发表在《君子杂志》上的五幕十六场作品，其中有十来支歌曲。相比于《赵氏孤儿》，剧情变化不大，第三折加入程婴与妻子商议谈判交出亲子的戏，第四折加入程婴画赵家死难图于袍上的细节。有趣的是此剧出现的古怪人名大替换，屠岸贾变成了萧何，公孙杵臼变成了老子，提弥明变成了吴三桂，孤儿的名字竟然叫康熙，说意在表达孤儿是苦闷与悲伤中得胎。这部剧作所呈现的场面细节，反映了 17 世纪末以后英国对明清之际的中国以及中国戏剧的认识，比如瓷器、园林、汉字，“江西”与“河南”成为表达死亡与分裂意思的词语；英国人把戏曲伴奏乐队的作用，理解成自始至终发出呼神唤鬼的嘈杂声，为英雄场面伴奏的是喇叭、驴叫、大象犯软骨病时发出的嚎叫等。这一剧作并未搬上舞台演出，其政治意义大于舞台意义。因为就作者的主观创作意图看，是为了揭露在英国首相制度掩盖下的朝政腐败。第二种是英国墨菲的《中国孤儿》，创作时间大致在 1756—1759 年，受伏尔泰的影响很大。此剧演出非常成功，墨菲由此赢得声誉，成为当时有名的悲剧作家。此剧将故事的背景搬到了成吉思汗时期，剧叙成吉思汗入寇，血洗中原皇族，剩下一个孤儿，遗臣盛缔收为义子，取名爱顿，盛缔将亲子哈默特送往高丽由隐士抚养。二十年后，真假孤儿长大，成吉思汗再犯中原，北京陷落，哈默特参加抗蒙战争，被鞑靼俘虏。成吉思汗怀疑哈默特正是自己多年搜求的孤儿，而真孤儿却跑来自首。成吉思汗拷问盛缔，盛缔夫妇在矛盾痛苦中难以取舍，最终牺牲了亲子，自己被车裂，妻子自尽。最后，真孤儿杀了成吉思汗，完成大报仇结局。有意思的是，《赵氏孤儿》的这两个英国译本，影响虽不及伏尔泰的《中国孤儿》，但都迁移了故事背景，一个隐射明末清初，一个直面宋末元初，孤儿的故事都隐含着征服与被征服的易代之悲。

相较而言，伏尔泰的《中国孤儿》在欧洲的影响要深远得多。那么，《赵氏孤儿》与这部《中国孤儿》究竟有怎样的文化联系和异植性呢？应该说，两剧都围绕着搜孤救孤的故事模式展开，但矛盾冲突的焦点、所表达的思想旨趣却有很大不同。伏尔泰的《中国孤儿》1755 年在巴黎公演，剧本同年出版，将故事背景移到成吉思汗时期，将奸臣屠岸贾换成蒙古大帝成吉思汗，并加进了一段风光旖旎的爱情故事。剧叙成吉思汗率兵攻北京，诛戮皇帝及诸王子，发现遗孤失踪，四处搜索，务要斩草除根。中原遗臣张惕（尚德）将遗孤藏在皇陵，并献出亲子以代遗孤。其妻伊达梅不忍亲子死于非命，往见成吉思汗，道出真情，并请求饶恕其夫及子，自愿代幼主就戮。数年前，成吉思汗流落燕京时，曾爱上了伊达梅，因伊达梅父母反对而求婚未果。此番邂逅，旧情复萌，当即向伊达梅示爱，许诺得她为妻，既往不咎。张惕与伊达梅夫妇以忠良相勉，宁死不屈，崇拜蛮力的成吉思汗最后拜倒在东方仁爱的光辉里，赦免张惕夫妇及孤儿，并招张惕为宰相，臣服于汉文化，以文德治国。

伏尔泰最初向朋友称他这部《中国孤儿》是“奇怪可笑的瓷人像”，一部充满爱情的悲剧。传说首演在日内瓦的德利斯寓所，伏尔泰激动地在台下呼唤他的“成吉思汗兄弟”，而他的朋友孟德斯鸠却在打鼾，伏尔泰生气地向他抛掷帽子，说“你以为是在法庭吗”。后来由喜剧演员出演，其“远东戏剧的化妆”，对中国文明的关注，对忠诚、牺牲等道义理想的歌颂，吸引了巴黎观众。

我们可以从两剧创作的时代背景、人物关系、戏剧结构上做一些比较。

首先，我们来看两剧不同的时代背景和历史语境。《赵氏孤儿》诞生于异族统治的元代，赵孤代表着赵宋王朝——中原正统的人文血脉。在中国人心目中，让人绝后、断人香火是最损的一招。中国人对生命的珍爱更多地表现于对血缘延续的重视，所以《赵氏孤儿》剧的主题集中于忠孝二字，反元复宋的民族情绪亦涵容其中。《中国孤儿》将故事改到成吉思汗时期，一方面将纪君祥不便明言的隐忧直白道出，另一方面，伏尔泰写作此剧正与他所信奉和推崇的启蒙主义思想密切相关，他希望《赵氏孤儿》是了解中国精神的里程碑式的作品。

当时，伏与卢梭都提倡个性自由，但争论激烈。伏尔泰提倡启蒙思想，批判蒙昧的经院哲学，倡导理性和才智；卢梭则提倡自然人性、情感教育，反对启蒙哲学，认为艺术与科学的发展使文明堕落，给人类带来不幸，并对中国存有偏见，认为中国是一个受文明腐蚀的帝国。其《新爱洛伊丝》的主人公圣普安环球旅行来到中国，见到的都是“墨客、胆小鬼、伪君子、江湖骗子，这些人一个个信口雌黄、腹中空空，满脑子计划却难脱平庸，充满符号而没有思想，彬彬有礼而吹嘘拍马，灵活狡诈而胆小如鼠，给任何义务都戴上帽子，所有的道德都被歪曲”。为了反驳卢梭的偏见，伏尔泰写作了此剧。他认为这是一个征服偏见精神的机会，偏见精神往往使我们的戏剧艺术变得更加糟糕。但他并非盲目地无条件地美化中国，而是真诚地始终如一地抱着一种欣赏中国的态度去研究中国、介绍中国，《中国孤儿》正基于这种对传统儒家思想中的东方智慧的印证而作。征服了世界的鞑靼人，最后自己被征服——伏尔泰的《中国孤儿》通过成吉思汗“我本是一霸，而你们却使我成为王者”的表白，印证了孟子所说的“以力服人者霸，以德服人者王”的儒教信条，并通过张惕抱定信念、等待死亡的安详态度，诠释了富有东方哲思的生死观——“中国精神”。

其次，我们来看两剧的人物关系和思想旨趣。《赵氏孤儿》的人物关系集中在男性世界，分属不同的道德阵营。作者笔力集中在塑造正面人物程婴的形象上，也包括其他义士以及反面男性人物形象。作品在尖锐的矛盾冲突中凸显程婴不畏强权，困境中忍辱负重、坚守信义的成长品格。例如程婴最初受托救孤时，尚出于单纯的报恩思想，当屠岸贾声言要杀尽晋国半岁之下、一月之上的婴儿后，他毅然舍弃亲子的举动，就从救一个赵孤，升华为救天下无辜。在剧本第三折，狡诈的屠岸贾让程婴拷打公孙杵臼，以试其真伪。程婴为保住赵孤，既要担当卖友求荣的恶名，又要亲手拷打共谋者，更为残忍的是屠岸贾当着程婴的面，亲手将假冒赵孤的程子剁为三段，这都使程婴处于常人所无法承受的精神重负和痛苦抉择中。程婴经受了严峻的考验，机警敏锐、不露破绽、视死如归的心理发展轨迹，得到了真实感人的呈现。而反面人物佞臣屠岸贾身居要职、陷害忠良、阴险狡诈、丧尽天良的邪恶性也揭示得很充分，但主要是基于善与恶的伦理观念冲突来塑造人物。而且不能不说，相比于强大的男性人物群像，《赵氏孤儿》忽略了女性人物的存在和性格逻辑，孤儿母亲晋公主、程婴的妻子近乎道具，无足轻重，被动地承受着命运的不幸，其生活的外部形态和内心世界都是残损的。晋公主托孤后即死，贵为公主却没有尊严，程妻在交出亲子时甚至连表达痛苦的机会都没有。伏尔泰《中国孤儿》的人物关系则变动不居，其中的张惕夫妇、成吉思汗三个人物形成了一个张力场，性格在动态变化中个性突出。如佞臣屠岸贾变成了成吉思汗，蒙古大帝鲁莽野蛮、不可一世、杀伐成性，具有强悍的征服欲，但爱情的魔力使他由一个野蛮的屠夫变成一个缠绵悱恻的骑士。他自问："我建树了丰功伟绩，但扪心自问，这功勋到底是什么？我使人们不幸，我自己也因此倒霉。我征服了如此多的国家，可曾使我感到有一颗充实的心？"铁石心肠的暴君最终完成自我的蜕变，成为一个贤明、理智、仁爱的君主。而张惕的妻子伊达梅，作为一个女性形象尤为亮眼。当成吉思汗逼她做交易时，她表现出无比的忠贞，当面对献出亲子的难题时，她不忍弃子，并积极主动、勇敢无畏地谋划救子之方。在面见成吉思汗并争取救子时，决断干练，显现出很强的独立意识。她不同意丈夫易子的选择、不承认皇权高于一切的天赋人权思想和自尊意识，以及冒着同归于尽的风险进行不懈斗争，都显示了她热烈奔放、闪耀着母爱光辉的人性力量。

最后，戏剧结构上，《赵氏孤儿》一剧是直线递进式结构，一本五折加一楔子，是元杂剧开创的一色主唱、唱叙结合的中国传统戏曲。它以冤仇的累积与复仇来建构人物阵营，将主题浓缩为代表儒教伦理精神的忠孝节义思想，通过血亲复仇、忠奸斗争来实现劝善惩恶、伦理救赎。《中国孤儿》一剧则遵行三一律的规则，设置为五幕剧情节剧，将故事时间浓缩在一天中的几个小时，是采用高雅的亚历山大诗体表达的法国古典悲剧。它让爱情的力量战胜了强权，通过文明与野蛮、爱情与理性的冲突来扬善化恶、张扬人性，具有鲜明的启蒙色彩。

虽然《赵氏孤儿》曾被西方认为算不上什么悲剧，只是一个古怪的滑稽戏，但当文化的隔绝造成的误会和误读一点点消散，英国却先后出现了三种《赵氏孤儿》译本，歌德也写过一个未完成的改本《埃尔泊若》，意大利的梅斯塔齐奥也改写此剧作《中国英雄》。歌德的本子叙弟弟杀哥哥、抢哥哥儿子做自己儿子抚养，儿子长大知道真相，准备为生父报仇。这个剧本未完成，大概是歌德基于对基督精神和仁爱精神的理解，无法认同《赵氏孤儿》那种决绝冷血的复仇吧。由此可见，赵氏孤儿的故事受到欧洲文化名人和戏剧观众的普遍关注和欢迎。至1834年，斯塔尼斯拉斯·于连发表优秀的全译本，这一《赵氏孤儿》的西传过程，就成为18世纪欧洲中国热的一个缩影。

《赵氏孤儿》在元代以后对中国历史剧的影响，以及西传域外产生的文明传递与文化变异，充分说明了“孤儿”的魅力。西方人更重视对个体的、即时的生命的珍爱，中国人则更重视家族的、血缘群体的生命延续；西方戏剧的主人公并非道德主体，而中国戏曲的主人公则一定是道德主体。这既是不同民族思想和艺术形式的对话，也同时提供了文化比较的多重视点，就像鲁迅写阿Q等人物，暴露国民劣根性——愚昧、贪享、混世，沈从文写湘西小说，开掘国民优根性——善良、安详、和谐。我们今天该怎样面对自己民族的文化传统？

十三、笼驴与变脸

春华何晔晔，园中发桃李。秋风忽萧条，堂上生荆杞。深谷变为岸，桑田成海水。势去未须悲，时来何足喜。寄言荣枯者，反复殊未已。

——白居易《读史五首》之一

元杂剧《陈州粜米》中反复呈现的戏曲意象，不是五颜六色的桃李花，而是黑白红绿、妍媸自在的老包脸。元杂剧中以包公断案为线索的公案剧并不少见，《玎玎珰珰盆儿鬼》杂剧在第四折借剧中老人张憋古称道龙图公案：“人人说你白日断阳间，到得晚时又把阴司理，也曾三勘王家蝴蝶梦，也曾独粜陈州老仓米，也曾智赚灰阑年少儿，也曾诈斩斋郎衙内职，也曾断开双赋后庭花，也曾追还两纸合同笔。只要分付那懒懒懆懆狠门神，休当住咱玎玎珰珰盆儿鬼。”① 一口气数落出元杂剧的七种包公戏。应该说，《陈州粜米》无论就题材开掘的深度、戏剧冲突的强度，还是就人物性格的鲜明、曲词风格的本色来说，都显出别具一格、与众不同的价值。尤其是第三折，剧作家调动了多种艺术表现手法，不仅形成丰富而强烈的喜剧性，而且正末既扮张𢡟古又扮包待制，为读者塑造了一个有血有肉、情趣殊异的清官形象，以蘸染着浓郁民间色彩的人物性格，还包公以平民大众的身份，造就了亦庄亦谐、情趣隽永的戏曲境界。

《陈州粜米》取材于宋历史人物包拯的传说故事，并加以改造虚构。故事梗概如下：陈州地方亢旱三年，廷议开仓放粮，赈济灾民，而贪官刘衙内仗势荐举其子、婿成行；二人到陈州后，大斗进小斗出，掺泥加糠，哄抬米价，敲剥百姓，激起群愤；最后包公出来公断命案，正义执法洗冤血仇、扶贫恤弱以息众怒。楔子以冲末扮范仲淹学士上场，引出朝廷赈灾的“善政”，刘衙内为子、婿请行，满朝文武畏惮忌势，致使贪官私谋得逞，为下文埋下伏笔。第一折由正末扮演张𢡟古出场，“柔软莫过溪涧水，到了不平地上也高声”，唱出了弱民愤怒难忍的哭喊，但最终老𢡟古还是被刘衙内横暴残害，小𢡟古京城告状，引出公堂断案。第二折直接铺开一场议事堂上针锋相对的舌战，包拯决定以年迈之身亲自出行，毅然

① 臧懋循编《元曲选》，中华书局1958年版，第1407页。

为民请命。与此同时，宦海沉浮积郁内心矛盾，一旦牵涉公案可能面临的与权豪势要的一场恶斗一触即发。第三折包公上路，以极富戏剧性的场面展露包公独特的个性神采。第四折经过巧妙周旋和反复较量，包拯终于让小懒古用紫金锤打死了作恶多端的刘衙内，平民申愤血冤。

此戏虽取材于宋代，但实际上再现的却是元代贫苦百姓在天灾人祸下不幸的遭遇。剧情从张懒古遭打屈死开始，就已形成浓重的悲剧氛围，按理说此后的情节线索和人物性格，即使不酿成悲剧，大概也会以正剧展开和收场。而元剧无名氏作家却匠心独运，在第三折，也就是习惯上的故事高潮部分，别出心裁地设置了微服私访这一动作线，几乎全用对白连场，少有的几支曲子在其中只是重复了相关的剧情，反而是大段的对白妙语迭出、精彩纷呈，不但提挈场面，而且绘声绘色，使得诙谐对话和人物关系充满张力。

中国戏曲的科白，在早期发展并不充分。元人杂剧最早刊本《元刊杂剧三十种》收录的许多作品都没有宾白，而只是一些曲词连缀体。徐渭说“唱为主，白为宾”①，在明人早期戏曲批评中，宾白仍被视为“演剧时伶人自为之，故多鄙俚蹈袭之语”②的下脚料，剧作家视戏曲同填词为一路，重视的是填词技巧、格

① 徐渭《南词叙录》，《中国古典戏曲论著集成》（第三集），中国戏剧出版社，第246页。

② 臧懋循《元曲选序》，中华书局1958年版，第3页。

律文采，而宾白则被看作是剧本文学结构中可有可无的东西，是戏曲创作末技。清代戏曲理论家李渔则极重念白，认为“欲观者悉其颠末，洞其幽微，单靠宾白一着”[①]，戏曲界后来流传着“千斤话白四两唱”的说法，说明念白具有不可低估的作用。其实，元杂剧中有一些以科白见长、以念白取胜、以曲白相生而著称的剧目，如《窦娥冤》《西厢记》《救风尘》《看钱奴》《老生儿》《桃花女》等剧，其丰富多彩、细腻生动的念白功夫，别具情味。《陈州粜米》的第三折，纯以大段宾白勾连故事，凸现人物性格特质，在锦心绣口中抖搂了幽默机智的俗谐风趣。

那么，在《陈州粜米》第三折，包公是如何以念白变脸，在路上见招拆招的呢？就让我们一段一段细细品味其中的宾白，看人物之间是如何一递一声口的：

〔小衙内[②]同杨金吾上〕〔小衙内诗云〕日间不做亏心事，半夜敲门不吃惊。自家刘衙内孩儿。俺二人自从到陈州[③]开仓粜米，依着父亲改了钱价，插上糠土，克落了许

① 李渔《闲情偶寄》，《中国古典戏曲论著集成》（第七集），中国戏剧出版社，第55页。

② 指官府子弟。

③ 北周所置，隋朝治所在宛丘，宋朝为淮宁府，金朝复为陈州，治所均在今河南省周口市淮阳区。

多钱钞到家，怎用得了。这几日只是吃酒耍子。听知圣人差包待制①来了，兄弟，这老儿不好惹，动不动先斩后闻。这一来则怕我们露出马脚来了。我们如今去十里长亭②，接老包走一遭去。〔诗云〕老包姓儿伆③，荡④他活的少，若是不容咱，我每则一跑。〔同下〕

此一折开场，作者从作恶心虚的刘衙内、杨金吾二人商议接官写起。小衙内的上场诗属韵白，韵白既要朗朗上口，又要切合剧中人身份。接着一段独白，俗谐可感。小衙内开口即自曝恶相。恶人恶语加深了其倚父权势、肆行作恶的游荡恶少印象。小衙内自揭其丑，敲剥百姓、花天酒地、游手好闲的行径，听来真是晓畅明了。接着小衙内突然变脸，以惊恐万状、收敛马脚、百般趋奉的口吻，对着观众道出包公的威严正直和震慑力。俗语代言形象显示了小衙内的泼皮无赖、刁钻狡猾；更从反面着笔，托出包公的严厉和刚直难犯。通过反面人物的自我暴露，通过侧面用笔的直白叙说，一箭双雕，达到塑造正反人

① 官名，唐时为轮番等待诏命以备顾问之意，宋时定名，即在官职之外，另以诸阁诸学士、待制加给文臣，作为衔号。

② 旧时在郊外路旁设置的供行人休憩、饯行的房舍，十里设亭为长亭。《白孔六帖》云：“十里一长亭，五里一短亭。”

③ 固执、偏狭。

④ 同汤、烫，接触、碰着、挨上。

物性格的呼应效果，这就是宾白的力量，这就是叙述的能事。

〔张千背剑上〕〔正末骑马做听科〕〔张千云〕自家张千的便是。我跟着这包待制大人，上五南路[①]采访[②]回来。如今又与了势剑金牌[③]，往陈州粜米去。他在这后面，我可在前面，离的较远。你不知这位大人清廉正直，不爱民财。虽然钱物不要，你可吃些东西也好？他但是到的府州县道[④]，下马升厅，那官人里老安排的东西，他看也不看。一日三顿则吃那落解粥[⑤]，你便老了吃不得，我是个后生家，我两只脚伴着四个马蹄子走，马走五十里，我也跟着走五十里，马走一百里，我也走一百里。我这一顿落解粥，走不到五里地面，早肚里饥了。我如今先在前面，到的那人家里，我则说我是跟包待制大人的，如今往陈州粜米去。我背着的是势剑金牌，先斩后闻，你快些安排下马饭我吃。

---

① 宋代行政区划，泛指多。

② 下访民情、监察吏治。

③ 势剑：皇帝赐给臣下行使权力的镇压之剑，又称“尚方剑”“尚方宝剑”。金牌：皇帝赐给臣下行使权力的信物，图案不一

④ 汉时把在少数民族地区设置的县称道，唐宋以后指按山河形势划分的区片。

⑤ 极稀薄的粥。解读 xiè，把粥饭煮熟后，再用凉水浸泡，蒙古民族曾有这种习惯。

肥草鸡儿，茶浑酒儿，我吃了那酒，吃了那肉，饱饱儿的了，休说五十里，我咬着牙直走二百里，则有多哩。嗨！我也是个傻弟子孩儿，又不曾吃个，怎么两片口里劈溜扑刺的，猛可里包待制大人后面听见，可怎了也。

从张千的口中，我们仿佛看到包公风尘仆仆、日理万机的忙碌身影：刚去各地监察吏治回来，又接旨令马不停蹄赶往陈州去惩治扰民作孽的小衙内和杨金吾；也看到吏治腐败、秩序混乱，权豪势要残暴无耻、良弱贫贱屡遭欺凌的社会不平。从张千口中，我们还知道，包公平日出行绝不居官自傲，决不丝毫扰民。不但钱物从来不曾沾身，而且廉正到连所过州县安排茶饭也从不动用一口，只吃自己随身携带的方便粥，以至于随从张千产生抱怨和不满，又不能在包公面前有明显流露和发泄，所以就有了奢想伴着迷醉的背后聒絮。张千跟着包公四处出行，一路粗茶淡饭，少有油水，吏役走卒就有了一肚子的牢骚、唠叨和埋怨。这一段独白，张千边走边说、指手画脚。想象索要人家下马饭时，仗着包公声威，得意妄言、狐假虎威，一副趾高气扬、颐指气使的样子；想象美食果腹情状时，露出村夫子贪馋饕餮、想入非非的本相，又是一副心满意足、赌咒发誓的样子；及至回想过来，发现自己竟然情不自禁咂嘴吮舌时，则下意识东张西望，害怕被包公识破，又是一番自言自语、自嘲自解的样子了。这一场小人物的变脸表演，在饥饿体验和食觉味感的描写上可谓活灵活现。他的心理盘算尽管滑稽可笑，但我们对他并无恶感，我们认识了张千这个具有衙役走卒典型特征而又充满生气的小人物。他的抱怨、他的奢望、他的盘算、他的幻想，都让我们感受到衙役的奔波辛苦和善于看风使舵、见机行事的手段，也了解了这个长期跟从包公的小人物的淳朴厚道，从而也就连类想到包公的亲切可信。通过包公仆从的自白，我们看到了主人的威严尊望和行事准则。主仆二人风尘劳顿、随俗而变的气性，让人忍俊不禁、拍手叫绝。

包公眼见张千摇头摆尾、指手画脚、自言自语，于是就产生了下面诙谐多趣的“三问三猜”场景：

〔正末云〕张千，你说甚么哩?〔张千做怕科云〕孩儿每不曾说甚么。〔正末云〕是甚么肥草鸡儿?〔张千云〕爷，孩儿每不曾说甚么“肥草鸡儿”，我才则走哩，遇着个人，我问他陈州有多少路，他说道“还早哩”，几曾说甚么肥草鸡儿。〔正末云〕是甚么茶浑酒儿?〔张千云〕爷，孩儿每不曾说甚么“茶浑酒儿”，我走着哩，见一个人，问他陈州那里去，他说道“线也似一条直路”，你则故①走，孩儿每不曾说甚么“茶浑酒儿”。〔正末云〕张千，是我老了，都差听了也。我老人家也吃不的茶饭，则吃些

① 只管、只顾。

稀粥汤儿，如今在前头有的尽你吃、尽你用，我与你那一件厌饫[1]的东西。〔张千云〕爷，可是甚么厌饫的东西？〔正末云〕你试猜咱。〔张千云〕爷说道前头有的尽你吃、尽你用，又与我一件儿厌饫的东西，敢是苦茶儿？〔正末云〕不是。〔张千云〕萝卜简子儿[2]？〔正末云〕不是。〔张千云〕哦，敢是落解粥儿？〔正末云〕也不是。〔张千云〕爷，都不是，可是甚么？〔正末云〕你脊梁上背着的是甚么？〔张千云〕背着的是剑。〔正末云〕我着你吃那一口剑。〔张千怕科云〕爷，孩儿则吃些落解粥儿倒好。〔正末云〕张千，如今那普天下有司官吏、军民百姓，听的老夫私行，也有那欢喜的，也有那烦恼的？〔张千云〕爷不问，孩儿也不敢说。如今百姓每听的包待制大人到陈州粜米去，那个不顶礼，都说俺有做主的来了，这般欢喜可是为何？〔正末云〕张千也，你那里知道，听我说与你咱。〔唱〕

包公有三问：一个口角流涎，一味掩饰，推脱问路，模仿答话，利用谐音躲躲闪闪、支支吾吾；一个佯做耳背，明知故问，抓住关键词语步步紧逼，机锋所向不留余地，有意作怪，

① 厌同餍。饫：饱食。

② 萝卜馅的菜合子。

恣意打趣。最后，还是包公假意圆场，故作不知以允诺美食来哄骗张千抖搂实情，正中下怀地引逗张千暴露本相。于是，张千有三猜：一猜苦茶儿，二猜萝卜简子儿，说明张千不是不想吃好的，而是不敢想好的。此时张千实是饥肠辘辘，情不能忍，希望随便有点什么东西，无论是苦茶儿还是萝卜简子儿，粗茶淡饭能填饱肚子、将就充饥就行了。这最后一猜落解粥和包公的一声断喝，则不仅将张千从幻想和妄念中拉回到现实，且震动了张千的灵魂，让他知道跟着一个严于律己的主人，从者一旦作恶，将受到的处罚和惩治是多么可怕！而包公更不能因手下人贪馋便宜而毁掉一身清廉正气。包公要让随从真正做到心从意从、听命调遣。包公的三问，问得打趣，问得急切，问得执拗；张千的三猜，猜得苦涩，猜得机灵，猜得狡黠。这一段对白，可谓主仆之间言语的交锋、性格的较量，既显示了主仆关系的随意亲切、无所不谈、无谑不及，也自然而然完成了主仆思想沟通的过程。

为了探得真情，钓到大鱼，包公假扮成一个庄稼老儿，先是和随侍张千——一个小丑式人物，在路上因为隐蔽身份发生争执，引出一番滑稽口角和"变脸"游戏。在主仆之间，张千有着为仆者的畏首畏尾、唯上尊权，但作为一个丑角，却俚俗活泼、伶俐机警。背着包公，他俨然一副样子，做起"立着"

的包待制来；一旦听到包公呵斥，马上又摇身一变，不无解嘲地自言“老鼠终无胆，猕猴怎坐禅”。应该说，为仆者清苦劳碌中讨食的生活，练就了他夹缝求生、随机应变的本领：一时可以唯命是从，有令必行，一时又可以有恃无恐，贪利忘义，其行事准则全凭主人的眼色和行止。这个角色更容易滑向贪吃怕苦、趋炎附势的帮闲无赖，狡诈善变、圆滑虚伪的乡里泼皮，但因为跟着包公，世俗社会的熏染所带给他的不良习气渐渐被抑制过滤，本性中憨拙敦厚的一面被淘洗出来。而包公也不失时机地加以引导，让跟从者领会他的良苦用心和刚正秉性，更明白他为民除害、义不容辞的公心。

为了使微服私访以假乱真、摸到实情，包公决定支开随从，让张千隐蔽形迹，进城观风。接着狗腿湾卖笑求食的烟花女子王粉莲出场了：

〔搽旦王粉莲赶驴上云〕自家王粉莲的便是，在这南关里狗腿湾儿住，不会别的营生买卖，全凭着卖笑求食。俺这此处有上司差两个开仓粜米官人来，一个是杨金吾，一个是刘小衙内，他两个在俺家里使钱，我要一奉十，好生撒镘①。他是权豪势要，一应闲杂人等，再也不敢上门来。俺家尽意的奉承他，他的金银钱钞可也都使尽俺家里。

① 镘为钱的背面，指钱，撒镘意为挥霍浪费。

数日前，将一个紫金锤当在俺家，若是他没钱取赎，等我打些钗儿戒指儿，可不受用。恰才几个姊妹请我吃了几杯酒，他两个差人牵着个驴子来取我。三不知①我骑上那驴子，忽然的叫了一声，丢了个撅子，把我直跌下来，伤了我这杨柳细，好不疼哩。又没个人扶我，自家挣得起来，驴子又走了。我赶不上，怎么得人来替我拿一拿住也好那？〔正末云〕这个妇人，不像个良人家的妇女；我如今且替他笼住那头口儿②，问他个详细，看是怎么。〔旦儿做见正末科，云〕兀那个老儿，你与我拿住那驴儿者。〔正末做拿住驴子科〕〔旦儿做谢科云〕多生受（麻烦、有劳）你老人家也。〔正末云〕姐姐，你是那里人家？〔旦儿云〕正是个庄家老儿，他还不认的我哩。我在狗腿湾儿里住。〔正末云〕你家里做甚么买卖？〔旦儿云〕老儿，你试猜咱。〔正末云〕我是猜咱。〔旦儿云〕你猜。〔正末云〕莫不是油磨房？〔旦儿云〕不是。〔正末云〕解典库（当铺）？〔旦儿云〕不是。〔正末云〕卖布绢段匹？〔旦儿云〕也不

---

① 本意为对一件事的开头、中间、结尾都不知道，俗语引申为不料、突然。

② 陆澹安《戏曲词语汇释》：“计算牲畜每云几头几口，所以把‘头口’做牲畜的代名词，属北方方言口语。”（上海锦绣文章出版社2009年版，第332页）

是。〔正末云〕都不是，可是甚么买卖？〔旦儿云〕俺家里卖皮鹌鹑儿[1]。老儿，你在那里住？〔正末云〕姐姐，老汉只有一个婆婆，早已亡过，孩儿又没，随处讨些饭儿吃。〔旦儿云〕老儿，你跟我去，我也用的你着。你只在我家里，有的好酒好肉，尽你吃哩。〔正末云〕好波好波！我跟将姐姐去，那里使唤老汉？〔旦儿云〕好老儿，你跟我家去，我打扮你起来，与你做一领硬挣挣的上盖（笔挺的上身穿的外衣），再与你做一顶新帽儿，一条茶褐绦儿，一对干净凉皮靴儿。一张凳儿，你坐着在门首，与我家照管门户，好不自在哩。〔正末云〕姐姐，如今你根前可有什么人走动？姐姐，你是说与老汉听咱。〔旦儿云〕老儿，别的郎君弟子，经商客旅，都不打紧。我有两个人，都是仓官，又有权势，又有钱钞，他老子在京师现做着大大的官。他在这里粜米，是十两一石的好价钱，斗又是八升的小斗，秤是加三大秤，尽有东西，我并不曾要他的。〔正末云〕姐姐不曾要他钱，也曾要他些东西么？〔旦儿云〕老儿，他不曾与我甚么钱，他则与了我个紫金锤，你若见了就唬杀你。〔正末云〕老汉活偌大年纪，几曾看见什么紫金锤，姐姐，若与我见一见儿，消灾灭罪，可也好么？

---

① 卖淫的隐语。

〔旦儿云〕老儿，你若见了，好消灾灭罪，你跟我家去来，我与你看。〔正末云〕我跟姐姐去。〔旦儿云〕老儿，你吃饭也不曾？〔正末云〕我不曾吃饭哩。〔旦儿云〕老儿，你跟将我去来，只在那前面，他两个安排酒席等我哩。到的那里，酒肉尽你吃，扶我上驴儿去。〔正末做扶旦儿上驴子科〕〔正末背云〕普天下谁不知个包待制正授南衙开封府尹之职，今日到这陈州，倒与这妇人笼驴也，可笑哩。

包公微服私访可能遇到的与陌生人的误会，没想到在王粉莲这里发生了，而且是和一个谁也不曾想到的角儿——地方上的风骚妓女。她的上场，虽是满嘴舌头夸口自家风流，却一下子就把刘衙内、杨金吾二人混迹市井、当紫金锤的丧心病狂、横行霸道、寻欢作乐、贪赃枉法的斑斑恶迹一一抖搂出来。更具讽刺意味的是，皇帝敕赐之物，竟然成了随意典赊的当物，成了妓女任意打造首饰的备料，官员的贪贿、王道的败坏、国家权力的威风扫地，不揭自明。接着醉酒头晕、跑了驴子、闪了杨柳细腰、故意卖弄风骚的泼烟花，与扮成笨手笨脚、拙口拙舌的庄稼老儿的包拯，就在驴上驴下惹出一场诙谐的逗趣和笑谈。这一场对白可谓此折中最富戏剧性的地方。

狗腿湾卖笑醉酒、晕头转向的烟花王粉莲骑驴赶路，不想刚上了道，撒蹄尥蹶子的驴子就将她掀翻在地，如此狼狈还不忘卖弄风情，言语之间还带出了“杨柳细”，着实可笑。粉头一来腰疼无力，挣挫不起，二来跑了驴子，追赶不及，娇喘顾盼之间，就想寻个人来帮帮手。此时扮成土老儿的包公与王粉莲不期而遇。一个浓妆艳抹、搔首弄姿，一个呆头呆脑、讷言讷语，本身就已妍媸相映、滑稽可笑，更有趣的是倚势轻狂的王粉莲，还蛮横命令包公扶她上驴、为她牵驴，竟然甚至恬不知耻让土老包猜她家做的营生。包公虽已察言观色，看出她非良家妇女，但在猜她家营生时，还是小心地言语周旋，不敢惹她翻脸，所以一会儿是油磨坊，一会儿是解典库，一会儿又是布缎铺，猜的都是生意行当。没想到泼烟花却干脆自家兜出卖淫勾当。当她听说这个土老儿是讨饭乞丐时，还得寸进尺，倚势卖乖，要打发得叫花子有吃有穿，让土老包跟从家去做个掌看门户的顶老。紧接着，在包公的顺势打听下，这个小城市里油头粉面、结交各色人等的妓女，不经意间道出了一番得意的醉话，却恰恰交代了紫金锤的去处，包公也就在这一意外的邂逅事件中，抓住了刘衙内、杨金吾二人作恶的重要证据。耳闻是虚，眼见是实，为了顺藤摸瓜，他一面要不动声色地诱使爱炫耀卖弄的王粉头出示紫金锤这个物证，干脆就假戏真做，要到王粉头家中看个明白，探个究竟，就为她笼驴把马，一直牵到接官厅上，另一面又自哂自笑，觉得堂堂一个包大人却去为泼烟花把马笼驴，让人看着实在不成体统，说不定还会造成什么误解和趣闻呢。为了勘得隐情，最后也只好将错就错、顺水推舟，跟着粉头来到接官厅上。

这一折纯以宾白出戏，利用插科打诨、耳聋打岔、对比映衬、偶合误会等手法，对白中充满了轻松惬意的喜剧意味。衙役仆从的调舌口技，从侧面烘托了包公的威严持重、一心为民。小城里轻狂妖冶的泼烟花，将包公性格定格为一个风趣和蔼、平易近人的贫穷老儿形象。刁徒恶少的肆行妄为、狡诈狠毒，更衬托出包公的刚果忠直、铁面无私。一个饱经宦海的老臣不辞辛苦、探查民情、干练忠直的个性，一个生活简朴的清官对仆从以身作则、恩威并重，对各色人等巧于周旋、善于应付的智慧，一个在庸俗与崇高、正义与邪恶之间挥刃扫弊、斩恶除奸的清官，一个有血有肉、丰满可信、风趣可掬、和蔼可亲、刚正无私、为民请命的包青天已然矗立起来。

接着，小衙内上场自报家门，心惊肉跳地描述着报应临头的不好预感，又借酒壮胆企图强横摆脱罪尤。这可以说从反面着笔，暗示着随后来到接官厅的土老包可能面临的险境。

〔小衙内、杨金吾领斗子上〕〔小衙内诗云〕两眼梭梭跳，必定悔气到。若有清官来，一准屋梁吊。俺两个在此接待老包。不知怎么，则是眼跳。才则喝了几碗投脑酒（一作头脑酒，用甜酒和肉汁、调料等煮食），压一压胆，慢慢的等他。〔正末同旦儿上，正末云〕姐姐，兀的不是接官厅？我这里等着姐姐。〔旦儿云〕来到这接官厅，老儿，你扶下我这驴儿来。你则在这里等着我，我如今到了里面，我将些酒肉来与你吃，你则与我带着这驴儿者。〔做见小衙内、杨金吾科〕〔小衙内笑科，云〕姐姐，你来了也。〔杨金吾云〕我的乖，你偌远的到这里来。〔旦儿云〕该杀的短命！你怎么不来接我？一路上把我掉下驴来，险不跌杀了我。那驴子又走了，早是撞见个老儿，与我笼着驴子。嗨！我争些儿可忘了那老儿，他还不曾吃饭，先与他些酒肉吃咱。〔杨金吾云〕兀那斗子，与我拿些酒肉与那牵驴的老儿吃。〔大斗子做拿酒肉与正末科，云〕兀那牵驴的老儿，你来，与你些酒肉吃。〔正末云〕说与你那仓官去，这酒肉我不吃，都与这驴子吃了。〔大斗子做怒科，云〕嗯！这个村老子好无礼！〔做见小衙内科，云〕官人，恰才拿将酒肉，赏那牵驴的老儿，那老儿一些不吃，都请了这驴儿也。〔小衙内云〕斗子，你与我将那老儿吊在那槐树上，等我接了老包，慢慢的打他。〔大斗子云〕理会的。〔做吊起正末科〕

专门设防谄事迎接、先与包公已有暗约的刘衙内、杨金吾，没想到机关算尽，严密的防范这里却出了问题。因不明真相，也因为讨好那个粉头，刘、杨二人竟赏赐给土老包一份酒食。恨从心起的包公哪里吃得下这份嗟来之食，一怒之下顶撞了两个贼人，致使贼人恶向胆边生，一时性起就吊打这个憨呆老儿。掌握了刘衙内、杨金吾歹行和铁证的包公，囫囵将就，一任二人施展淫威，吃尽苦头也不肯泄露身份。与粉头邂逅，已使包公顺利勘察到案情的重大线索，受屈吊打也让刘、杨二人的丑恶表演暴露无遗，强弱之势在一步步发生偏移，两个贼人却了无所知、浑然不觉。一系列巧合掀起层层波澜，造成一环套一环并非误会的误会，抖搂出包拯“庄稼老儿”的风趣和智谋。

〔张千云〕受人之托，必当终人之事。大人的分付，着我先进城去，寻那杨金吾、刘衙内。直到仓里寻他，寻不着一个。如今大人也不知在那里？我且到这接官厅试看咱。〔做看见小衙内、杨金吾科，云〕我正要寻他两个，原来都在这里吃酒。我过去唬他一唬，吃他几钟酒，讨些草鞋钱儿。〔见科，云〕好也！你还在这里吃酒哩！如今包待制爷要来拿你两个，有的话都在我肚里。〔小衙内云〕哥，你怎生方便，救我一救，我打酒请你。〔张千云〕你两个真傻厮，岂不晓得求灶头不如求灶尾①。〔小衙内云〕哥说的是。〔张千云〕你家的事，我满耳朵儿都打听着，你则放心，我与你周旋便了。包待制是坐的包待制，我是立的包待制。都在我身上。〔正末云〕你好个‘立的包待制’张千也！

再说张千领命来到城里，遍寻不见刘衙内和杨金吾，也来

① 俗语，比喻与其求官员，不如求他手下人更有利。

到接官厅上。离开包大人的张千露出勒索便宜的劣性，扬言包待制已进城，二人性命拴在他一句话上，唬得飞扬跋扈的两个贼人团团围住张千打转。在刘、杨二人的讨巧阿谀中，此时的张千又故作乖张搬出“立着的包待制”，答应替二人说项，捞一点顺水人情。被看在眼里、急在心里的土老包呵斥了一句，才打住油嘴。

〔张千云〕您两个傻厮，到陈州来粜米，本是钦定的五两官价，怎么改做十两？那张懺古道了几句，怎么就将他打死了？又要买酒请张千吃，又擅吊了牵驴子的老儿。如今包待制私行，从东门进城也，你还不去迎接哩。〔小衙内云〕怎了，怎了。既是包待制进了城，咱两个便迎接去来。〔同杨金吾、斗子下〕〔张千做解正末科〕〔旦儿云〕他两个都走了也，我也家去。兀那老儿，你将我那驴儿来。〔张千骂旦儿科云〕贼弟子，你死也，还要老爷替你牵驴儿哩。（正末云）噤，休言语，姐姐，我扶上你驴儿去。〔正末做扶旦儿上驴科〕〔旦儿云〕老儿，生受你，若忙便罢，你若得那闲时，到我家来看紫金锤咱。〔下〕〔正末云〕这害民贼好大胆也呵！

被包公断喝的张千此时才正色起来，在不暴露身份的前提下，为了让二人承认他们的罪孽，他故意用了一种埋怨和数落的口吻，一五一十地当着被吊起来的包公，指证起刘衙内和杨金吾的罪尤来。慌了手脚、屁滚尿流的恶人急颠颠地追去“接包待制”了，张千才把包公从槐树上解下来。而此时的王粉头还一味央求包公为他再次笼驴，张千冲口而出就骂她一句，被包公暗暗阻止，并和颜悦色仍扶她上驴。而王粉头临行前的旧事重提，又一次提醒包公去搜罗罪证——紫金锤。而刘衙内、杨金吾竟敢往妓女家里典当象征着国家权力的紫金锤，这也再次激起了他心中冲天的义愤，终于让他痛下决心，无论冒多大风险，一定要严惩这些害民虐物的蠹虫贼子。

这一折作为故事的高潮部分，既没有包拯和恶势力剑拔弩张、刀光剑影的正面冲突，也没有主人公外在行为与内在心理的反复曲折。但原本无戏的地方，却以非冲突性因素——小衙内、杨金吾的做贼心虚，包公随从的谑语斗嘴，包公与陌路烟花的假意周旋，几次背面打拱，形成了与冲突主线似断实连、侧正相倚的小波澜。此一折宾白连篇累牍，全用市井行话、街市俚语、俗语谐语，衬托出包公的拙直、清廉与刚正。正是小衙内的无赖招摇、自曝恶相，包公的三问、张千的三猜，包公的三唤、张千的三转，包公的把马笼驴、遭打装呆，张千的摇身一变、狡黠势利，王粉头的油滑无耻、卖弄风情，像艺术插花一样，在严正主题之外营造了亦庄亦谐、有情有趣的喜剧场景，在元杂剧中可谓独出心裁、自成一格。

十四、风月与从良

绸缪束薪，三星在天。今夕何夕，见此良人。子兮子兮，如此良人何！

绸缪束刍，三星在隅。今夕何夕，见此邂逅。子兮子兮，如此邂逅何！

绸缪束楚，三星在户。今夕何夕，见此粲者。子兮子兮，如此粲者何！

——《诗经·唐风·绸缪》

在古代文学的世界里，底层女性的生活，尤其是伎女的生活，往往不是被写作“为贵人守志”“为才子立名”的风流韵事供人欣赏，就是被写作红颜遗弃、祸水害人的教化故事来警戒世人。在元杂剧《救风尘》《风光好》《盆儿鬼》《金线池》《玉壶春》等十几种戏曲作品里，出现了二十多位青楼歌伎的群像。这或许是夏庭芝《青楼集志》所说“我朝混一区宇，殆将百年，天下歌舞之妓，何啻亿万”的生活写照，但与诗词不同，在元杂剧的戏曲化书写中，这些歌伎们或命运叵测、困苦不幸，或肆行不善、恶名昭彰，或美艳动人、聪慧多情，或侠肝义胆、扶危济困，她们呈现了不一样的底色和心性。

元杂剧中的歌伎形象，首先引人注意的是那些逆来顺受、缺乏抗争意识的弱者。如《风光好》中的秦弱兰，作为一个歌伎不得不“应官身”，起先被朝廷派来游说的陶学士百般胁迫调弄，后来又被官府任意驱遣。正如弱兰在第四折［三煞］所唱：“你那些假古懒，原来是妆謊子。你无诚无信无终始。我则道你是铺眉苫眼真君子，你最是昧己瞒心泼小儿。许下俺调琴瑟，今日似难鸣孤掌，不线的单丝”，她在不明真相的情况下，充当了政治角逐中色诱来使的工具，还以为找到了今生从良的归宿，却不知被“陶学士”假意欺骗，悲怨屈辱而无力反抗命运的作弄。

又如《谢天香》中的谢天香，与赴考才子柳耆卿交好，自以为命运扯起了顺风帆，驶进了风和日丽的港湾，却不料才子放不下科举功名，免不了露水姻缘，回头重操行院生活。后来谢天香受到当地官吏钱大尹青睐，似乎命运再一次垂青了她，受宠若惊之余对钱大尹感激涕零，可钱大人却对她不冷不热。柳才子中举后，受友之托的钱大尹才说明真相，完璧归赵，把谢天香还给了柳耆卿。如谢天香在第三折［端正好］所唱“往常我在风尘，为歌妓，止不过见了那几个筵席。到家来须做个自由鬼，今日个打我在无底磨牢笼内”，在钱大尹家“皮里抽肉”“骨岩岩脸儿黄瘦”，不明来由被“坐衙紧换，乐探忙勾，唬的我难收救，只得向公庭祗候”，“唱到惨绿愁红”，在这一系列的生活变故中，她慰藉了才子飘零，装饰了官场应酬，却如一件赠品传递于旧友新贵之间，毫无人格和尊严可言。

更典型的是《救风尘》中天真质朴、怯懦无知的宋引章。她急着从良，不听赵盼儿劝阻，选择了有钱有势的花台子弟周舍，而将原本爱她并欲娶她为妻的穷秀才安秀实拒之门外。不想被骗后，遭受了花台子弟拳脚相加、棍棒毒打的惯用手段折磨，“遭他毒手，无情的棍棒抽，赤津津鲜血流，逐朝家如暴囚，怕不将性命丢，况家乡隔郑州，有谁人相睬瞅，空这般出尽丑”。终日以泪洗面的宋引章才捎书向赵盼儿求救。性格懦弱、缺乏社会经验、受环境摆布，只是想依凭权势、门第来保证婚姻的缔结，使她尝尽了苦头，一心想嫁富贵公子，却不料侯门一入深似海，受尽摧残，经风尘姐妹赵盼儿救助才脱离虎口。

这一类弱者，把生活的唯一希望寄托在从良，也就是通过缔结婚姻回到家庭中过“正常人”的生活。但在努力向从良人而居的生活靠近的过程中，却往往遭遇荼毒、玩弄和更深的人格侮辱。或许，从良的路让我们看到了歌伎生活比烟花风月更凶险的另一面。

与一般市民女子相比，挣扎在社会最底层的伎女，往往因世俗风月场的熏染而陷入庸俗、堕落的泥淖中不能自拔，为了偿赎从良路上带来的更大的不公和损害，元杂剧中出现了一些因从良不顺，或者难遂心意而心理变态的恶妻悍妇。如《酷寒亭》中的萧娥，长期的风尘生活已经扭曲了她的心性，使她养成了一种游手好闲、势利恶俗的习气。她并不是想从良过“正常人”的生活，而是想把从良当作跳板，摇身一变，去攫取和挥霍她奢望的上层人的荣华富贵。她看上了地方官吏郑孔目的家世和权力，就肆意勾引郑孔目，气死郑夫人，虐待孔目一双儿女，又与孔目手下的公人高成有奸，把孔目一家搅得鸡飞狗跳、人亡财空。最后，她的恶行让郑孔目忍无可忍，痛下杀手。借用剧中跟从孔目到衙门办事的赵用一段对白来看：“这妇人生的通草般身躯，灯心样手脚，闲骑蝴蝶傍花枝，被风吹在妆梳阁。蜘蛛网内打筋斗，鹅毛船上邀朋友。海马儿驮行，藕丝儿牵走。有时蘸水在秤头，秤定盘星上何曾有。这妇人搽的青处青、紫处紫、白处白、黑处黑，恰便似成精的五色花花鬼。

他生的兔儿头，老鼠嘴，打街坊，骂邻里，则你是个腌腌臜臜泼婆娘，少不得瓦罐儿打翻在井水底”，可谓骂尽了这歪剌骨、泼东西、不能做好人妻的恶伎。

在元代无名氏写包公审乌盆判案的故事的《盆儿鬼》中，有个从良而不入正途的撇枝秀，竟然嫁了一个打家劫舍、杀人放火的强盗盆罐赵，作恶多端，行骗劫杀路人。正如她上场自报家门所云：“我撇枝秀元不是良家，是个中人。如今嫁这盆罐赵，做了浑家。两口儿做些不恰好的勾当……在此招接往来客旅，只要等那有本钱的到来，便是钱龙入门。”两个贼夫妻抢了外出经商、借宿客店的杨国用钱财，还不罢手放人走，她对丈夫说：“他不则说出来，必然做出来。若是放了回去，可不倒着他道儿了，不如只一刀哈喇了他，可不伶俐。”在她的怂恿下，贼人丈夫最终杀人烧尸、捣骨制盆，酿成命案。及至张懒古告冤、包公审结冤狱，临到断头台上还说“开封府堂上除了杀则是打，料想把我烧灰捣骨，做盆儿不成？怕做甚的，杀了罢，杀了罢”，真是穷凶极恶，报应不爽。

这一类恶妻悍妇，从良后并未步入正常的家庭生活轨道。她们由于感到在经济、家庭地位上处于受歧视的劣等境地，因而往往在社会等级意识挤压之下心理变态，要么唆使丈夫休掉正妻，勾结外人谋害正妻，而设法爬上“正头娘子”的位置，要么寻衅滋事，虐待非亲生子女，发泄私恨，攒夺家产。这些恶妻悍妇经常搅扰得家无宁日，纠纷四起，引发许多新的社会问题和社会矛盾。

不过，在元杂剧中，有一类在士伎之恋中从良成功的青楼佳人，被刻画得才情出众、慧美多情。她们在温情脉脉的士伎之恋中成为主角，凭借她们的善良、坚强、多情、执着的个性与多才多艺的资质，最终赢得美满婚姻。如钟情守志、为太守收养后终嫁杜牧的张好好（《扬州梦》）；与白居易相爱、被鸨母私卖于茶商、辗转重续前缘的裴兴奴（《青衫泪》）；与李斌唱和、被鸨儿逼卖、剪发抗婚、后私奔会才子的李素兰（《玉壶春》）；与书生韩辅臣真心相爱，在争取婚姻自主的路上遇到来自家庭、社会、儒流的种种困扰，尤其是亲生母亲的辖制与欺骗，却能风尘自拔的杜蕊娘（《金线池》）。还有《曲江池》中的李亚仙、《红梨花》中的谢金莲、《玉梳记》中的顾玉香、《百花亭》中的贺怜怜、《云窗梦》中的郑月莲等。她们多为才艺俱佳的歌伎，与才子邂逅而两情绸缪，在歌伎生活到从良嫁人的重要转折关口，她们共同选择了文人才子，因为同属底层的命运而感发了相互的倾慕赏识，天涯沦落而才情相惜。元代歌伎有服够官身可以自赎、期满可以脱除乐籍的人身选择，因而元杂剧作家笔下的歌伎大多共同向往着从良后一般家庭衣食相周、夫妇相随的平居生活，其中从良失败、身世悲惨的弱者和心理变态、为非作歹的恶者毕竟是少数，较多的歌伎在苦尽甘来的煎熬与期盼中眷恋于士人才子，在相对自由的人身选择中实现了从良的合理愿望，获得了终成眷属的喜剧性命运结局。

中国古代的倡伎源于那些在音乐艺术活动中卖艺为生的伶人、乐伎。是六朝的家伎制度才滋生出既卖艺又卖身的歌伎。唐传奇与宋词中已有对歌伎应歌佐宴的描写。歌伎在某种程度上是一种脱离了家世利益和功利性婚姻的自由文化人。这种自由文化人的职业培养，使她们多才多艺、风流俊爽，与一般家庭妇女的精神风貌迥然有别。她们具有俊爽优雅的举止、博洽锋利的谈吐、轻柔曼妙的舞姿、穿云裂帛的歌喉、弹奏挑抹的技艺，加上青楼特有的富丽豪华、美酒佳肴、迎来送往、浅斟低唱的氛围，恰好与士大夫文人们满腹经纶、才气横溢、锦心绣口、风流倜傥的气质一拍即合，所以无论是宦海沉浮的官吏，还是科场失意的才子，都能在青楼获得达情适性、涤除扰攘的情感慰藉，在循规蹈矩的官场和刻板沉闷的家庭以外找到一个放松身心、表现自我的场合。而歌伎从良，反常入正常中可能出现的种种波折、障碍、苦难、悲喜剧，也成就了元杂剧士伎之恋故事的书写模式。

除了以上这些面目身姿各个不同的青楼歌伎，元杂剧中还有一些歌伎的形象，或反向求生，沉溺世俗，或特立独出，孤独求败，很耐人寻味。如《刘行首》中的旦角刘行首，前身本是唐明皇时多才多艺的管玉罕夫人，三百年后修炼成女鬼，王重阳答应度脱她成仙，但须先托生为伎二十年，去做上厅行首，以偿五世宿债。不料做了伎女的刘行首，却未沉湎于“穿金戴银、偎红依翠”的风月生活，而执意要求从良嫁人，并且抱怨真人拆散鸾侣，再也不肯修道出家，甚至佯装疯癫，千方百计躲避要度脱她的真人。与“花星照、福星照”的人间美好生活相比，迎来送往的娼门生活可以弃之如敝屣，布衣素食的仙家缘分亦无足称道！

值得大书特书的，是元杂剧《救风尘》中的赵盼儿。《救风尘》讲述的是歌伎宋引章从良失足，被花台子弟周舍骗娶蹂躏而被搭救的故事。但故事的主角却不是她，而是那个老练泼辣、有胆有识、仗义助人、机敏无畏的风尘侠伎赵盼儿。此剧四折分别写安秀实求赵盼儿劝阻宋引章嫁周舍未成；宋遭罪求救于赵，赵设计准备赚休书；赵以风月手段骗嫁周并说服他写休书；赵、宋倒换休书出逃，周中计失悔欲索休书，咬碎假休书后气急败坏见官，赵、安据理力争，宋最终逃脱虎口。整个剧情围绕着“救宋”这一中心事件铺写，单一的线索，完整的布局，巧合的关目，程式化的场面以及高潮中的结局，都是通过赵盼儿连缀贯穿的。

看透了风尘生活迎来送往全在财色二字的赵盼儿，早已死了嫁人之心。而天真质朴、怯懦无知的宋引章却急着从良，不听赵盼儿的劝阻，执意嫁给有钱有势的花台子弟周舍。遭受了拳脚相加、棍棒毒打的宋引章向昔日姐姐赵盼儿捎书求救。赵盼儿随即担着彩礼羊酒，主动请嫁周舍并以财相惑、以色相诱，“将这情书亲自修，叫他把天机休泄漏。传示与休莽戆收心的女，拜上你浑身疼的歹事头”。“我索合再做个机谋，把这云鬟蝉鬓妆梳就。珊瑚钩，芙蓉扣，扭捏的身子儿别样娇柔”。贪财好色的周舍立即神魂颠倒，主动写休书休了宋引章。后情知中计，欲抵赖索回休书，却不想索回咬碎的是一纸假休书。真休书被赵盼儿藏起并要求退婚，周舍气急败坏拉她见官，赵盼儿巧妙安排安秀实先去告官，最终惩治了无赖子周舍，成全了安秀实和宋引章这一对人儿好姻缘。

《救风尘》作者关汉卿将一个具有悲剧倾向的故事写成了一个风趣机智、柔中透刚的风情喜剧。赵盼儿身上不可避免的风尘生活印记，恰恰作为故事打开的突破口，使其行为动机具有了与男权社会周旋、抗辩的意味。别的姐妹都在寻找从良的机会，而她却看透了做张郎妻、李郎妾的良家妇女身上“三从四德”的道德枷锁，宁肯混迹娼门也不愿受人辖制、失去自由。恩格斯说：“妻子与普通的娼妇不同之处，只在于她不是像雇佣女工计件出卖劳动那样出租自己的肉体，而是一次性地永远出卖为奴隶。”① 赵盼儿看透了妇女在那个时代家庭中的地

① 恩格斯《家庭、私有制和国家的起源》。

位无异于奴隶，不愿意步入“正常人”的家庭生活，不愿意接受被奴役的角色，这一行动的起点已显示了她与所谓合理的社会秩序疏离抗争的勇气。在与虚伪狡猾的周舍交手的过程中，她又全无私心，冒着极大的危险，义无反顾救助患难姐妹，清醒地设计赚休书的套子让周舍来钻，最后巧妙地通过法律解决了这起官府都感到头疼的婚姻纠纷。这一行动和选择，表现出她作为置身制度之外的女性难得的理智、独立和大义自持。恩格斯说：“卖淫只是使妇女中间不幸成为受害者的人堕落，而且她们也远没有堕落到普通所想象的那种程度，与此相反，它败坏着全体男子的品格。”[①] 娼妓现象是私有制和剥削制度的产物，是文明时代两性关系中女性人身权利单方面被物化为工具的体现，是两性道德双重标准支配下封建婚姻制度的损不足以奉有余。娼妓制度造成了对妇女身心的蹂躏玩弄、非人道摧残，但在经受风尘折磨的苦难女子中，尚有像赵盼儿这样的豪杰女流，并未自暴自弃，反而唤醒弱者联手对抗被侮辱与被损害的社会不公。

元杂剧第一次如此真实、广泛地表现了青楼歌伎这一社会群体的生活与个性、苦闷与追求。在并不掩饰她们风尘生活瑕

① 恩格斯《家庭、私有制和国家的起源》。

疵的同时，极力挖掘表现她们在非人生活中磨炼出的情性之美，为争取起码的生活权利而抗争的勇气，以及千辛万苦追求美满婚姻的合理生活愿望。因为生活在被强权奴役的卑贱境遇中，她们对婚姻的最微薄的愿望就是从良人而居，期待婚姻幸福的一刻。可是，“今夕何夕”，“良人”何所在？“良人”何可居？其实她们自己就是“良人”，如同暗夜里的星辰，无限真情好风月，明丽而灿烂。正如《拍案惊奇》卷二十五《赵司户千里遗香　苏小娟一诗正果》所言：“青楼原有掌书仙，未可全归露水缘。多少风尘能自拔，淤泥本解出清莲。”在命运多舛的青楼女子中，不乏姿性刚烈、凌霄拔俗的歌伎佳人，元杂剧为我们铸就了如此不一样的群像。

十五、公案与断狱

天之方难，无然宪宪。天之方蹶，无然泄泄。

辞之辑矣，民之洽矣。辞之怿矣，民之莫矣。……

天之方虐，无然谑谑。老夫灌灌，小子蹻蹻。

匪我言耄，尔用忧谑。多将熇熇，不可救药。

天之方懠。无为夸毗。威仪卒迷，善人载尸。

民之方殿屎，则莫我敢葵？丧乱蔑资，曾莫惠我师？……

敬天之怒，无敢戏豫。敬天之渝，无敢驰驱。

昊天曰明，及尔出王。昊天曰旦，及尔游衍。

——《诗经·大雅·板》

元杂剧中有大量的公案剧，反映了权豪势要横行霸道、谋财害命，贪官污吏擅权纳贿、助纣为虐，社会冤狱遍地、百姓沉冤难雪的社会现实。政患不息，老天震怒。在这个纲常崩坏、制度瓦解、官场污滥、吏治暗昧的苦难时代，杂剧中出现了一批申冤雪仇、惩恶扬善的断狱官，他们不依赖于体制，而是用个人的智慧周旋在法与礼的边缘，断狱有方，用个体的力量燃起暗夜的光亮，主持人间正道。其中主持断狱的不只有人尽皆知的包公，还有《绯衣梦》中的开封府尹钱可、《窦娥冤》中的窦天章，《救孝子》《杀狗劝夫》中的两个王翛然，《勘头巾》《魔合罗》中的两个张鼎等。不过像钱大尹和窦天章通过梦兆断狱，《杀狗劝夫》中的王翛然一问二打三囫囵来断狱，欲奇中出奇却有些离谱了，难比《救孝子》中的王翛然和两个张鼎的善察民情、实地勘问之功。

《绯衣梦》所叙公案是，李、王两家指腹为婚，因李家贫无力迎娶而被退婚，中间因闰香私赠银两与未婚夫、歹人裴炎入院行窃杀梅香，而牵连李庆安入狱判斩。开封府新任府尹钱可审理这宗疑案时，连连发生了奇怪事件，先是苍蝇抱笔，不能书写卷宗，后是苍蝇进管，笔管爆裂。于是钱可根据种种异象断定此案必有隐情，命押李庆安去狱神庙祈祷，最后钱可通过李庆安的梦中呓语“非衣两把火，杀人贼是我”，推出犯人姓名并命人缉拿处死，李、王两家化解嫌隙，议婚成亲。因为李庆安在上堂前救了一只陷入蛛网的苍蝇，所以遂有苍蝇抱笔、笔管爆裂等异象发生，这促使钱可延迟了冤狱判定的时间。这也是受迷信因果观念影响而设置的非必然情节。最后冤案的澄清，是通过梦符解凶的意念推导实现的，这些非正常的断狱方法，显得不合逻辑而有些荒诞。因为李庆安本来并不认识裴炎，他怎么可能在潜意识中供出杀人贼姓名而为自己洗冤呢？钱可又怎么能通过已经招认的案犯的一句梦呓，就推测出真凶的姓名呢？此剧中的钱可作为审案官吏，并没有多少值得大书特书的功绩，他只不过在关键时刻没有放过与案情有关的一些蹊跷细节，而苍蝇抱笔、梦符解凶的断狱方式，也并不能证明钱可有多么高明。《窦娥冤》中窦娥冤情的大白天下，是因为她自己生时力逼天从人愿，为鬼复仇意志弥坚，先是鬼灵阻挠卷宗发付，接着是游魂托梦诉冤，最终以鬼魂之身拼上大堂指证恶凶。那种“争到头、竞到底”的不屈反抗精神，撼动了天地鬼神，从而为自己雪了沉冤。在这一桩公案中，窦天章之前四处流浪、借贷谋生而典女赶考，其实是窦娥悲剧的始作俑者；之后清贫自守、廉访“持衡”而亲不自保，不是亡魂再三翻覆卷宗，他怎会注意到这桩冤情？所以窦天章只是承应了女儿的请命，并非执法断狱的关键性人物。

《救孝子》《杀狗劝夫》中出现了同一姓名的两个断狱官王翛然，却高下自现，判然有别。据说王翛然史有其人，生活在金代，但《金史》本传不载王断狱的本事，两剧公案是后人的演绎附会。《杀狗劝夫》是一部家庭伦理剧，孙大和孙二受柳隆卿、胡子转两个坏人挑唆不和，孙大媳妇杨氏屡次劝夫不果，最终采取了杀狗栽赃的办法，使得孙大认识到酒肉朋友不可靠而回心转意，兄弟二人和好如初。王翛然只是在第四折公堂对质时，才作为杨氏女陈说事实、为夫辩诬的证人出现，审案也是一问、二打、三囫囵定罪的行事做法，说不上断狱有方。而《救孝子》一剧中的大兴府尹王翛然，倒是一个屡建奇功、颇有谋算的断狱官。他在征调义军途中，通知开封府已故军户之妻李氏，让她送子从军。李氏送亲子兴祖成行，留下妾生次子谢祖在家，王翛然了解到李氏深明大义，大为感动。王翛然的形象，从这一细节开始，显露了内在的性格发展逻辑。兴祖妻子春香在回娘家路上，被携奴私逃、杀人越货的恶徒赛卢医胁迫而去。春香母亲想念女儿，询问下落不得，遂将谢祖以欺兄夺嫂杀人罪告到庭上。巩推官严刑逼供，李氏不从。此时，从军有功的兴祖省亲途中偶遇做苦力的春香，夫妻相认，并揪拘赛卢医见官，正遇被提审的谢祖和喊冤的李氏，一家团圆，共诉于官。王翛然重新审案，从前情断定李氏不会怂恿次子作恶，再加上兴祖夫妇的陈说，经过勘问，真相大白，赛卢医处死，巩推官革职。发人深省的是，面对巩推官一流贪官草菅人命、刑讯逼供、贪财嗜杀的恶行所酿成的人间惨祸，王翛然作为一个屡经宦海、遍览冤狱的清官，也不禁用形象的比喻，道出了官场衙门的真相：“俺这衙门如锅灶一般，囚人如锅内之水。

祗候人比着柴薪，令史比着锅盖，怎当他柴薪爨炙，锅中水被这盖定，滚滚沸沸，不能出气，蒸成珠儿在那锅盖上滴下，就与那囚人衔着冤枉滴泪一般。"个中人反观自己身处其中的制度痼疾，发出触目惊心的慨叹，流露出对王法不存、公道难行的忧患。王翛然通过明察秋毫、公断冤狱的行为，更通过他对自己恭从的官僚体制凶残本相的清醒反思，而具有了性格深度。

而《勘头巾》《魔合罗》中的两个张鼎，应该说是元杂剧中除了包公外，更为真实可信的断狱官了。孟汉卿《魔合罗》一剧，写商人李德昌经商获利，在携银回家途中病倒将军庙，托卖魔合罗的小贩高山给妻子捎信。高山在寻找李妻时遇德昌堂弟李文道，素来行为不端的李文道问明实情，遂产生了夺财谋嫂的歹心，支开高山，上山入庙骗德昌吃下毒药，掠财而去。高山几费周折找到德昌妻子刘玉娘，告之德昌消息，并送给德昌儿子一个魔合罗。刘玉娘赶到庙里，德昌已不能言语，回家不久就七窍出血，中毒身亡。玉娘叫来李文道收拾局面，李文道却以因奸杀夫要挟，妄图逼娶玉娘，玉娘不从告官。萧令史贪得李文道银子，不问青红皂白宣判玉娘死刑，府尹复审也未发现冤情。刚刚劝农回来的六案孔目张鼎，却觉得这个已经判决的案子疑窦丛生，并冒着生命危险许下三日内断明疑案的诺言，决心要"直教平人无事罪人偿"。他先从调查送信人的细节入手，启发玉娘回忆送信前后的枝节，终于从玉娘儿子佛留的玩具魔合罗上，查到送信人高山的姓名，又经过审问高山，设计诱骗李文道父亲李彦实招供实情，最后冤情大白，李文道伏诛。张鼎是地方上有权势的中等官吏，但他却没有坐衙枯守、耽于安乐，而是风尘仆仆地下乡劝课农桑，显示了他为官清廉、务实能干、不辞辛苦、实地考察、体贴民情的一面，而冒着杀身之祸，毅然接手这个原本和自己没有太大关系的案子时，那同情良善、疾恶如仇、正直无私、敢于为民申冤的个性，更是令人钦佩。在断案过程中，他又表现出分析案情深入细致、抓住线索寻根究底、机警无畏、多方周旋的办案才干。

无独有偶，陆登善的《勘头巾》中也有一个断狱官张鼎，而且是以正末出场的重要角色。刘平远之妻与道士王知观私通，二人密谋杀夫后，取回刘平远头巾和银环子为证，并栽赃曾与刘平远有隙的平民王小二。令史赵仲先受贿断狱，因找不到证据无法定罪而拷问小二，小二熬不过酷刑，最后屈招证物放在城外刘家菜园井边石板下。四处打探消息的道士从一个在狱中打草的农夫口中套得小二供词，将赃物藏在了井边石下。令史派人取回小二招供的物证时，看到一个形迹可疑的道士慌忙离去。六案孔目张鼎复审此案，发现人证与物证时间不合，刘平远已死半年，而头巾和银环子并无尘土痕迹，怀疑令史受贿，告之府尹，府尹命张鼎三日内破案。张鼎重新审问小二，得知冤情，又追查狱卒当日拷问小二的所有细节，牵出打草人和公差见到可疑道士一节，遂诈称道士已认罪伏法，巧设计谋诱骗刘妻供出真相，并捉拿道士归案。张鼎涉足此案的最初动机，只是怀疑令史受贿，想要揭露同僚的不轨行为和贪欲罪恶，但没想到无能的府尹却将这件虽有疑问却无头绪的案子全权发付给了张鼎审理，这对张鼎无疑是极大的挑战，把他推向了背水一战的境地。一旦查不出纰漏，或找不到令史受贿的物证，或超出了三日期限，那张鼎面临的就不仅仅是诬陷他人的尴尬境地，等待他的将是丢掉乌纱、丢掉性命的灭顶之灾了。但张鼎并没有退缩，也没有太多个人进退的筹算，他勇敢迎接了这场危险的人生考验。首先从勘问“罪人”入手，探得冤情，然后从外围调查展开复审，不放过任何一点细微的蛛丝马迹，终于顺藤摸瓜，找到了可疑的道士这条线索，通过冷静梳理疑案线索，得出道士是真凶、刘妻是同谋的推论。在短短三天内，为了证实自己的推论，他还颇费心思、机智耐心地设计了诈审刘妻一幕，并将真凶王道士捉拿归案，交付府尹发落。

与《魔合罗》中那个清廉本色、大德无私的张鼎相比，此剧突出的是张鼎铲除邪恶的义勇无畏，是他出色干练的能吏风范。在这两剧中，张鼎面对的，不仅仅是狡诈无赖的犯罪嫌疑人、软弱无助的受害人，更有令史这样的贪官滑吏，更有府尹这样昏庸糊涂的上司。所以张鼎审案，不仅凭着德行，更要倚赖智慧；不仅凭着一腔热情，更要依靠多思善断的理性；不仅是替百姓申冤，铲除腐恶，维护社会良心，更要在人生夹缝中挣扎求生，维护自己的生存权益。张鼎经受了人间善恶的考验，也积累了办案经验，在刀光剑影中成为一名受人拥戴的断狱能吏。

除了以上提到的断狱官外，元杂剧中有十一本包公断狱剧，可以说更为集中、鲜明地反映了元代法制混乱、冤狱遍地，百姓落难受欺的残酷现实，塑造了性格丰富、面相各异的复合型民间代言人——戏里包老儿。《盆儿鬼》第四折有正末的一段韵白是这样说的："人人说你白日断阳间，到得晚时又把阴司理，也曾三勘王家蝴蝶梦，也曾独粜陈州老仓米，也曾智赚灰阑年少儿，也曾诈斩斋郎衙内职，也曾断开双赋后庭花，也曾追还两纸合同笔，只要分付那懒懒傈傈狠门神，休当住咱玎玎珰珰盆儿鬼。"一口气就点出七个包公戏。这七本包公戏是《蝴蝶梦》《陈州粜米》《灰阑记》《鲁斋郎》《后庭花》《合同文字》《盆儿鬼》，再加上《生金阁》《神奴儿》《替杀妻》《留鞋记》，元杂剧的包公断狱剧就有十一本之多。包公断狱的故事，涉及诸如商人避灾被害、妻子通奸杀夫、迷信占卜报应、守信张义报恩，以及豪霸夺命、强人凌弱、贪官敲剥、爱情波折、婚姻不幸、嫡庶矛盾、财产纠纷、妻妾争斗、兄弟不睦、妯娌私愤、家庭纠纷等复杂的社会或家庭矛盾，对社会黑暗的暴露令人触目惊心。

无名氏的《盆儿鬼》，写包公审乌盆判案的故事。商人杨国用为躲避血光之灾出外经商，在返家途中梦兆预示有人杀他，后寄住盆罐赵家而被杀，其骨殖被烧成瓦盆。前开封府五衙都首领张𢙺古因生活困窘，向盆罐赵讨要尿盆，杨国用的冤魂附盆而至，诉说冤情，并暗示张𢙺古当堂敲盆三下，便可让瓦盆说话。张𢙺古来到开封府，第一次入衙就被门神挡住，第二次张𢙺古代杨国用鬼魂告状，鬼魂仍不能开口说话，第三次包公命张千烧金纸钱，鬼魂才得以进衙张口诉冤。经过三次波折反复，冤情终于大白天下，告状才成功，包公判决盆罐赵、撇枝秀两个贼夫妻凌迟处死。这个剧本中的关键人物张𢙺古老人所表现出的义愤不平、固执坚定、不屈不挠、替人申冤的个性，其实是包公性格和行事作风的一种有意味的延伸。作者让张𢙺古这个小人物，耳闻心感探得了商人杨国用被害的经过，并数次上衙为这个冤魂陈情，最后在包公的协助之下，终于让天网恢恢、疏而不漏的法制战胜了奸邪诈佞的恶徒，让代表民众意志的正义之剑惩治了罪大恶极的凶手。试想如果没有这样一个民间代言人，没有这样一个执掌细节的见证人，仅凭包公坐衙理刑，神鬼能自来喊冤？那冤魂连衙门边也沾不上，谈何告状，谈何申冤？这些断狱剧中德行和情义令人称赏的小人物，还不止张𢙺古，如《替杀妻》中忠直守信、彰义报恩的屠户张千，《蝴蝶梦》中献嫡救庶、深明大义的王母等，作为集体诉冤的民间声音，都叠合在包老儿的形象里。

反映商人卑贱命运的内容是包公断狱剧的一大类，如《鲁斋郎》中银匠李四被夺宝占妻、四处流落、几欲寻死，《盆儿鬼》中杨国用出外经商被强贼杀害并毁尸灭迹、沉冤难雪。此外，还有一类表现家庭伦理纠纷以及妻子通奸杀夫的故事，如《神奴儿》《合同文字》《灰阑记》《后庭花》，展示了宗法家庭盘根错节的矛盾以及由此引发的社会危机感。

无名氏的《神奴儿》一剧，写李德义妻子王腊梅生性悍妒贪婪，强逼丈夫与兄分居，又唆使丈夫逼迫哥哥李德仁遗弃嫂子，李德仁气病而亡后，其妻陈氏与子神奴儿别居。王腊梅垂涎家产，伺机要谋害神奴儿。一日老院公因买魔合罗玩具，将孩子放在桥边等候，被带醉归家、动了叔侄之情的李德义撞见，遂将神奴儿抱回家中。王腊梅趁丈夫熟睡之机勒死侄子，李德义醒来，发现神奴儿已经死亡，就要捉妻子去见官，王腊梅却倒打一耙，诬赖李德义杀死侄子。软弱胆小的李德义不得已听从妻子的谋划，将神奴儿尸体埋在自家阴沟里。再说老院公买魔合罗返回，找不到神奴儿，回家告诉神奴儿失踪的消息，陈氏惊痛不已。老院公在自家门前等候困倦，梦见神奴儿鬼魂托梦告之冤情。陈氏遂与老院公到李德义家，并说出神奴儿托梦之事，王腊梅却反咬一口，诬陷陈氏因奸情气死丈夫、害死儿子，并逼问陈氏官休还是私休，企图通过私休霸占陈氏家产。

陈氏认为自己清白无辜，情愿去见官。没料到县官糊涂，把案子交给了令史，而令史爱钱如命，贪图贿赂，将陈氏屈打成招，下入死囚牢。包拯犒军归来，路遇神奴儿冤魂，带回府中复审，又发现陈氏口供与状词不合，正在寻思其中暗昧，不经意失口叫来府役何正，而何正看见前日曾在街上领着神奴儿的李德义，遂打他快召，包公询问之下才追出了李德义领侄子回家一事，捕来王腊梅审问，连审三次拒不招认。最后神奴儿冤魂上堂对质，包公才明断公案，将真凶正法。在这个剧本中，包公判案，不但要善于体察世情，还要精于推测人心。如果说找到李德义领侄子回家这条线索，是包公留心偶然事件、穷追不舍打问的结果，那么，对王腊梅的攻心战，则完全是凭着敏锐的观察力和准确的判断力。此桩凶案完全起因于王腊梅这个生性贪霸、调弄是非的无耻女人。当包公通过三审六问，看清了信义不存、人心叵测的昏昧世情，认识到这个女人撺弄丈夫，气死哥哥，害死侄儿，栽赃嫂嫂，上蹿下跳，无恶不作，已经贪婪变态、人性扭曲之极，即使捕入刑堂，打入囚牢，依然百般狡赖、凶神恶煞，就干脆请出冤魂自陈，以鬼慑“鬼”，才制服这个刁蛮可恶的妇人。

无名氏的《合同文字》，说的也是在天灾威胁下，接受上司指示而分家的刘天祥、刘天瑞兄弟二人，在李社长见证下，写下一纸合同文字。哥哥与继妻杨氏在家守业，弟弟刘天瑞带妻子离家出外谋生。没想到天瑞夫妇在潞州张员外家染病死亡，诀别时拿出合同文字交给张员外，并嘱托他抚养儿子安住成人。安住成年后张员外将身世告之，安住即风尘仆仆赶回东京安置父母遗骨，伯娘杨氏不但想方设法骗得合同文字，不认侄子，而且无礼打破安住额头，把他拒之门外。李社长见到此情此景，领安住再次向刘天祥夫妇陈说原委，但杨氏咬定未见合同文字，并诬陷安住冒名诈骗，李社长最后领安住到包公处告状。此剧包公断案用的是审慎周密的智赚办法。包公在整个审案过程中，一直与杨氏展开着心理周旋，正是因为熟谙此类家庭财产纠纷的内幕，包公才能步步为营，稳操胜券。第一步，为了证实杨氏的诬陷不成立，包公不远千里召来张员外取证。第二步，正面提审刘天祥夫妇，并假意让安住打不肯认亲的伯父刘天祥，善良重情的安住不忍动手，包公就命人将安住监禁起来。包公正是想造成这样一种假象：看上去案情一直朝着杨氏希望的方向发展。第三步，包公早已明白，杨氏不认亲侄的目的，就是想独霸家产，索性下个套子让她来钻。包老儿先让随从张千通报安住患破伤风死亡的消息给杨氏，杨氏听讯欢呼雀跃，包老儿随即以打伤自家人不论罪、殴打其他人致死偿命的法则要将杨氏上枷。杨氏为了免除死罪，无奈只好承认侄子，并交出合同文字。后来杨氏发现安住未死，还想抵赖，但已无济于事，最后包公任命张员外为县令，安住赐进士冠带荣身，刘天祥夫妇罚钱免罪。

李行道的《灰阑记》，因为其故事情节的离奇曲折，人物性格的鲜活生动，在断狱剧中显得尤其特别一些。郑州大户人家女儿张海棠因家道中落而被迫为娼，其兄张林怕被人耻笑而离家出走。海棠从良嫁给了财主马均卿为妾，并生子寿郎。马妻与赵令史通奸，合谋要害死丈夫。张林落魄归来求助海棠，正值马均卿领寿郎去寺院烧香，大妻让海棠脱下衣饰赠予张林，又告诉丈夫说海棠将首饰衣服送予奸夫，马均卿被气病。大妻趁机在海棠端来的热汤里下毒害死丈夫，又以留下家产、儿子，走人相威胁，否则就要以杀夫罪告官。海棠不服，告到官府。大妻买通街坊及收生婆，赵令史也亲自参与办案，遂诬陷海棠因奸杀夫、强夺子嗣。开封府包公从卷宗中发现疑窦，提原被告复审，赵令史在路上企图害死海棠，被张林救下。包公审理此案不是靠神灵、鬼魂，而是靠自己的智慧、明断。他按人情推理，巧设妙计，命差役在地上画一个圆圈，让寿郎站在中间，让两个妇人去拽，拽出者即为生母。海棠不忍伤害孩子，结果两次都被大妻拽出。包公据此断定海棠为生母，母子团圆，并审出大妻与赵令史通奸杀夫真相，凶手被凌迟处死。

郑廷玉的《后庭花》将故事发生的背景设定在宋代。仁宗送给廉访使赵忠一女子翠鸾，并由翠鸾母亲陪行至赵忠家。赵忠请示夫人，夫人善妒，密谋让管家王庆杀死翠鸾。王庆与当差李顺的妻子有奸情，便欲借此机会借刀杀人，陷害李顺。当李顺被妻子蛊惑要勒死翠鸾时，李顺妻又命令丈夫放走翠鸾，王庆就指责李顺图财放人，李顺欲告官，王庆杀死李顺并将尸首投入枯井内。翠鸾与母亲逃散，在狮子庙投宿，又遭到店小二胁迫，因惊惧而吓死。其魂魄与应考书生刘天义相识，并互赠《后庭花》词以示爱意。翠鸾母亲寻找女儿，以《后庭花》词为证扭送天义去见官。赵忠追问王庆后，知道另有隐情而请包公断案。包公以《后庭花》词为线索，查出翠鸾、李顺尸首，公断此案。在这本剧作中，包公双线并举，审理了两桩悬案：一桩是王庆与李顺妻通奸杀夫案，一桩是店小二逼婚害死翠鸾、刘天义无辜被冤案。而这两桩案子都是因为皇帝送婢，引发了官宦人家的嫡庶矛盾。皇帝无德、赵夫人悍妒、家奴婢女勾结作孽、市肆恶徒强占民女，导致了一连串的行凶事件，而包公却能于纷乱如麻的线索中细致分析，层层追查，勘明疑案。王庆和店小二作为真凶理应正法，但以色敕赐的皇帝老儿、操纵凶手的赵家夫人却逍遥法外，这是包公的“法力”难以撼动和处置的。

集中表现豪霸夺命、强人凌弱的包公断狱剧还有《生金阁》《鲁斋郎》和《陈州粜米》。无名氏的《生金阁》，讲的是蒲州秀才郭成做噩梦，占卜有血光之灾，遂别父母、携妻李幼奴赶考以避凶险，其父命带上家传宝贝生金阁以换取功名。郭成与妻子冒雪来到汴京小酒店，恰逢豪霸庞绩出猎归来，也在小酒店饮酒。郭成见其声势显赫，献上生金阁以求荐举。庞绩携二人到家，欲霸占幼奴，将同情幼奴的嬷嬷投入井中，杀死郭成。郭成无首之身提头越墙而去，常以此形在京城显灵，惊动四方百姓。开封府尹包拯犒军回京，路遇郭成鬼魂，回衙询问，尽得冤情。值幼奴与嬷嬷子福童喊冤，包公于是设计宴请庞绩，并诈称所获宝物“生金塔”如何神奇，庞绩遂夸赞生金阁更奇妙。包公假说不信，庞绩遂取来验之，包公以给夫人观赏为由，借得宝物在手，又命幼奴假扮歌女前来唱曲。席间幼奴历数庞绩杀夫夺宝、霸妇残婢的事实，庞绩不得不招认，遂被斩首。《鲁斋郎》讲皇亲鲁斋郎四处游荡，强夺银匠李四的妻子和银器并威胁李四不准告状，李四乞讨晕倒在六案孔目张珪的门口，为其妻所救，被张珪认为义弟；鲁斋郎喜新厌旧又勒令张珪献妻，并将前李四之妻转赏给张珪，张珪求告无门，只得妥协；后来李四再次来到张珪家，与妻重逢抱头痛哭，张珪见此情形绝望出家。包公收养了两家儿女，并以凶犯名字“鱼齐即”呈案报结，然后添齐笔画改成“鲁斋郎”处斩。《陈州粜米》写陈州地方亢旱三年，廷议开仓放粮，赈济灾民，而贪官刘衙内仗势荐举其子、婿成行。二人到陈州后，大斗进小斗出，掺泥加糠，哄抬米价，敲剥百姓，打死贫民张懒古，激起群愤。最后小懒古进京告状，包公出来公断命案，洗冤血仇。

这三个故事，一写读书人惨遭荼毒，一写小商人几经蹂躏，一写无辜平民被公然残害，包公一一理平冤狱，惩治元凶。在《生金阁》中，鬼魂提头喊冤，耸动京城，竟然无人过问，冤魂一灵不散，终于盼得包公回衙。李幼奴千辛万苦，逃脱魔掌，状告公堂。包公巧设宴会、诈宝在手、堂审权豪、昭彰恶迹，逼使庞绩伏法，令人拍手称快。在《鲁斋郎》中，银匠李四与六案孔目张珪同遭皇亲欺侮，鲁斋郎盛气夺宝占妻，横行霸道，竟然无人能管。而包公硬是凭着自己的机敏无畏，大胆删改送达皇帝的呈文，以呈递公案、巧换人名的计谋，义无反顾地与封建皇权法制开了不屑的玩笑，置这个气焰嚣张的皇族纨绔于死地。而《陈州粜米》中的包公，更是一个廉洁自律、勤苦简朴、风尘劳顿、平易近人，于不动声色中微服私访，端掉赃窝、除掉残贼的民间英雄。

元杂剧中的断狱官，除了王脩然和张鼎的双面角色，就是有着多张面孔的包老儿了。追蝴蝶的包老儿天真，粜陈州米的包老儿憨拙，赚灰阑（石灰画的圆圈）的包老儿机敏，斩斋郎的包老儿果决，断后庭花的包老儿心细如发，追合同的包老儿审慎周详，勘神奴儿的包老儿攻心有术，借生金阁的包老儿制凶有方。元杂剧里的这些断狱剧，真是为我们描绘了一幅幅可亲可敬、可慨可叹的包公脸谱图。

十六、驾头上下

帘外雨潺潺，春意阑珊。罗衾不耐五更寒。梦里不知身是客，一晌贪欢。

独自莫凭栏，无限江山，别时容易见时难。流水落花春去也，天上人间。

——李煜《浪淘沙》

辘辘转转，把繁华旧梦，转归何许？只有青山围故国，黄叶西风菜圃。拾橡瑶阶，打鱼宫沼，薄暮人归去。铜瓶百丈，哀音历历如诉。

过江咫尺迷楼，宇文化及，便是韩擒虎。井底胭脂联臂出，问尔萧娘何处？清夜游词，后庭花曲，唱彻江关女。词场本色，帝王家数然否？

——郑燮《念奴娇·金陵怀古十二首·胭脂井》

细雨潺潺，怎听哀音如诉？江山无限，何为帝王家数？元杂剧中的“驾头剧”——帝王戏，无论数量还是质量，在古代戏曲中都是很突出的。明清以后随着官方文化政策中禁止装扮帝王圣贤戏的禁令频繁颁布，以及帝制社会的日益衰颓，帝王戏也渐渐式微。新中国成立后曾经一度有人认为古典戏曲舞台充斥着帝王将相、牛鬼蛇神，这并不完全符合戏曲发展史的事实，即便宫廷演剧扮演帝王也有诸多禁忌。

元杂剧以帝王为主要人物的剧作很多，而涉及帝王形象的作品更多。除了那些以帝王为正面主人公形象的驾头剧外，还有一些是与帝王有关的历史剧、历史题材剧和历史写意剧。据经明人臧懋循整编的《元曲选》、今人隋树森整编的《元曲选外编》162 种剧作统计，涉及帝王形象的剧本有 29 种共计 43 位，其中帝王以正末角色为主人公的 6 人，以外、末、驾、冲末等角色为主要人物的 19 人，为次要人物的 18 人。对元杂剧中以主人公、主要人物、次要人物出场的帝王形象加以梳理，我们发现元杂剧塑造的帝王形象各有不同，如以《风云会》《存孝打虎》为代表的创业明君，以《贬黄州》《气英布》为代表的守业戾王，和以《汉宫秋》《梧桐雨》为代表的败业之主，都是其中非常独特的类型。这些驾头剧塑造的帝王，作为类型形象，虽然有皇权在握、执掌生死的至尊地位，但剧中演绎却性情各异、理政有别，人生际遇也大起大落，为戏曲舞台增添了不一样的驾头人物。

我们先来看元杂剧中作为创业明君出现的帝王。

元杂剧有多部剧作书写不同时代的创业明君，如《周公摄政》中的驾、《追韩信》中的刘邦、《疏者下船》中的楚昭公、《西蜀梦》《隔江斗智》《襄阳会》《博望烧屯》中的刘备、《存孝打虎》中的李克用、《遇上皇》《风云会》中的宋太祖、《抱妆盒》中的宋真宗等，自两周时代到风云三国，从唐末五代到宋朝，铺及了早期历史中开国君主与立国帝王的诸多故事。

创业明君的代表，也是元杂剧一再书写的驾头人物，是刘备。关汉卿的《西蜀梦》中以正末扮演蜀国皇帝刘备、诸葛亮和张飞出场，虽然故事的主角是张飞，刘备只在第一折和第四折唱了四支曲子，但他对关、张的手足钟爱之情和三人之间亲密无间、结义同生死的平等关系却自然凸现出来。他作为皇帝对两位结义兄弟的思念和关怀是那样真诚，甚至不惜舍弃江山大业而誓为关、张报仇，而且并没有因为张飞的不恤小人、借酒使气、冤枉部下、招致杀身之祸而归罪于他，他的弘毅宽厚、气量大度都堪称仁君城府、英雄之器。《隔江斗智》通过三国刘备、孙权为夺占荆襄九郡而明争暗斗的故事，突出了诸葛亮的足智多谋和识人善断之才。刘备虽以外末的角色出场，在与东吴联姻过程中，也表现出沉稳持重、临危不乱、机智大义、善于周旋的性格，并不只是一个贤而乏术的领袖类型。高文秀的《襄阳会》则说的是刘备借荆州时与刘表之子之间的恩怨以及檀溪脱险、回新野请徐庶、与曹军交战大捷事。剧中的刘备也是能屈能伸，处变不惊，以仁义得人心，以仁义避逆势。《博望烧屯》主要写的是诸葛亮在博望坡计烧夏侯淳一事。剧中刘备是以冲末角色出场的次要人物。在这出戏里，刘备非常看重结义小团体的利益，甚至不惜屈己而向诸葛亮求情，给张飞创造建立战功的机会；当张飞失败，负荆请罪之时，刘备又替他说情，撤了军令状，保住了他的性命。似乎时时处处不忘桃园结义的生死承诺，看上去突出了刘备性格中的一个“义”字，但为兄弟争胜而意气用事、情急失态，却也剥露了这个一军之主私意小心的另一面。

赵匡胤是驾头人物书写的另一个焦点。《风云会》演赵匡胤受禅即位、统一全国事。正末扮赵匡胤上场，赵匡胤在五代后周为智勇之士，因卦者言其有帝王之相，而被荐于指挥使石守信，后经考核封官。后周幼子即位，四方攘扰，北汉入侵，太后命赵匡胤领兵征讨，陈桥兵变，赵匡胤被拥立为天子。天下未靖，赵匡胤雪夜微服、屈就造访丞相赵普家，得治国警策，降伏四国，统一立宋。这个剧本从太祖起于乱世微贱出笔，尽显其草创事业中的逼人的锋芒、帝王的英气，使后来的受禅封立得时势、得人心顺理成章。不仅如此，作者还刻画了太祖立国之初苦心孤诣、操劳国事、求贤若渴、拜服前臣、戡定异邦、治乱有方的文韬武略、宽仁英迈。可谓驾头人物中文武双全、正义立朝的典范。而高文秀的《遇上皇》一剧，亦叙述宋太祖在微服私访中，恰遇因好酒为妻所嫌、被臧府尹逼送公文而误期的赵元。太祖因交不上酒钱，得到赵元慷慨救助，认赵元为义弟，后经荐举，赵元为官。相比访普是为了治策，济赵则少了政治功利性。微末中识才，英雄失路而惺惺相惜，而后施恩得报，从帝王品性成就创业立基之根本的角度，肯定了太祖作为普通人成就帝王伟业所持有的为人行事德操。很显然，元杂剧中宋太祖的驾头形象，与明传奇《浣纱记》对越王勾践的书写不同。虽然说越王勾践也是一个忍辱负重、历尽千辛万苦、发愤图强、创业成功的帝王形象，但剧中对其抚恤弱小、整治农桑的书写，远不及兵败被俘后石室养马、尝粪问疾的屈辱，和熏目浸足、抱冰握火、寝卧薪木、尝胆宫门的韬晦。如此渲染，其实指向更多的，不是帝王胸怀国计民生的宏伟大业，而是勾践作为个体失败者覆国辱身的复仇雪耻之念。

元杂剧中还有陈以仁的《存孝打虎》一剧，由正末扮李存孝出场，演唐末黄巢起义前后，后唐少年天子以武功立国之事。金仁杰《追韩信》中的刘邦，无名氏《抱妆盒》中的宋真宗，郑光祖《周公摄政》中的驾等，也都是这样一类以高德真才得天下、服民心的帝王。

需要特别说一下的是《疏者下船》一剧因“疏者下船”带来的另一种驾头剧趣味。因为元刊本和《元曲选》本面目各异，需要对读以厘清这种变化，以识得以昭公演绎的两个驾头人物。

郑廷玉的《疏者下船》以正末扮演楚昭公，采《左传》《史记》中伍子胥伐楚、昭公出逃事编剧而成。郑廷玉作有杂剧23种，今仅存5种。除《疏者下船》外，尚有《看钱奴买冤家债主》亦其代表作。其杂剧语言当行，刻画人物富有生活气息，虽间杂因果报应思想，但能将笔触伸向表达善善恶恶的中间地带，富有趣味，引人深思。《疏者下船》一剧的题目是“伍子胥一战入郢”，正名为“楚昭公疏者下船”。今存《元曲选》本与明代脉望馆钞校内府本大略相同，但与《元刊杂剧三十种》本曲文情节有较大差异，元刊本以悲剧收尾，而明本则以大团圆为结局。

元刊本四折一楔子，只有曲文连缀故事。楚昭公一上场，就处在平王斩忠、伍子复仇的内忧外患境地中，命大臣费无忌应战不利，遂派申包胥向秦国乞师，要求他一个月完成任务。第一折从伍子胥、申包胥二胥灭楚复楚的发愿起笔，伍子胥曾因父兄被害弃楚投吴，誓要灭楚，而伍子胥在楚旧友申包胥则誓要救楚。如此写来却盛赞伍子胥英气，反叙楚国面临的危境和搬师救国的急迫。第二折里，伍子胥已兵临城下，申包胥救兵尚未借到，前殿后宫都藏不住，楚昭公和妻儿、弟弟商议逃往深山。第三折是故事的硬核部分，追兵在后，大江横截，只有哀求渔夫乘船渡江。无奈风急浪高，小船眼看倾覆，渔夫要求减重保全，楚昭公令疏者下船——谁是疏者？楚昭公抛妻弃子，疏者沉江丧命，兄弟二人得以保全，上岸后又分别逃生。第四折，申包胥哭秦廷搬得救兵，伍子胥度形势引兵退走。楚昭公回来和弟弟相见，续娶皇后，再生一子，为死去的妻子建庙立碑。南戏《杀狗记》第十七出［看书苦谏］叙述的正是元刊本《疏者下船》的这一段故事。

而《元曲选》本则写吴王伐越得宝剑三把，其中之一湛卢宝剑飞入楚国，因讨还湛卢宝剑吴楚兴兵作战。费无忌战败被擒，楚国郢都失守，昭公与弟芈旋、夫人、公子乘船出逃。海上狂风大作，舟小人多，随时有倾覆危险。艄公让“不着亲的”一人下船，芈旋欲下水，昭公不允，夫人自请堕船。风浪越来越大，艄公再请一人下水，芈旋又争着下水，昭公坚决不从，公子弃船入水，海上风平浪静。兄弟二人渡江后歧路逃难。申包胥痛哭七昼夜不止，哭倒邮亭，感动秦昭公发兵。秦兵一到，伍子胥念及旧友情分班师回吴。昭公回郢，芈旋归来，夫人、公子为水神所救，夫妻父子团圆。

第三折写船将倾覆之际，渔夫喊疏者下船，昭公唱：“见云涛烟浪接天隅，这的是云梦山洞庭湖。那厮大惊小怪老村夫。

叫苦，唬的我魄散魂无。他道，亲的身安，疏的交命卒。四口儿都是那个疏。自犹豫，怎割情肠，难分手足。”① 元刊本仅一曲，而《元曲选》本则改了曲中词句，并补入了不少夹白：“艄公云：‘风浪越大了，船儿又小，滗上水来了也，不着亲的，快请一个下水去，才救的一船人性命。’”②

接下来如何抉择？试看元刊本第三折［幺］一曲：

> 咱两个亲子父，我和他一父母。他和我近，我和他亲。你比他疏，交去水府。往地狱，儿寻娘去。能可交我无儿，怎肯交你先绝户。③

再看《元曲选》本第三折［幺篇］一曲：

> 儿也，咱两个是亲骨肉。〔芊旋云〕哥哥留着侄儿，休绝了俺楚家后代。你则放了手，您兄弟情愿下水去。〔正末唱〕兄弟也，我和你是一父母。〔俫儿云〕爹爹，你则好看觑叔叔，您孩儿辞别了，下水去也。〔正末云〕

---

① 郑骞《校订元刊杂剧三十种·楚昭王疏者下船》，世界书局 1962 年版，第 79 页。

② 臧懋循《元曲选·楚昭公》（第一册），中华书局 1958 年版，第 285 页。

③ 郑骞《校订元刊杂剧三十种·楚昭王疏者下船》，世界书局 1962 年版，第 79 页。

儿也，你那叔父呵。〔唱〕他和我着疼，我和他着热。你比他还疏。〔倈儿下水科云〕爹爹，我下水去也。〔诗云〕母亲一命丧波澜，儿便投江也不难。地下相逢说前事，知他何日更探环。〔龙神云〕鬼力，与我将这小公子救了者。〔鬼力云〕理会的。〔正末唱〕儿也，但愿你去水府，往地狱好寻娘去。〔芊旋云〕哥哥，你着侄儿下船，可怎忍也？〔正末唱〕又何妨死的来不着坟墓。①

因为将复国大计托于弟弟身上，即如当年周公旦辅佐哥哥周武王一样，因此船到江心、浪涌难渡之际，昭公宁可抛妻弃子，几次三番要保弟弟，“着谁人买马招军，重与俺扬威耀武”。楚国危难之际，虽内有费无忌弄权误国，外有伍子胥复仇围攻，但这些冲突都被淡化；甚至悬系楚国生死的伍子胥复仇与申包胥复国之间的矛盾冲突，也被转移和消解。昭公夫人与儿子的赴死悲剧，成就了昭公的复国梦。新皇后和她生的儿子填补了昭公家庭的空缺，而楚昭公要背负的道义缺憾却永远无法弥补了。弟弟回来重新辅佐哥哥，看上去还是“四人”组合，死去的皇后和皇子也得到封赐，但元刊本的妻子移易与轮回结局，不但让人感到亲疏难凭、生死无常的恐惧悲凉，更让

① 臧懋循《元曲选·楚昭公》（第一册），中华书局1958年版，第287页。

人看到一国之君的权力翻覆与冷酷无情，看到伴君如伴虎的凶险不测，看到被权力揉搓的生命的不堪一击。从元刊本到元曲选本，最大的改变是让赴死的人获救重生，生死异路的悲剧转换为大团圆喜剧。昭公夫人和公子下水，被龙神、鬼力救起，后平安返朝。楚昭公在救兵未至、国难逃亡之际面临亲疏抉择，之所以能逢凶化吉、绝处重生，是因为夫人贤淑无私、儿子舍身成孝、兄弟信悌友爱，善的力量被神化。众人的自觉赴义与终得龙神护佑挽救，加固了宗族血缘关系的纽带，大团圆的结局似乎避免了昭公被责不义的道德发难。但最大的善掩盖了最大的恶，人性的真实与复杂都被过滤被遮蔽了。严敦易在《元剧斟疑》中认为，从明本增饰的如吴王索剑、昭公观战、秦国送嫁等一些情节看，明代教坊编剧的手法已渗透其间，应该是明代中期教坊中人另撰的同名异实杂剧了。所以，明人改编的元剧中楚昭公是创业明君的形象，但追本溯源，我们会看到元杂剧对另一个昭公的还原。

从元杂剧中君王为主人公的许多剧作看，王朝草创时期或立朝已定、江山社稷需要稳固时期的帝王，因事业刚刚起步于民间，其性格的主导面还较多地感染有底层民众的处世原则，带着醇厚的乡野气息，所以大都具有豪侠隐士急人所难、抱打不平的英雄气概，和善于体察民生疾苦、一心为民分忧解难的济世精神。他们或能识英雄才子于风尘沦落之中，视君臣若患难手足，或有可贵的平等宽容意识、令人叹赏的侠义正直的人格，或具有自立自强的经邦济世理想。作者在塑造这些创业帝王形象时，怀着对帝王建功立业、成王成圣的崇拜感，即崇圣意识，营造一种庄严、神圣、正义、和谐的正剧氛围，并在这种氛围中极力歌颂和褒扬他们身上具有的豪侠重义、宽容大度的可贵品质，识才济世、以英雄自居的襟怀抱负，以及他们事业上得道多助的正义性和生活上始困终享的合理性。

再来看元杂剧中作为守业戾王出现的帝王。

与创业明君的书写维度不同，在元代历史剧、仕隐剧、林泉丘壑剧等作品中，有一类大多不是作为主人公出现的驾头形象，以守业戾王的面目出现，他们往往在国势已立、守成有年之后，权力欲望膨胀，沉溺于纵酒酣乐、歌舞声色之中，言语苛刻轻薄，性情残暴不仁，飞扬跋扈，颐指气使，成为作者弄笔渎圣的书写对象。如《贬夜郎》中的玄宗、《贬黄州》中的神宗、《气英布》中的刘邦、《伍员吹箫》中的楚平公等。

尚仲贤的《气英布》反映的是英布在随何诱说下降汉击楚的历史故事。楚汉灵璧之战后，项王手下猛将、当阳君英布屯军九江。张良献策说降英布，与英布为同乡旧交的随何领命前往游说，说动英布率四十万大军降汉。而以外扮汉王登场的刘邦，却既不迎接，更没有礼遇，召见英布时，故意让两个宫女给自己洗脚，以此来羞辱、冷待英布。如第二折［牧羊关］一曲：

〔汉王引二宫女上，做濯足科〕〔正末做怒科〕〔唱〕［牧羊关］分明见刘沛公濯双足，觑当阳君没半星。直气的咱不邓邓按不住雷霆，眼睁睁慢打回合，气扑扑重添吃挣。不由咱不怒从心上起，恶向胆边生。却不道见客如为客，轻人还自轻。①

英布受此大辱，欲班师回楚，怕祸殃难免，“这普天下那里容咱七尺身子，不如拔剑自刎罢了”。欲拔剑自刎，却被随何按住，但臣汉也不是，还楚也不是，决定率领四十万大军鄱阳湖落草为寇，与汉王对峙。虽说英布经随何劝慰、张良陪侍，方回心转意，后为汉王立下汗马功劳，但汉王刘邦为了网罗人才，不惜使用权术、谋设圈套、歪曲事实、软硬兼施、前倨后恭，极尽调弄之手段，使得堂堂英雄生死难处，可谓触目惊心。一方面断绝后路，引诱英布降汉，另一方面，又傲慢轻侮，顿挫英布锐气，显示了汉王统驭臣子的权变之术和机诈之心。守业戾王不重人才、怠慢文臣武将的不可一世、骄横酷虐不揭自明。

① 臧懋循《元曲选·气英布》（第三册），中华书局 1958 年版，第 1288 页。

除此之外，还有敷写玄宗弄才弃才、神宗纵恶贬才的剧作，如王伯成的《贬夜郎》与费唐臣的《贬黄州》。《贬夜郎》是根据李白应诏进宫，令力士脱靴、贵妃捧砚而触怒权贵与帝王尊严，长流夜郎的逸事敷衍而成的。作为“驾”出场的李隆基虽然起初非常赏识李白的才情，破例召李白入宫，但既未给他加官封爵，也根本没有看中他的政治才能，而只是把他当作一个御前弄臣对待。曾经抱着“仰天大笑出门去，我辈岂是蓬蒿人”的满怀希望，以为终于获得了君臣遇合的天赐良机，从此可以施展身手实现大济苍生理想的李白，实际上只是以文辞秀异供奉翰林。玄宗只是利用他横逸才气为自己繁华奢靡的宫中生活增加一点佐料、一点趣味罢了。李白天真，以一介布衣供奉翰林，还受到皇帝非常的礼遇，得意之余就有令力士脱靴、贵妃研墨的逸事了。终日沉酣于乐、荒废国事的玄宗根本无暇也无识听取李白对时局的洞察之见、对贵妃与安禄山苟且行为的谴责。李白无拘无束，过惯了浪迹江湖、随处漫游的生活，无法忍受御前弄臣的羞辱卑屈，不能忍受谨小慎微地拘守礼法、屈己干人的悲愤焦虑，更无法接受自己的政治才干遭受最高统治者的轻视践踏，最终导致谗言屡及、被赐金出京、长流夜郎的结局。这一结局乃是帝王弄人、皇权挟制自由，与爱好自然、蔑视权贵的李白天然个性冲突的必然结果。剧中虽以李白为主人公，但对玄宗处处有影射，时时有讽刺。他一则沉溺于花前月下、歌舞声色之中，生活糜烂，昏聩无能；二则将国柄任意交由杨国忠等奸臣作弄，导致政治腐败、国势倾颓；三则对治世之才横加轻侮、任意迁贬，致使一代英才风流云散、遗恨千古；四则不分贤愚、不辨忠奸，人心不附，失道寡助，终于酿成安史之乱。与《贬夜郎》类似，费唐臣的《贬黄州》选取的是大文豪苏轼因与改革激进派王安石政见不和而被贬黄州的故事。宋神宗以“驾”出场，因听信谗言，一怒之下欲置苏轼于死地，因故相搭救，苏轼被贬黄州团练副使。苏轼在异乡受尽奚落白眼，以旷达洒脱的个性安贫度日，终于熬到遇赦之时。神宗在政治上作为不大，面对改革纷争，竟然不辨是非，圣聪蒙蔽，以个人恩怨夺大臣生死，并放任政敌怨臣谗言攻击，纵容小人奸党戕害良弱，最后虽有反省之意，却挫伤了一代文臣的政治热情，毁灭了一个有为直臣的政治理想。

而李寿卿的《伍员吹箫》演伍员被谗逃吴、掘墓鞭尸事，对楚平公褊狭昏聩亦侧笔书之。剧中的楚平公用人不明，奸臣费无忌陷害忠臣伍奢。楚平公偏听偏信，怒杀伍奢一家三百口，唯次子伍员幸免。伍员得旧友、义士相助躲避追杀，先投郑国再投吴国，借兵不利以吹箫乞食度日。后得壮士鱄诸协助，请得吴兵十万伐楚，破楚郢都，掘开楚平公坟墓鞭尸三百以报家仇。楚平公这一君王形象不仅平庸昏聩、偏听偏信，而且不恤下情、残害无辜，并听任奸小贼臣肆行不义，终于落得身亡国破、被掘墓鞭尸的下场，实在是咎由自取，罪有应得。睢景臣的散套《高祖还乡》从社长迎驾的声势写起，以一个乡里老儿的眼光，用极富民间口语色彩的比喻，将乡村生活中司空见惯的飞禽走兽拟人化，对刘邦衣锦还乡的仪仗旗队、车马随从进行了肆无忌惮的涂抹。至尊仪仗在庄稼人眼里变成了“白胡阑套住个迎霜兔”“红曲连打着个毕月乌”“鸡学舞”“狗生双翅”“蛇缠胡芦”的古怪队伍。狗仗人势、横行乡里的大作怪乔人物，君临天下的嚣张气焰受到庄稼人最大的轻蔑和鄙视。“那大汉”被从团团簇拥的帝王御座上拉下来，民众充满了“飞扬跋扈为谁雄”的嘲弄。因为看似恩典故乡的帝王，昔日却是一个好酒贪赌的莽汉，一个巧取豪夺的骗子，一个油滑虚伪、勒剥混赖、损人肥己、受贿销赃的地痞流氓。嬉笑怒骂中不可冒犯的天之骄子现了原形。如果说，元曲在塑造创业明君时，更多流露了崇圣意识，那么对于这些守业戾王，则渎弄神明，毫无顾忌了。

最后，大略说说元杂剧中作为败业之主的帝王。

在元杂剧帝王形象中，除了创业明君、守业戾王外，还有一类值得注意，这就是威震天下的盛世君王，却因为政治和情感的纠葛而葬送了美人，也断送了江山。如元杂剧《汉宫秋》中的汉元帝、《梧桐雨》中的唐明皇等。他们在剧中，是以败业之主的类型出现的。剧作家除了表现他们沉湎于个人生活、淡漠国事、耗损国力，导致外强中干、一蹶不振的人生结局外，用了更多篇幅深入人物的内心世界，解剖情致，戏论生死，从而使这类帝王形象突破了以往昏君、明君的简单道德评价，成为驾头剧中的别一类型。

《汉宫秋》中的汉元帝，作为一个政治失败而导致爱情生离死别的悲剧形象，其性格多少打上了文人士子多愁善感的情感倾向。本来，汉室江山传到元帝已历八代，作为缺乏锐气的一国之君，不思励精图治，而忙着声乐选美之事，其性格弱点已暴露出来。及至大军压境，国难当头，一国之君竟然调遣不动一兵一将，只能以红粉佳人仓促应变。虽贵为天子，富有四海，却守不住自己所爱，元帝对天呼号："谁似这做天子的官差不自由！""我那里是大汉皇帝！"作者在第二折一连用了［牧羊关］［贺新郎］［斗虾蟆］［哭皇天］等一组曲子表现汉元帝这个充满失败感的悲剧人物一发而不可收的沉痛呵责。他对祸国佞臣咒骂，对文武无能抱怨，实际上都宣泄了一个帝王在社稷将倾、江山欲坠之时强烈的自责、痛悔和无奈、困惑之情。作为一个个体生命，他承受着来自异邦强大的军事进逼之下人性的痛苦和折磨，心灵深处更产生了无穷的暗淡悲凉、激愤惶恐。作为一个为平息国难而割弃爱情的情感失意者，他在第三折［七兄弟］［梅花酒］［收江南］等曲中吟唱着幻灭的悲歌：

［梅花酒］呀！俺向着这迥野悲凉。草已添黄，色早迎霜。犬褪得毛苍，人搠起缨枪，马负着行装，车运着糇粮，打猎起围场。他、他、他，伤心辞汉主；我、我、我，携手上河梁。他部从入穷荒，我銮舆返咸阳。返咸阳，过宫墙；过宫墙，绕回廊；绕回廊，近椒房；近椒房，月昏黄；月昏黄，夜生凉；夜生凉，泣寒螀；泣寒螀，绿纱窗；绿纱窗，不思量！[①]

梦魇幽欢、隐隐期待，反复的怨难、深炙的痛惜，灵魂在自省中错愕悲吟，陷入两难选择和苦难泥潭，一个懦弱多情而无力主宰命运的帝王悲情形象被刻画得淋漓尽致。

而《梧桐雨》所采写的李、杨故事，是一个烂熟的历史题材。李隆基在位四十年，他在这个极盛而衰的历史关捩中应负的责任和罪咎，一直成为史学家和文学家争议的话题。在《梧桐雨》之前对李、杨爱情已有两种倾向：一种以《长恨歌》为代表，歌颂李、杨忠贞不渝，其中有讽喻，但更多的是惋惜；一种以《长恨歌传》为代表，揭露李隆基荒废国政、纵容权奸、耽于淫乐、误身亡国。白朴对这一题材的处理，摆脱了以

---

① 臧懋循《元曲选·汉宫秋》（第一册），中华书局 1958 年版，第 10 页。

上两种倾向的套路。应该说作者借李、杨故事抒发的，不是一种形而下的价值评判，而是一种形而上的人生幻境。作者借回宫后寂寞独守的唐明皇在梧桐细雨的规定情境中感发的心灵独白，在第四折用了二十三支曲子于情节高潮之后再度掀起情感高潮。第四折由三个场面组成：在至尊与羸弱的对比下，明皇内心产生了对过去人生拥有过的美好时光的无限追忆和眷恋之情；接着在一种清冷、幽凄的氛围中明皇梦见贵妃邀请他赴长生殿践七夕之约；梦醒之后天地邈远、人鬼遥隔，陷入一片悲悯哀绝之中：

[倘秀才] 这雨一阵阵打梧桐叶凋，一点点滴人心碎了……

[三煞] 润蒙蒙杨柳雨，凄凄院宇侵帘幕。细丝丝梅子雨，妆点江干满楼阁。杏花雨红湿阑干，梨花雨玉容寂寞。荷花雨翠盖翩翩，豆花雨绿叶潇条。都不似你惊魂破梦，助恨添愁，彻夜连宵。莫不是水仙弄娇，蘸杨柳洒风飘？

[二煞] 咻咻似喷泉瑞兽临双沼，刷刷似食叶春蚕散满箔。乱洒琼阶，水传宫漏，飞上雕檐，酒滴新槽。直下的更残漏断，枕冷衾寒，烛灭香消。可知道夏天不觉，把高凤麦来漂。

[黄钟煞] 顺西风低把纱窗哨，送寒气频将绣户敲。

莫不是天故将人愁闷搅？度铃声响栈道。似花奴羯鼓调，如伯牙《水仙操》，洗黄花润篱落，渍苍苔倒墙角。渲湖山漱石窍，浸枯荷溢池沼，沾残蝶粉渐消，洒流萤焰不着。绿窗前促织叫，声相近雁影高。催邻砧处处捣，助新凉分外早。斟量来这一宵，雨和人紧厮熬。伴铜壶点点敲，雨更多泪不少。雨湿寒梢，泪染龙袍。不肯相饶，共隔着一树梧桐直滴到晓。[①]

淅淅沥沥，自晚至晓；春夏秋冬，雨滴四季。猛回头一片狼藉，一霎时幻境明灭。因少经丧乱的心灵创痛，这个故事引起作者白朴共鸣的，首先就不是帝妃缠绵执着的爱情，也不是由个人感情纠葛触发的政治得失评判，而是贵为天子在劫难逃的盛衰荣枯之变感发的，一种真意如梦、至爱难寻的幻境记忆与虚无寂灭。

汉唐盛世，国力强大，应该是帝王大显身手、威撼天下之期，但这些盛世君王却往往在政治权力的巅峰期，丧失了积极的人生动力，陷入德才两失、情欲难凭的人生矛盾中难以自拔。元剧作者在关注此类驾头人物时，把更多的笔触放在了展示败业君主遭遇重创的内心生活上，对他们身处的尴尬境遇和精神

---

① 臧懋循《元曲选·梧桐雨》（第一册），中华书局1958年版，第363页。

困惑表现出深深的哀怜和悲悯，既否定他们作为人君将个人生活置于国家利益之上的失机失策之举，又肯定他们作为人应该享有爱的权利。悯圣意识以沉痛哀艳的诗意书写，观照帝王家的生命困惑和信仰危机。“如何四纪为天子，不及卢家有莫愁”（李商隐《马嵬》），可以说道出了败业君主江山美人的两难人生，也启发了后世戏曲如《惊鸿记》《长生殿》等帝妃之恋的多重翻写。

如此说来，元杂剧的驾头剧，赞创业明君，崇圣之中有仰视；绘守业戾王，渎圣之下有旁观；念败业君主，悯圣之间有俯瞰：可谓翻出内囊，戏说驾头，刻写尊容，揭橥本相。

十七、戏妻与试妻

恼杀行人，东风里，为谁啼血。正青春未老，流莺方歇。蝴蝶枕前颠倒梦，杏花枝上朦胧月。

——康与之《满江红·杜鹃》

在古代戏曲作品中，有一些显得很特别的故事，会被反复书写，如戏妻与试妻的题材。在元杂剧中，鲁大夫秋胡可以戏妻；在明清传奇中，蝴蝶梦庄周可以试妻；在清代以来的花部地方戏中，《桑园会》《武家坡》，平贵可以戏妻；《小上坟》《大劈棺》，在戏妻与试妻之间，夫妻可以讨问，夫妻也可以讨伐。可是，有谁真正懂得，罗梅英、田氏、王宝钏、萧素贞，这些戏曲故事中的女性到底经历了什么？她们最后的归宿到底在哪里？而戏妻与试妻何以成为戏曲反复书写的话题？这

“戏”与“试”究竟是如何相互让渡的？试妻，试的是什么？人性是否经得起试探和考验？考验女性还是在拷问男性？

先来看一看秋胡戏妻——“桑”园会。

元代石君宝有《鲁大夫秋胡戏妻》杂剧。《秋胡戏妻》四折杂剧的题目正名是——贞烈女梅英守志，鲁大夫秋胡戏妻。第一折叙秋胡新婚三日被勾军（犹征兵），妻罗梅英含辛茹苦侍奉婆婆。第二折写财主李大户倚势谋娶，罗氏贪财嫁女，梅英守志唾豪。第三折转叙十年后秋胡得官荣归，桑园遇美调戏，梅英贞烈骂夫。第四折写秋胡还乡认母，梅英发现竟遭丈夫羞辱，坚决怒索休书，终迫于婆母命屈服。

那么，这个故事最早是从哪里来的呢？可以说，从刘向《列女传》滥觞，到魏晋傅玄《秋胡行》二首、南北朝颜延之乐府诗《秋胡行》，再到唐代高适的闺怨诗《秋胡行》、敦煌S. 133残卷写本《秋胡变文》等，先后承续和丰富了这一故事。应该说，《列女传》《秋胡变文》《秋胡戏妻》杂剧与京剧《桑园会》构成了这一故事系统的四个重要文本。

《列女传》卷五《节义传·鲁秋洁妇》的故事初貌是，鲁国光禄大夫秋胡娶妻五日，即赴陈国为官。五年后归乡路遇一美妇人，调戏而遭怒骂。秋胡返家拜母，母亲唤出儿媳，却正是桑园调戏之女子。洁妇怒斥秋胡：“子束发修身，辞亲往仕，五年乃还，当所悦驰骤，扬尘疾至。今也乃悦路傍妇人，下子之装，以金予之，是忘母也。忘母不孝，好色淫泆，是污行也，污行不义。夫事亲不孝，则事君不忠。处家不义，则治官不理。孝义并亡，必不遂矣。妾不忍见，子改娶矣，妾亦不嫁。”遂去而东走，投河而死。

在这个最初的秋胡故事里，有一些细节值得注意，比如秋胡成亲五日即与妻离别，去陈国是为官不是从军。时间上只有五年，返乡见妇调戏，赠金遭骂。回家认母，妻愤投湖。秋胡妻无名姓，“洁妇”意在站在男性的立场上褒扬其节烈。

敦煌讲唱文学《秋胡变文》（S. 133 残卷）的大致情节是：秋胡娶妻离家游学，九年衣锦还乡，路遇美女吟诗求爱，遭到女子斥责。回家夫妻相认，妻子气结不语。《秋胡变文》因是残卷，缺少结局，不知秋胡妻的最终命运。但变文因为增加了求母、问妻、遇仙、投魏、改嫁、求归等情节，秋胡妻的形象更加饱满，不仅“容仪婉美，面如白玉，颊带红莲，腰若柳条，细眉段绝”，而且有“一马不被两鞍，单牛岂有双车并驾！家中贫薄，宁可守饿而死，岂乐黄金为重”的果决刚烈。而变文着意渲染秋胡雄心报国的壮士情怀和吟诗献美的爱意倾诉，虽然可能有弱化道德说教、重视情感书写的倾向，让人揣测这个故事可能是一个历经曲折而归于完满的结局，但客观上为秋胡开脱的写法，似乎是为男性去污名的另一种表达。

搜检这一故事的发展线索，有一个时间节点的问题值得注意。秋胡离家的时间有五日、三日和三月之别，新婚三五日即别与盘桓三月相别，夫妻间的了解和感情是不一样的。时日越短，培养的情感和相互了解越浅。秋胡归家的时间从三年、五年、六年、九年之期，到《秋胡戏妻》杂剧中的十年，有一个逐渐拉长的过程。时日越长，等待与考验的分量也越加重。按理说，秋胡妻有守志不二之节，秋胡无再娶弃妻之举，久别重逢，人间乐事，何况夫妻至爱？但以“戏妻”的方式相逢却形成了悖论——秋胡的浪荡邪行，使整个故事似乎导向了一种诡谲的负心戏趋向？我们应该关注的，是桑园邂逅陌生化处理的一次有趣的偶发事件？还是以假乱真的情感测试背后潜在的危险性？换句话说，人性是否经得起考验？

考验是双重的，对于梅英，对于秋胡，却考验出了不同的结果。

其实，对于梅英来说，试探和考验无处不在。丈夫远别，新婚独守空闺，是一重考验；权豪要挟强娶，娘家贪财逼嫁，是又一重考验；辛苦劳作采桑，平白遭人调戏，是再一重考验。秋胡调戏遭拒，恼羞成怒，“小娘子休这等说，你若还不肯呵，我如今一不做二不休，拚的打死你也”。看上去偶一为之的戏弄行为，却诱发触目惊心的人性幽暗。在第三折故事的调情、考验与拒辱中，梅英是否一眼看透了这歹毒的阴影而感到悲哀和绝望呢？如果说桑园一会，造成难以弥补的缺憾，让梅英唱出了绝地反击之声："〔三煞〕你瞅我一瞅，黥了你那额颅；扯我一扯，削了你那手足；你汤我一汤，拷了你那腰截骨；掐我一掐，我着你三千里外该流递；搂我一搂，我着你十字街头便上木驴。哎！吃万剐的遭刑律！我又不曾掀了你家坟墓，我又不曾杀了你家眷属。"那么，到了第四折，伴随而来的则是更为激烈的一连串动作——揪扯、讨问、索休书。梅英作扯秋胡科："秋胡你来"，质问他"你曾逗人家女人来么"。追寻梅英心迹，她还谴责秋胡把鲁君所赐一饼金拿来促成艳遇，"假使当时陪笑语"，归家如何拜母亲？"你将着金，要买人殢云殢雨，却不道黄金散尽为收书。哎，你个富家郎，惯使珍珠，倚仗着囊中有钞多声势，岂不闻财上分明大丈夫，不由咱生嗔怒。我骂你个沐猴冠冕，牛马襟裾！""俺那牛屋里怎成得美眷姻？鸦窠里怎生着鸾凤雏？蚕茧纸难写姻缘簿，短桑科长不出连枝树，沤麻坑养不活比目鱼，辘轴上也打不出那连环玉。似你这伤风败俗，怕不的地灭天诛！"以致叱骂升级直接发出"你与我休离纸半张"的呐喊，呼喊"将休书来""将休书来"。在李大户抢亲、婆婆以死相要挟的情势下，才"不认秋胡，认了秋明"。话里话外，讨休书不成，也不能将就过去那个龌龊昧心的秋胡。在梅英一线，她不仅经受住了考验，新婚远别，勤苦侍亲，桑园受辱，拒绝诱惑，而且"非是我假乖张做出这乔模样，也则要整顿我妻纲，不比那秦氏罗敷单说得他一会儿夫婿的谎”。此时的梅英不再是一个被命运捉弄的弱女子，她没有选择自尽，也没有选择原谅，而是泼辣机智，义正词严，要求主张自己作为妻子的权利——怒讨休书、整顿妻纲。

而杂剧中的男主角秋胡，在故事传递中似乎也有一个书写重心的变化过程。首先是身份转换——秋胡远行，从游宦、游学到从军，从官吏、书生到军士，意味着角色习性的更张中，书卷气质的归返，却无法抵挡蛮勇之力的代入。他对桑园美妇人的调戏，如一个色中饿鬼，充满着粗鲁野蛮的掠夺气息。他不是那个在变文中吟诗求爱的士子文人，他强势专横、威逼利诱、赠金求欢，毫无羞惭。新婚三日别，回家十年路，对于秋胡来说，何为正向的成长？何为负向的野蛮生长？离家当兵，或许贪婪与野性已在野外与军营敞开，鲁大夫的寡情与野心越走越远。归家戏美，欲望伴着迢递路驿无节制地膨胀，放纵脱轨挑战禁忌越发嚣张。原本可以“桑间濮上”、充满温情的桑园之“会”，却反而暴露出凶残的嘴脸，难以消除的行归、往复、别逢的路人—夫妻的内心距离。以至秋胡戏妻的故事影响所及，民间谈“秋胡”色变，甚至有新娘闻及新郎与秋胡同名而拒绝出嫁的。秋胡戏妻故事的内核中，婚聘在先、不知情下的婚内调情，形成了男人追求美貌妇人的合法与丈夫对婚姻不忠的夫妻伦理禁忌的双重文化符号，既符合了贞烈的道德意识，亦提供了雅俗融变的民间戏弄的可能性。

有意思的是，清代京剧《桑园会》改动了戏妻的细节。秋胡明知采桑女为其妻却不敢冒认，假托为送信人调戏其妻，秋胡妻羞愤返家。经秋母劝说，二人重归于好。京剧里的秋胡唱道："秋胡打马奔家乡，行人路上马蹄忙。坐立在雕鞍用目望，见一位大嫂手攀桑。前影儿好像罗敷女，后影儿好像我的妻房。本当向前将妻认，且住啊，错认了民女罪非常。"明知是妻，故意调戏，与见色起意，调戏民女，在"戏弄"的性质上已发生了质变。秋胡一方知情试探，显现出丈夫因对妻子的深情爱怜而不敢逾越界限的自重与矜持。近来读到郭德纲山东二簧版的《桑园会》唱词，将秋胡远行别家的愧疚、驰骋疆场的威武、奏凯返家的急切、思妻认妻的一片怜爱之心，写得煞是可爱："秋胡打马是奔那家里，行人呢路上马不停蹄。只因咱家了贫难度日，我因此上撇家撇业撇父撇母撇子又撇妻呀。在前堂辞了别呀高堂的母，在后辞了别咱的妻。夫妻们分别大门里，她看我这个我看她点点滴滴滴滴点点只把这个泪悲啼呀。大丈夫岂能啊无志气，战死在两军阵是又能怎么地。都只为番邦造了反，我耳听得战鼓儿不住地得儿咚……三国战将勇，首推赵子龙，长坂坡前逞威风……一剑叫贼命归西呀，楚王爷一见咱龙心喜呀，他封咱：头戴着乌纱，身穿蟒袍，腰横玉带，足踏朝靴，做官在朝里呀。他叫咱回了家呀探母去，他叫咱早了去早回朝里呀。行一步来至在桑园儿里，耶！见一位呀美大嫂，身穿着这个蓝布衫儿，腰系着这个白布单儿，头上别着个骨头簪儿，脚下穿着青布鞋儿，露出来呀小金莲儿，手扶着桑枝儿捋桑钱儿，她一捋儿一捋儿一捋儿一捋儿就捋在竹篮儿里呀。前影儿好像罗敷女，后影儿好像咱的妻。本当向前将妻认，且住啊，错认了民女是咋地。”因为前面有离别还家的心路历程的铺垫，秋胡介于知情与不知情之间的试探，方显出夫妻情分之深、爱意之浓，也显得更为真切动人。

再来看一看平贵戏妻——马蹄“金”。

京剧《红鬃烈马》中有一折子戏《武家坡》，以薛平贵、王宝钏代替秋胡及其妻，讲述了丞相之女王宝钏苦守寒窑十八载等待丈夫。薛平贵返家，在武家坡前遇见王宝钏。夫妻分离十八载，容颜难辨，不敢贸然相认。薛平贵借问路试探宝钏，宝钏坚守贞节，逃回寒窑。薛平贵赶至窑前，细说缘由，夫妻才得相认。这是一出老生、青衣并重的生旦对工戏。武家坡，寒窑前，真夫妻弄假成真，成就了试妻故事的新版本。而京剧《汾河湾》与其情节相类，也有薛仁贵试妻柳迎春的剧情，薛仁贵史有其人，薛平贵却是艺术虚构，这是怎么回事呢？

据说山西有一富家子为母亲庆寿演堂会戏《汾河湾》。其母亲问故事结局，听闻仁贵寒窑别妻从军、柳氏思夫病逝寒窑，遂悒悒成病，百药难治。富家子孝母心切，悬赏仁贵夫妻团圆戏本。某文人杜撰“薛平贵”写成《王宝钏》，两剧同源异流：仁贵柳家庄招亲，平贵王府为婿；柳员外嫌贫爱富逐夫妇，王父冷眼相待致二人出走；仁贵与平贵两夫妻皆困居寒窑，丈夫为生计所迫投军；薛仁贵十八年后汾河湾会妻，薛平贵十八载后武家坡遇妻。为讨母亲欢心，《王宝钏》剧情改为薛平贵登上西凉王位，王宝钏成正宫皇后，夫荣妻贵大团圆。戏上演而母病愈。此后京剧舞台上便两薛并存。《武家坡》中薛平贵振振有词：“洞宾曾把牡丹戏，庄子先生三戏妻。秋胡曾戏罗氏女，平贵调戏我自己的妻。”平贵明知眼前人是自己妻，却无赖腔耍得有趣，待问明是王三姐，却不是相拥而泣，而是一番挑逗、戏耍和试探。“戏妻”自然过渡到了“试妻”。在试探中，平贵一不言其丑，二不言其老，三不言其穷。这一番言语，已明妻子身份，实情已知晓，接下来的拈金试妻，只不过就是夫妻小游戏了——“这锭银子三两三，送与大嫂做妆奁。买绫罗、做衣衫，打首饰、置簪环，我与你少年的夫妻就过几年”——多少旖旎婉转、打情骂俏、戏谑妩媚的“少年夫妻”之情，是不是对十八年相别的一种浪漫补偿呢？此剧与《秋胡戏妻》中的梅英是父母媒妁许亲不同，二人的姻缘是王宝钏大胆追求爱情的结果，且两人同甘共苦生活过一段时间，十八年的分别看起来虽不近人情，但细究其因，除了为丈夫守节，还有王宝钏的深情和长情在其中，这样的故事更让人动容。

然后，来看一看庄周试妻——大劈“棺”。

《大劈棺》是一出由老生扮演庄周，花旦扮演田氏，小生扮演楚王孙的小戏。故事讲述的是庄周得道，路遇一新孀扇坟，因其夫遗言曰坟土干后才可改嫁。庄周回家试探田氏，伪装病死。成殓之际，幻化成楚王孙携一书童来家。田氏见王孙，顿生爱慕欲嫁之。洞房夜，王孙忽患头痛，谓初死人脑髓可治。田氏乃劈棺取庄周脑，庄周跃起责骂田氏。田氏羞愧自杀，庄周弃家而走。在《戏考》第五册里，对这出传统京剧《大劈棺》，有极为生动的细节描述，如庄子路遇扇坟待嫁寡妇，回家语带讥讽，田氏吵闹撕扇掷地。庄周“病终”，变身楚国王孙前来吊唁，“田氏见王孙车服丽都，貌姣好若女子，果惑而嬖之，遂命其仆为之说合，欲纳王孙为赘夫。虽王孙故以三事相难，田氏亦无不一一如王孙愿。及合卺之夕，既入洞房，王孙忽得暴疾，心痛欲绝。其仆云须人脑方可疗治，否则恐不救。田氏至此……急勒臂揎袖，持刀入柩所。将庄子棺奋力劈破。不图棺启而庄子忽跃坐而起。此时田氏恐怖惭惶……只复勉强矜持，与庄子辩白。无何，庄子又摄化王孙主仆二形，以出其前，田氏始知皆庄子生幻术也，无以自解，遂自缢死”。

这出戏是从哪里来的呢？这要从元代史九敬先的杂剧《老

庄周一枕蝴蝶梦》说起。此剧讲的是英俊书生庄周在太白金星点化下，和四位仙女皆有风流艳遇，经历酒色财气，参悟轮转，超脱尘俗，重入仙班的故事。但这个故事里庄周妻子一点影子都没有。明代谢弘仪所作的《蝴蝶梦》，前段讲述庄周寻道梦蝶、与儒者辩论、与老子相遇的故事，后段即庄周诈死试妻事，但庄周假死并非设计，而是一场梦中梦、戏中戏。庄周幻化成美少年楚王孙迷惑田氏，田氏果然爱恋王孙，欲结鸾凤。田氏为救王孙头痛之病，斧劈庄周棺木取其脑髓救王孙性命，庄周在劈斧三响中惊醒，却原来是一场大梦。醒来后的庄周点化田氏，二人证道升天。此剧可以看作是借“庄周故事”演绎戏妻到试妻的变异。此剧后半部分，庄周之妻有了姓字，田氏以故事女主角出场。故事得道成仙的主题延伸出了夫妻伦理和女性道德问题的意味，“戏妻”彻底转化为“试妻”，且转化为欺诈诱惑、杀机四伏与戒淫惩恶杂糅的审判剧，或许是明清儒家的节妇话语的影响所致。

如果从上坟——扇坟的故事缘起看，还有另一个因为上坟而试妻的故事可以拿来对读。这就是《小上坟》。此剧又名《小荣归》《丑荣归》《飞飞飞》，是二小戏的名折，各种花部地方戏都有改编本表演。剧演刘禄敬进京赶考多年未归，托娘舅李大公捎书信及纹银三百两到家中，不想李大公昧银藏信，并唆使公婆逼刘禄敬妻萧氏改嫁，萧氏不肯，做针线度日，誓守柏舟。后家境萧条，萧氏于累累荒冢间祭扫刘家祖坟，得遇刘禄敬得官奉旨回乡祭祖，夫妻经过一番陈冤告白、怀疑试探、对问相认，证信物诉离衷，携手同归。《小上坟》作为二小戏，以三告三审的动作线，巧妙地构成了清官与冤妇、丈夫与妻子的套层叙事：冤妇萧素贞一告公婆打骂虐待之苦，二告娘舅逼索改嫁之难，三告丈夫赶考为官、忘家丧身之悲；佯装清官的刘禄敬，一审不准告父母不是之状，二审不信娘舅逼嫁之事，三审则审出自家隐情，原来是李大公昧银欺亲，假传死讯，害他夫妻成异路人。清官和冤妇的三告三审，妻子和丈夫的三问三讨，引出了试妻与反被妻试的故事转关。三问是，刘禄敬一问祭坟妇为何啼哭，萧素贞二问老爷为何来刘家新坟，刘禄敬三问素贞困顿中谁人照应。看来公婆打骂置媳妇于不公，娘舅折磨，小人作乱，丈夫为功名丧亲弃妻，这负心戏的戏码加叠，让刘敬禄也觉得人情暗昧、王法不容。号称清官审民女冤情，却怎料自陷不义。三讨则是夫妻三疑三认中，萧素贞一讨四方乌纱、二讨菱花宝镜、三讨手绣布鞋来验明丈夫真身。试妻反被妻试，小媳妇理直气壮较着劲怀疑面前人的认妻之举，终于化解了信任危机。好在刘禄敬不是一个负心汉，夫妻再得欢喜相认。

刘禄敬看妇人上坟而认妻，认出了患难见真情；庄周看寡妇扇坟而试妻，试出了阴毒化心魔。与《小上坟》的试妻反转测试了人性温度、萧素贞苦尽甘来不同，《大劈棺》中的田氏，却在荒诞的人生境遇中无法重生。梦中千种恨，不知春已去。人性是经不起考验的。经不起考验以后怎么办？田氏是谁？面对荒芜和诱惑，她应该守住什么？面对疑忌和欺诈，她可以选择不死吗？劈棺那一刻，她在想什么？她是在梦里还是已醒来？而那个躺在棺材里的人，是谁？是她的什么人呢？是她景仰的修道证真的伟丈夫？那么，与她而言，什么是道？什么是真？是她故去的亲人吗？什么是故？什么是亲？是她生命里唯一的依靠？什么是命？什么是靠？当考验由双向变为单向，证道的伪善下面是人性深不可见的荒芜和幽暗。那个从棺材里跃起来的人是谁？是她的什么人？是她青春年月里无所不在的控制与压迫？还是用魔咒般的催眠呓语扼住她咽喉的梦魇？如果说，秋胡戏妻，戏出的是善恶交织的真实人生；平贵戏妻，考量出了人性的底色与温情；那么，庄周试妻，则是善的泯灭、恶的爆发导致两败俱伤的悖论。或许，梦为蝴蝶亦还乡，在庄周是截断恩仇、逍遥仙国；在田氏，不能选择生的陷阱，却可以死得快意嫣然？

十八、癫生痴狂

有女同行，颜如舜英，将翱将翔，佩玉将将。彼美孟姜，德音不忘。

——《诗经·郑风·有女同车》

白先勇携苏州昆剧院推出的新版昆剧《玉簪记·问病》一出，在琴挑和偷诗之间，以打破程序的身段异元素、生而做丑的行当交缠，在舞台上演述了写意的癫；问病与问情互为镜像的情感历险，在试探与闯入之间运变出了一段禁地之爱；以白夺腔、奇正相生的夸张惊诧，打破了生旦在场的僧俗之恋的程序化表演可能带来的束缚和禁忌，爱往而禅归，情生癫痴，情生造化。

《问病》原本是一出久不上演的冷戏①，新版昆剧《玉簪记·问病》一出却冷戏不冷，活色生香，但大家讨论得比较热闹的，还是经典出目《琴挑》《偷诗》《秋江》，《问病》一出受到的关注不多，其创益之处还少有人言及。究其因由，可能是在文本传递的过程中，形成了一种惯性视野。这一出夹在重场戏之间的过场戏，旦角陈妙常戏份少，主要围绕生角潘必正着墨，白口多于曲唱，轻艳变为深雅，戏谑偏于庄重。然而，在新版昆剧《玉簪记》的六出戏中，《问病》一出无论身段演述、角色延展、情事书写还是唱白念诵，其精彩绝不亚于他出。尤其作为琴挑和偷诗之间的渡桥，在病的符码演绎与情生癫痴、情生造化的创演上，都很有意味。

先来看《问病》一出如何由病的符码呈现戏曲式的写意的“癫”。

高濂旧本《玉簪记》第十七出《耽思》作为过场戏，写书生必正相思成疾，实而简括。生上场时所言“只因些个事……染成这病”，言语委蛇，神色呆滞。进安算课荐饭时“不要呆了”“思量到此，也只为欠了冤家债，怎能够成全双凤钗？痴

① 《闲步芳尘数落红——岳美缇谈〈玉簪记〉》，白先勇总策划《云心水心玉簪记——琴曲书画昆曲新美学》，人民文学出版社2011年版，第177页。

呆？抄手无言难打孩”的戏言，衬托出必正相思郁积、真病成呆的情状，点染的都是病体实感的痛苦。方先生卜病禳解，虽也有“你若要他这病好，先请遣开旁边催命大王”（暗指旦）①的打趣，但道姑与方先生、进安次角之间过多的白口戏，渲染了“主角不在场”的闹剧氛围，“病”的符码功能加深了相思苦痛带来的身心磋磨。在新版昆剧《玉簪记·问病》一出中，方先生算课打趣的一大段白口戏被删去了，整出戏主要围绕着情生潘必正之“活水源头”设置动作关窍，对“病”的符码做了艺术化的处理，借病问情，因病成癫，癫意发作而戏谑出之，虚虚实实，真假莫辨。

首先，病的符码所产生的象征性张力，是从情生身段动作打破程序的异元素透发出来的。原本坐场戏中置身书桌之后、动作简单的生角潘必正，在新版昆剧中，身段充满流动的风韵，动静疾徐极富节奏。其面容与眼神、坐姿与立态、病体与意念交织出一环又一环的变态成癫。必正以“病生”出场，其身段动作竭力表现一种身心涣散、虚弱无力之感。而听闻妙常言语时，急询“哪个在说话”的语气，则焕发了一种与支吾病体了不相洽的轻快活力。浑浑噩噩、以手顿桌，至四下张望、自叹自怜，继而不由自主起身扑向前面，手握双拳抱在胸前，迈步

① 高濂《玉簪记》，毛晋编《六十种曲》（三），中华书局1958年版，第45－47页。

挪身施礼作揖。这一系列动作变形，不禁春容乍现，充分抖搂了情生必正发觉意中人前来问病的诚惶诚恐与震惊狡黠。

当女贞观观主询问生病根由，随着一曲［山坡羊］的吟唱，寒意与秋心、乡思与相思，因情生必正的身段演述，一转一深，一深一妙。必正颤抖的双手在桌面移向妙常一角，又慢慢移回来。除了有所戒备的妙常，舞台上其他几个人的身姿都随着他颤抖的手势相向移动，这极富舞台韵律感的身段，牵惹出眉眼之间长长的情丝。病的符码演化为手势走圆、抖袖摆袖的戏曲程序，说破了“这病儿何曾经害”。随后他站起来，眼神直直向立于观主背后的妙常望去，痴问“这病儿好难担待?”怕心事泄露，又赶快俯身用水袖遮脸。回眸间以手指妙常，又回指自己，恰好与水袖遮脸、横亘着小重山、隔空眺望的妙常四目相对，心意牵绊，脉脉难言。一句“这病儿好似风前败叶”，又串演了极其繁复的身段动作。只见必正抖索着水袖，波浪般推移到胸前，颤动着画出一圈圈涟漪，停在倚着桌角的进安眼前，再反转回到书桌中间，眉眼向妙常注满深情，恰病“似雨过花羞态”。如果说这些身段演述还显得节奏纡徐、做功曼妙、程序轻扬的话，那么，接下来的身段动作却打破程序的律动，出现了大幅度的陡转激变，被动的身体和主动的灵魂形成了“反讽的意味”①。问风寒

① 米歇尔·福柯《疯癫与文明》，刘北成、杨远婴译，生活·读书·新知三联书店2003年版，第78页。

时，必正用手势在眼前慢慢画圆，当他转脸留目妙常，被进安撞破“相思嘴脸”后，不意间猛一把推开进安，恼恨汹汹全不顾病体“支吾”；因隔空悬望，视线被起身的观主挡回，情急之下做大哭不止状，对着进安瞠目睁睛、眯眼大哭，张狂失态，毫不蹑足敛容。问忧愁时，必正趴在桌上，频频垂头，一手抚太阳穴，一手指天，摇撼手指，感叹悲唱。问功名勤读时，观主起身走近进安，恰好给桌子后面的必正留出空间与妙常会通情意。必正迅速从椅子上起身，于观主身后绕过桌子左边，凝神张望，一步步靠近妙常。正当二人水袖绵绵暗诉衷情时，观主突然回转身来，必正只好急甩水袖，慌忙中被椅子绊住，踉跄几步，几乎跌倒。这戏剧性的一幕，是病容难挨，情绪陡转？还是似假实真，因病成癫？癫意发作，不仅“在剧情的铺陈上常有奇峰突起的效果”，而且“还能够进一步改造、颠覆固有的表演程序”①。这节奏动荡的身段异元素，与前面道姑随手挪动椅子，正扶着椅背凝望必正的妙常不意间一个趔趄、差点摔倒的对手戏，形成了有趣的呼应，在滞重与轻盈之间，在程序与颠覆程序的交替之间，诡异闪赚，虚实相生。

其次，病的符码所产生的身份转换，是经由生而做丑的角色交缠实现的。原本《玉簪记》是作者四十四岁二次秋试失利、丧

① 蔡振家《浪漫化的疯癫：戏曲中的大脑疾病》，台北《民俗曲艺》2008 年 9 期，第 86 页。

妻不久的隆庆四年（1570）创作的。高濂旧作的创作动机，给新版昆剧《玉簪记·问病》塑造情生必正形象提供了一个“不第无归”的前时刻：非赴考路上，亦非高中归来，而是功名受挫、有家难归。新版昆剧《问病》又着意强化了此际在碧云楼书斋“被问病”的规定情境：非佛门禁地，亦非女性私密闺阁。一方面，飘移的生活状态切断了必正原有的社会联系和家园所寄，也暂时隔绝了他向外部发展的可能，时点的空白和空间上的距离，使得必正暂时脱离了社会秩序强加给他的既有角色，也失去了书生的优越感和人生方向感，成为一个被孤立的个体。另一方面，与前一出进入女贞观白云楼庭院琴挑未明、后一出闯入白云楼妙常卧房偷诗交心不同，《问病》一出打破行当程序，用“装病”的方式，让必正摆脱了相思成疾而至自苦自虐的偏执，转化了身体病痛可能带来的精神痛苦。身体的病，恰到好处地转化为意识的癫、情感的痴。如果说，必正坐下时，病体支吾，眼神迷离，身姿沉重，还未脱生角本色；立起时，生角的莲指拈动、神态飘然，与丑角的步法游走、眼神乜斜交替呈现，已渐显生而做丑的交缠，那么，行走中头摇手摆，身抖袖甩，眼神狡黠，轻狂跳荡，则完全是丑角作态了。坐立不安，动静难耐，飘曳无着，外部行动不断打破既定的程序，病的身体符码逐渐为癫的内心意象所取代，次第暗示了一种趋向内部的情感臆想。不是文本作者站在局外对情生癫痴进行调侃，如《西厢记》谑称得病的张生是

“银样镴枪头”，“皂角也使了两三个，水也换了两三桶”，额上抹得油光光，“迟和疾擦倒苍蝇”，对张生赴约精心梳洗极尽嘲谑之口吻，而是必正生角而做丑，有意造成角色的身心疏离，精魂出窍而进入幻觉，遮遮掩掩，转面偷睛，推推搡搡，不知轻重，磕磕绊绊，似真似假。角色的延展，行当的跨界，使他戏谑变为自戏谑，书生渡为情生，问病进而问情。

正如《琴挑》有琴，《偷诗》有诗，《问病》一出也有其特定的符码。但这“病”的符码，却完全不同于琴与诗，它不是异在于身体的对象，不是凭借技艺和才华操控的道具，而是寄于身体内的禀赋，直接诉诸感官的激情，是肉体和灵魂的聚合点①。《问病》伪装的符码，幻而作真，诞而成妄，从而生发出对病体虚弱与此在虚无的质疑和颠覆。作为独立的重场戏，《问病》以俗化雅，滤去了阴郁愁苦的悲剧因素，以写意之癫，展示了男性自我试图从社会秩序和受压抑的氛围中抽离出来的浪漫憧憬与个性情彩。

接着再来看《问病》一出在镜像式历险中如何表演传神的痴。

新版昆剧《问病》一出的独具匠心之处，不仅在以“问

---

① 米歇尔·福柯《疯癫与文明》，刘北成、杨远婴译，生活·读书·新知三联书店2003年版，第78页。

病”为触机，措置必正与妙常互为镜像式的情感历险，还在生旦对手戏的主线之外，在观主与妙常、必正与观主、妙常与进安、必正与进安之间，营造了丝丝入扣、连环互动的人物关系场；以众口对白与独白的错杂，以白夺腔、奇正相生的夸张，反复皴染、绾合了传神阿堵的癫与醒、用情至深的真与痴。

在高高挂起的“色不亦空空不亦色　色即是空空即是色”联幅下，在弥漫红尘气息的碧云楼书馆中，妙常作为走出禁地的情感涉险者来“问病”，潘郎作为闯入禁地的冒险者“被问病”。生旦同时在场，经历情感的体验与考验，这一创意，使得《问病》所要演述的相思情爱获得瞬间激发的能量。原作《玉簪记》坐实书写的相思之苦，没有为情的酝酿提供更多的篇幅和空间，禁地爱情很难绕开的宗教感和道德感的束缚会阻碍情的直接流露和倾诉，这些在新版昆剧《问病》中不再成为艺术难题。而《问病》更大的突破和超越，则在生旦互问而情投意合的内在程序。《西厢记》中的张生因情生病，莺莺只能托红娘捎书而去，自己却不能在场关问。张生一个人病愁潦倒，情感是单向度发抒的，莺莺只能在事后从红娘的描述中揣想张生的病容。《牡丹亭》中杜丽娘在梦中会柳生，奄奄病亡之际柳生却无从知晓。待到柳生病居梅花观，也只独自流连，在画中想象和呼唤丽娘。生旦的双向交流被时间上的不同步和空间上的阻隔离析，情之投与意之合无法瞬间对接，病与死的情感体验是错位的。而《问病》却以自我和他者互为镜像，叙写生旦同时在场的问病之趣、真实之爱。一个佯病而问心，一个问病而表心，问病为虚，问情为实，问病与问情互为表里。生旦在场，禁地之爱只能借助眼神、拂尘与水袖暗通款曲，一生一旦在有意设置的距离感中互为镜像。潘郎那一抹时而悲戚愁苦、时而澄澈清亮，时而迷离惝恍、时而明媚灵动的眼神里，看到的是妙常下意识垂手跟进，又刻意含羞遮掩，一会儿远闪静立，一会儿又搓手撩拨，和那一缕拂尘。书桌后面的潘郎与观主身后的妙常，虽近在咫尺，却隔空悬望，情感的跋涉经历了山重水复、惊心动魄的漫漫心路，灵魂在爱悦中一步步靠近。潘郎一路磋磨、抖甩遮扯、步步召唤的袖里功夫，其实引惹着妙常挂挂碍碍、心旌摇漾、搭肩私语的水袖风情。二人的互相试探、私意征询和牵绊迷恋，弥合了爱之往复的禁地间隙。生旦同时在场，在互为镜像中与他者建立了双向的情感维度，与此同时，又打破孤独，寻找并确认了自我世界的真实，这正可见出“疯狂场景与昆剧‘折子戏’的观念实具有某些相似性”[①]。

《问病》是一出以白口取胜的戏。相比于前出《琴挑》与后出《偷诗》都有10支曲子的曲唱重头戏，《问病》仅用了4支曲子，即观主与妙常接唱的［一剪梅］6句，必正主唱的［谒金门引］2句、［山坡羊］12句，观主与妙常另起板分唱的［前腔］13句，曲唱的部分偏少，还多是分角断唱和不完整的

① 蔡振家《浪漫化的疯癫：戏曲中的大脑疾病》，台北《民俗曲艺》2008年9期，第113页。

摘句。而仅有的几支曲唱，多因身段动作的演述、对话白口的穿插而被反复截断，不仅行腔唱字颇显顿挫与乖异，且以白夺腔，奇正相生，极力夸张，以情生必正为主轴，设置了多重牵掣、连环互动的人物关系场，刻意表达写意传神的痴念。

就观主与妙常的关系而言，如南曲［一剪梅］前后分唱，观主拟必正口吻唱叙孤馆寒栖，接着妙常唱叹紫薇闲住，虽两口问一病，观主的瓜葛之慰，却是为引起妙常的隐隐情思。而病远天涯与满堂红簇的映衬，用感叹悲伤的南吕调，存此立照，简括幽微地透出妙常系念潘郎的一段心事。而后观主与妙常分角断唱的［前腔］，虽是前承［山坡羊］曲调，却加入了不少衬字衬句。观主看似不着边际的“猜”，恰恰引出了妙常有的放矢的“劝”。道姑之间为正，颇费猜解而古井无波，妙常之间为侧，侧翻为正而字字生香。道姑之间为显，浑似摆设，妙常之间为隐，而隐逾越显，语语中的。

就必正与观主的关系而言，必正装病昏睡是假，而亦假亦真，观主打坐瞌睡是真，反也弄得真真假假。观主挪动座椅是实，实中遗了空，必正踉跄摔倒是虚，虚中漏了实，就如同“背景是莲花佛手，非常美，有很丰富的象征意味”①，观主的动作无意间传递了慈爱温润的佛理禅意。

就妙常与进安的关系而言，进安斗口打趣“这个宝贝也来

① 白先勇《昆曲新美学》，《艺术评论》2010年第3期，第8页。

了”“夜明珠打哈欠，宝贝开口了”，原是发噱，底里却是一片赏爱，“宝贝”的惊呼真真是在叹赏这珍宝一样的情缘，千载难遇的佳偶。其与妙常的对白，“一条百脚”[①]，“我奉太上老君急急如律令敕”“妖怪速退、妖怪速退”[②]，则“以毒攻毒”，言在此而意在彼。“妖怪”的叱咤看似嗔怨，却是点拨妙常行当有止的绝妙暗示。妙常厚望所寄，对必正“愁肠摆开、心事放开”切切叮嘱，却被进安“一条百脚”所顿挫。妙常甩过水袖对进安努嘴掺和不满，却不惮接受打趣带来的小小插曲和波澜。妙常对进安窥破心事表示着恼，却也在心间存有一份对进安慧心相助的感激。如此一来二去戏谑，三言两语递送，曲唱断续之间，众口的对白与独白穿缀其间，掀起一层层喜剧性波澜。以白夺腔的夸张，打破了生旦情感体验的孤独状态，纯情与发愿，遮掩与表露，不苟言笑与戏谑调侃，隐隐之间为主角二人触摸情感的活水笼上了一层轻逸的纱幔。

就必正与进安的关系而言，主角必正虽热情而不轻浮，真诚而不迂呆[③]，但在机灵聪俊、满场带戏、反客为主、反常为

① 吴侬谐语，蜈蚣百足，心事满怀，有毒又是药引，能克癫症。

② 意谓灵丹妙药，药到病除，莫要俄延，闲口生非。

③ 《闲步芳尘数落红——岳美缇谈〈玉簪记〉》，白先勇总策划《云心水心玉簪记——琴曲书画昆曲新美学》，人民文学出版社2011年版，第175页。

奇的进安面前，也难免受到戏言捉弄。而正是这种充满善意和关爱的“捉弄”，使得因疾病带来的肢体痛苦被冲淡，造成情感臆想、癫意发作的悲剧因素被涤除。“愁滋味，风雨暮秋天气”，摘南曲入双调的［谒金门］首句作引，潘郎直诉心头别有一番滋味的悲音，却因进安与必正的一段对白戛然而止。算课荐饭、送死送活的趣对，在悲唱之后演述了一段轻逸的喜剧。潘郎顿身立地、挥袖斥骂，一声“狗才”的斥责，不顾心事泄露之恼恨，一声“使得”的低应，难坏了欲言又止；分明扫去滞重，带出轻盈，夺了曲唱的彩头，赚足了观众的吆喝。接着情生必正主唱一支［山坡羊］，是南曲入商调的七七七八五七八二五二五的句式，一开头连唱四个“这病儿”，低回婉曲，余音断续，才说“何曾经害”，又说“好难担待”，岂不自相矛盾？如“风前败叶”的哀戚病况，却被进安的重重一推弄破了机关。既不为风寒，也不为忧愁，凄怆怨慕，一段心事难明难遣。必正“我好恨哪”的哀哀呼告，被进安“我好钝哪”的隽语敲醒。

进安作为家童，其对白和独白处处以侧衬正，显出递送之巧，不仅充满对相公心病的关切，而且表露出对潘、陈情事的慧心打点。如与潘郎的对白，“不要肝经火旺，可要替你敲两记”“相公，你坐好点哪，不要忘了你在生病”，显得随意亲近、会意在心；与观主的对白，“姑奶奶啊越发不对了”“这个叫哑巴吃黄连，说不出的苦”“姑奶奶全猜不着、全猜不着”，则刻意渲染，话中有话。而头尾几处独白，更煞是谐妙。开场言两个冤家“眉来眼去、眼去眉来”，点出相公病因所在。后面说“好笑我家相公，这样病重，见到陈姑来了，竟直立起来，说到有劳啊有劳，险是跌下去了”。结尾揭开药引子谜底：“真正有趣，相公的毛病怎么说好就好，你们看，这会儿走得可快咧。”这些以宾映主、旁逸斜出的演述方式，不仅为情生必正因病成癫、癫意发作注入了更多的喜剧性因素，而且将生旦二人不便直接表达，只能暗中递送的情思意绪像念珠一样串起，月度回廊，会通癫痴。最有趣的是这一出的收场，进安突发奇想，寻相公开心，告知必正陈姑临别留话“你家相公的病我都晓得”，且叮咛有约，请潘郎去房中写药方子。待潘郎解下帕子包头，脱了黑灰病衫，整了春容快步，惬惬意意踱了去时，进安却反悔抵赖，否认说过此话，请相公回房中养神，并拆穿相公“装病”赚得问病机缘的心思。吃恼的相公追打进安，骂“放肆的狗才，我上了你的老当”，却转回头深情地呼唤“妙常，妙常”。这一段对白，必正之间为常，进安之间为奇，以奇制常，奇正相生，谑而不虐，跌宕有致。作为收场戏，进安反仆为主，如牵丝傀儡，摆弄得必正脚不点地、神魂颠倒，却也替必正卸下了爱的避忌与魔咒。此际的情生必正，褪去了病的符码装饰，冲淡了道德感的约束，以真情挚意的往复，达成了尘凡性的自然流露。

《问病》一出，以舞台身段异元素的演述，生而做丑的角色交缠，将病的符码置换为写意之癫；移步换形，打破戏曲程序的常轨，塑造了沉迷于内心情感投映的情生形象。生旦在场、问病而问情的镜像式措置，以白夺腔、奇正相生的夸张与惊诧，相互激发，打破了清寂与暧昧的禁地之爱、僧俗之恋的程序化表演可能带来的宗教禁忌感和道德束缚感，爱往而禅归，情生癫痴，情生造化，在昆剧创演中堪称经典。

十九、牡丹亭上三生路

死生契阔，与子成说。执子之手，与子偕老。

于嗟阔兮，不我活兮。于嗟洵兮，不我信兮。

——《诗经·邶风·击鼓》

《牡丹亭》全名《牡丹亭还魂记》，剧叙南安太守杜宝与夫人甄氏有爱女丽娘，才貌端妍，尚未议婚。父母延聘六旬廪生陈最良教习《诗经》，丽娘却从塾师认为宣扬宜室宜家的后妃之德的《诗经》名篇《关雎》中品出了少男少女热恋的纯情，从而产生了怀春之情。在侍女春香的引逗下，丽娘第一次迈进了自家后花园，在春光明媚的大自然中真正领悟了生命的美丽和青春的可贵。触景伤情，回屋后做了一个梦，梦见一位风度优雅的才子，手持柳枝与她相约于牡丹亭畔、梅花树下，两情绸缪，恩爱缠绵。不料好梦被母亲撞醒，怅然若失的丽娘寻梦不得，终于相思成疾，自题小像恹恹病逝。丽娘死后，家人随其遗愿，将她葬在后花园梅树旁边，并修了一座梅花观，请石道姑为之守灵。杜宝因高升扬州安抚使而离开南安。三年后游学才子柳梦梅病居梅花观，拾得丽娘小像，揣摩把玩，引得一灵咬住、至情不忘的丽娘精魂出现，两人人鬼相恋。后柳生开棺祈祷，丽娘复活，二人自媒自婚，相携出走，逃到临安。时杜宝镇于淮安，丽娘知情后，让柳生拜见自己的双亲。柳生参加科举考试后不待发榜，即前去拜谒丈人，但却遭到一顿毒打，以盗墓罪下狱论死，此时传来柳生高中状元的消息，方免一死。于是，这一场家庭纠纷一直闹到朝堂之上，皇帝出面，御旨批断翁婿相认，全家团圆。但柳生坚决不认，杜宝也以女儿为妖孽作祟要打杀她。直到皇帝用铜镜照出丽娘人形，证明其非鬼非妖，杜宝仍坚持让丽娘离了柳生，回家相认。而杜丽娘则表现了生死不与柳生分离，甚至可以不听御旨、不认双亲的坚决态度，最后御旨批复草草收场。

这本五十五出的传奇在第一出《标目》中，提到“但是相思莫相负，牡丹亭上三生路”。在第十出《惊梦》中有“一生爱好是天然”，第十二出《寻梦》也说“咱不是前生爱眷，又素乏平生半面，则道来生出现，怎便今生梦见”，第二十出《闹觞》中又提到“怎能够月落重生灯再红”。这里的“三生”

似暗合了佛家所语前世、今世、来世的三生，但戏里的“三生”却是杜丽娘情“不知所起，一往情深，生死无妨”，而由情生幻，由幻入痴，由痴而亡，又复活重生的三种情境，即人世真境、梦中幻境、冥界幽境。这三种情境互为绾合，以借境“游园”始，情至惊梦，出梦入冥，又以“圆驾”证婚结。镜子既是杜丽娘梳妆的实物，也是触发游园的重要媒介。

如此看上去，《牡丹亭》讲的不也是一个老掉牙的人鬼恋故事？它的本事渊源一般认为来自宋话本《杜丽娘慕色还魂》，收入明人纂《燕居笔记》；《宝文堂书目》亦著录，题为《杜丽娘记》。其主干故事情节、人物姓名均同，《牡丹亭》之《惊梦》《闹觞》等出的宾白，十之八九采自原话本。但话本中是因公婆温厚慈爱、允婚追认，而获得圆满结局。也就是说，慕色还魂，不是汤显祖的创造；为情复生，也不是汤显祖的创造；为何因情而死，又为什么样的情死而复生，才是汤显祖创作的关键。据汤显祖《牡丹亭题词》，可以找到有关儿女婚姻、起死回生、书生被吊拷打等细节线索，如《太平广记》卷三一九引《法苑珠林》张子划篇、卷三七五引《法苑珠林》徐玄方女事、卷二七六引《幽明录》冯孝将篇等。清人凌廷堪《论曲绝句》三十首提到《牡丹亭》奉旨成婚的结局受到元杂剧《清衫泪》的影响，柳生梦丽娘、被拷打事与元杂剧《金钱记》中第二折韩翃思念柳眉儿而神魂颠倒，白日做梦于牡丹亭畔，第三折王府尹拷打韩生情节相似。《牡丹亭》的题材、人物、故事情节，与唐传奇《离魂记》、郑光祖杂剧《倩女离魂》、《西厢记》都有一定的渊源关系。

但是，除了这种纵向的线索考察，如果注意和推敲一下话本小说和传奇《牡丹亭》中故事发生地点的差异，或许可以对这一故事在汤显祖笔下的“当代重构”延伸出另外的推想。因为话本小说《杜丽娘慕色还魂》的故事发生地是广东南雄，而传奇《牡丹亭》则将故事发生地迁移到了江西南安大庾。汤显祖为何将故事的发生地改在了南安?

拿明代地图来看，一道大庾岭横亘在江西与广东两地之间，作为赣粤两地分界岭，山的这边是江西南安府，山的那边是广东南雄府。大庾岭上的梅关，即是《牡丹亭》故事中杜丽娘眺望的梅岭。而在大庾岭绝壁上蜿蜒上下的古驿道，是自唐代张九龄开凿通关以来，如唐代诗人宋之问、沈佺期、刘长卿，宋代文豪苏轼，明代大儒丘濬、解缙，清代广东第一才子宋湘等许多文人宦途奔走、南行游赏、贬谪流放的必经之地。当然这也是汤显祖贬官往来经过之地。而当世当地流行的人鬼恋民间故事，早已在《夷坚志》《陈巡检梅岭失妻记》中有所描写。其中南安郡守之女人鬼恋的故事，可能是汤显祖《牡丹亭》题材的重要来源。南安府后花园铁龙蕉成精，幻化成俊美男子与府衙小姐幽会，太守之女后投井而亡，并鬼魂托梦助举子成就功名的故事，在吕熊《女仙外史》、林载亨《蕉龙记》等中都有记述。不过男子精魅附身在前，女子鬼魂托梦于后的人鬼恋许婚团圆，与《牡丹亭》的丽娘还魂不太一样。

汤显祖对这一故事的“当代重构”，除了故事地点的迁移外，可能还受惠于一位当世奇女子王焘贞的神异传说，她更引人遐想。王世贞在《昙阳大师传》中对王锡爵的次女王焘贞（即昙阳大师）体弱多病，许聘书生徐景绍，未嫁夫亡，好辟谷之术，白日飞升的经历有记录。明代还有不少文人留下文字。如王世懋《书昙阳大师传后》、徐渭《昙阳大师传略》、范守己《昙阳仙师传》、王锡爵《化女昙阳子事略》、胡应麟《昙阳登真编》，以及杨尔曾《仙媛纪事》、张文介《广列仙传》、邓球《闲适剧谈》等。可见昙阳大师的事迹有多个版本。晚明文人为何集体热衷这一民间得道飞仙的附会传说？据说昙阳大师弟子达百人，从王世贞、王锡爵、徐渭、屠隆，到沈懋学、王世懋、王百谷、赵用贤、汪道昆、陈继儒、沈德符、瞿汝稷、冯梦祯……可以列一个包括明代文坛诸位大家的长长名单。这其中有首辅大人王焘贞的父亲、有文坛大师王世贞和他的弟弟。

王世贞《弇州山人四部续稿》卷七十八《昙阳大师传》是这样记述的：“复与大父母以下揖而别，时已预设几案三，南向拜者四，曰：以酬天地。西向拜者四，曰：酬吾师朱真君。北向拜者四，曰：酬吾主。……复属学士与世贞：慎启闭栅口，吾化后，毋使男妇得近之。……复命女僮传语：'吾昙鸾菩萨化身也，以欲有所度引，故转世耳。'左手结印执剑，右手握麈尾，端立而瞑。闻栅外哭，复张目曰：'毋哀也。'遂复瞑，瞑半时许两颊气蒸，蒸微作红润色。……时午晷垂，欲昃，二白虹长亘天额帻，触杨枝水闪闪皆金沙，又类列星剑头火，大于升，远近皆见之，又见二黄蝶自龛所盘旋，久之始去。师歌有'一双蝴蝶空栩栩'语，咸以为兹应也。"徐渭《徐文长逸稿》卷二十二有《昙大师传略》佐证云："师姓王，讳贞焘（即王焘贞），号昙阳子，太仓人，父礼部侍郎锡爵，母朱淑人，梦月坠床，孕及产师，女也。母偶立而产，不觉亦不血，时为嘉靖三十七年戊午十一月二十一日。至万历八年庚辰之重九而师道成，立以化，红光亘天，趋而仰者约满十万众。"

这两段记述，一个描绘了昙阳大师仙去时执剑挥麈、端立而瞑的清姿，和长虹亘天、蝶羽栩栩的异象；一个渲染了昙阳子出生时梦月坠床、无血而诞的神奇，和红光亘天、万众观瞻的盛况。"传中事奇甚，其不当疑，亦明白甚，独昧而当质者有如此，补一语于末简，与众共之"，徐渭还特别强调事出于实，不容辩驳质疑。这是晚明文人集体演奏的宗教安魂曲？还是社会热点发酵引起的狂想情感征候？倒是屠隆留下组诗《恭送昙阳大师六首》："列坐扶桑大帝前，六铢五色照琼田。直凌海面行空去，飒飒天风散紫烟。西池南岳坐相邀，仿佛烟中白玉桥。手炙鹅笙踏云路，灵音一半入琼箫。王母行宫列宿分，九微灯艳紫元君。玉楼金阙非人世，空水茫茫载白云。家乡原在妙高峰，青桂红兰宛旧容。童子笑迎猿鹤舞，洞门亲启白云封。西天西去指恒沙，东海东头枣似瓜。斜日乍明秋潦尽，万人相送踏层霞。山驾严装羽队分，敕书先下玉晨君。明知不比人间别，亦自含凄望碧云。”这组诗在描摹昙阳子仙化神境的同时，用家乡原在、旧容宛然，“空水茫茫载白云”“亦自含凄望碧云”暗示了万人相送的盛大场面下，一个弱女子此行的孑然孤独，与诀别人间的悲凉与哀绝。

话说回来，这个轰动当时文坛的王焘贞求仙入幻事件，作为当代题材对汤显祖的冲击、对《牡丹亭》创作产生的影响，或许如惊雷炸响，将那些留在记忆里的小说素材、戏曲故事激活了。那么，汤显祖如何看待这场闺阁女性为求得立身自由而自由之身沦陷的时事热点？亦如文人推波助澜而渲染这奇人奇事，还是回到当代记事的原点，借由“至情”的思考而展开一场追问知识人的精神祛魅和招魂运动？《牡丹亭》的那么多版本、评本与改本、续本里，或许藏着那个时代文人的另一部心灵史？

还是让我们回到文本，看看汤显祖怎样绾合这三种戏剧情境吧。

《牡丹亭》中，杜丽娘身处的人世真境，始于幽寂的闺院书房，从“训女”“延师”“闺塾”到“游园”，从实在的生活空间到内隐的情思意绪，都是一个次第打开的过程。《闺塾》一出，围绕入塾时间的迟早问题，以塾师督促丽娘勤读开篇。“黄堂父母，倚娇痴惯习如愚”，按照父母的意愿，杜丽娘应该被培养成知书识礼的闺阁淑女，他日相嫁，不枉谈吐，父母生辉。当塾师以《关雎》解经、以理格情时，丽娘却从这首古老情歌中品出了弦外之音。可以说，《关雎》清新明快的求偶情调，启发了这个情窦初开的天真少女，让她伴着惊喜与惶惑的自我意识被唤醒了。

春香在声声卖花的叫唱中忙里偷闲，领了出恭牌去后花园耍了一回，回来后兴致勃勃地称赞花园的美景。丽娘一边在训斥春香，一边却话头一转，赔着笑脸向春香打听起了花园的去处。当春香指给她看时，丽娘却漫不经心地随口问了一句“可有什么景致”。当春香提到“亭台六七座”，绕着流觞曲水时，丽娘竟脱口而出“原来有这等一个所在!”丽娘终日行闺阁，竟然不知自家后花园有如此美景，一种意外的惊喜和恼人的遗憾，直接暗示了游园的心理动机。可是，丽娘接着却说了一句不着头脑的话“且回衙去吧”，真传“七情生动之微”。是《关雎》的启发和后花园的发现，促成了丽娘迈出深闺，第一次向后花园走去。

《牡丹亭》第十出写游园，用了十二支曲子，来表现杜丽娘的日常生活。

[绕池游]〔旦上〕梦回莺啭，乱煞年光遍，人立小庭深院。〔贴〕炷尽沉烟，抛残绣线，恁今春关情似去年？[乌夜啼]〔旦〕晓来望断梅关，宿妆残。〔贴〕你侧着宜春髻子恰凭阑。〔旦〕剪不断，理还乱，闷无端。〔贴〕已分付催花莺燕借春看。〔旦〕春香，可曾叫人扫除花径？〔贴〕分付了。〔旦〕取镜台衣服来。〔贴取镜台衣服上〕云髻罢梳还对镜，罗衣欲换更添香。镜台衣服在此。

此曲作为引子开篇，以梦逗起，刻画丽娘恍惚迷离的感情状态。莺燕的啼啭，猛然间将日日独居小庭深院的丽娘唤醒。看到遍地缭乱的春光，她突然产生恍若隔世的感觉。小庭深院这一古代闺阁女子典型的生活空间，视觉上给人以突兀、狭小、幽闭的印象，而徘徊其间的丽娘身心之拘促、紧张、压抑也随即传示出来。经夜的沉香已经燃尽，只有淡淡的香云烟霭弥漫、氤氲在空气中。伴着“庭院深深深几许”的幽深帐间，从侍女春香的眼光看去，丽娘“抛残绣线”的举动是下意识的，宿妆已乱、残绒未理、春光满眼、思绪满怀，恰恰透露了丽娘内心深沉无奈、孤寂无聊的情绪。莺燕频飞、百花绽放的三春景致，召唤着丽娘。游园本是“漾春愁”，却春愁难遣，剪不断，理还乱。正如《三妇合评牡丹亭本》评点所说，这“绝妙小窗情景”已透露出微妙的讯息——心中先自有丝，“年来事事皆无绪，愁见游空百丈丝”。“可曾叫人扫除花径”的疑问，暗示着一个属意于今日清晓宜人的春光，一个叹息着昨夜狼藉满地的落红。一个心情急切地催促赏春，一个心绪不宁已在伤春。可见丽娘的思绪已经飞到春归无处了。春色还未怡人，却已恼人，日日思春不见春，及至春花落去太匆匆。“游园”一出，先设情景是如烟似梦的闺阁生活，孤寂凝滞，深邃幽眇。接着延伸镜像移步换形，从闺房，到庭院，再到可以眺望的远处的梅岭春景，物理空间向外、向远处伸展，心理空间由实感向虚境转递，“关情”这下意识的举动，牵起青春抛掷的一缕幽怨，年光乱煞，伊人独立，内心情感包蕴与动荡的那一顷刻，直接引出了晴丝摇漾。

[步步娇]〔旦〕袅晴丝，吹来闲庭院，摇漾春如线。停半晌，整花钿，没揣菱花，偷人半面，迤逗的彩云偏。〔行介〕步香闺怎便把全身现!

此曲以清新缅邈的仙吕调出之。“袅晴丝”，暗用双关和谐音，将“晴丝”即春天晴朗的日子里飘浮在空中的游丝，比拟为少女怀春的“情思”。叶梦得有《虞美人》词曰：“落花已作风前舞，又送黄昏雨。晓来庭院半残红。惟有游丝千丈袅晴空。

殷勤花下同携手，更尽杯中酒。美人不用敛蛾眉。我亦多情无奈酒阑时。”看来此曲用典是从“惟有游丝千丈袅晴空”这里来的。一个“袅”字、一个“丝”字，真切传达了春情摇漾无凭、飘忽无端的情状，如“风乍起，吹皱一池春水”。晴朗的春天半空中袅袅飘浮的游丝，被一阵清风吹送进沉静枯寂的庭院中，好似思春情怀，摇漾无凭、飘忽无端。唐寅《怅怅词》曰：“怅怅莫怪少年时，百丈游丝易惹牵”，《红楼梦》中林黛玉的《葬花词》亦有“游丝软系飘香榭，落絮轻沾扑绣帘”之句，出神忘形的丽娘“情思飞纵弥天壤”，竟不知身在何处了。春情迷乱的丽娘，好一阵才回过神来，意识到该整理装束了。不意菱花镜里，竟偷偷地映照出了半边倩影。对镜试妆，那钗头颤袅的发髻原来是这样好看，娇羞之中似乎摇摇欲坠。即便在小小香闺，丽娘也娇羞自敛若此。然而，菱花镜里的神来之笔，开启了惊心动魄的内心之旅。

惯习如愚的闺院生活，残蚀着她的青春。铜镜，对于闺阁女子来说，是再普通不过的随身物件。在这咫尺闺房中，日日梳妆用的镜子，对于丽娘来说却形同虚设，熟视无睹，只照其形，不显其神。游园此际，汤显祖却把它写活了。小小铜镜，传神阿堵，竟偷偷摄去了丽娘的半边倩影，照出了十六年来生活常态之外的一种变态。我们看到了坐在几案边梳妆的丽娘，而丽娘遇见了镜子里的另一个自己，丽娘还从镜子深处，也就是身后春香手里举起来帮她理花钿而反照回来的镜子里，看到了第三个自己那袅娜的背影。金圣叹《读第六才子书西厢记法》有“文章最妙，是先觑定阿堵一处，已却于阿堵一处之四面，将笔来左盘右旋，右盘左旋，再不放脱”之语。镜子，形成了多重的看与被看的关系。丽娘与镜中的那个自我对视、质询，对镜子深处那个自己的背影端详、打望，三个杜丽娘次第推移，渐渐叠合为一个“化身”，唤醒了丽娘对于生命、对于美的原初记忆。谁说女性不可以孤芳自赏，谁说女性不可以自我陶醉？袁宏道有诗《江南子》，其一曰：“鹦鹉梦残晓鸦起，女眼如秋面似水。皓腕生生白藕长，回身自约青鸾尾。不道别人看断肠，镜前每自销魂死。锦衣白马阿谁哥，郎不如卿奈妾何。”这个不满丈夫对自己轻慢的女子，想象着锦衣白马哥的温情时，对镜自识，几番镜里销魂死，感叹着自己美到极致的瞬间。就好比废名《妆台》诗说：“因为梦里梦见我是个镜子，沉到海里他将也是个镜子，一位女郎拾去，她将放上她的妆台，因为此地是妆台，不可有悲哀。”

当侍女春香夸赞她穿戴打扮得好看时，她不假思索地唱到：“［醉扶归］〔旦〕你道翠生生出落的裙衫儿茜，艳晶晶花簪八宝填，可知我常一生儿爱好是天然。恰三春好处无人见，不提防沉鱼落雁鸟惊喧，则怕的羞花闭月花愁颤。”道出了自己最直觉的想法——对本色、自由、天性、自然生活的渴望。正如花见之而含羞、月见之而蔽云，如此天生丽质却被埋没深闺，十六年日渐枯萎的生活，谁还她年轻的心、自由的女儿身？她陷于心灵的困惑，来自异己的环境造成的生存困境；一朵蜷缩在森罗大殿台阶下的娇弱小花，倔强地向上努力地张望着属于自己的那一方天空。“〔贴〕早茶时了，请行。〔行介〕你看，画廊金粉半零星，池馆苍苔一片青。踏草怕泥新绣袜，惜花疼煞小金铃。〔旦〕不到园林，怎知春色如许。”说是游园，盘桓了如许光景，仍未成行。于是，在春香的又一次催促下，丽娘终于迈出了深闺。游园，像隐于幽邃空间里的庄重仪式，需要克服禁忌，跨越戒律，才能走到春光里。九曲长廊上原来富丽堂皇的雕饰都已斑驳脱落，亭台池阁间，苍苔遍地，野草丛生。在这样苔深草长、凋敝破败的小径上，丽娘却看到了“如许的春色”。春光乍泄带来了惊诧与震慑，然而，丽娘眼中的花园终究是不一样的：

[皂罗袍] 原来姹紫嫣红开遍，似这般都付与断井颓垣。良辰美景奈何天，赏心乐事谁家院！恁般景致，我老爷和奶奶再不提起。〔合〕朝飞暮卷，云霞翠轩，雨丝风片，烟波画船——锦屏人忒看的这韶光贱！〔贴〕是花都放了，那牡丹还早。

第一次领略到的花园之美，与闺房的幽邃、覆盖、遮蔽空间相对应，是一个开阔、敞亮、明媚的所在。原来百花盛开、娇艳欲滴、美妙无比的春光，竟会被安排在一围断垣残壁之中。春光明媚，景色宜人，而生活却如此愁闷无聊、悲苦无奈。游园本是令人赏心悦目、心旷神怡的乐事，但此花自开，此园自败，春光零落，无人打理，还像什么花园呢？丽娘游园的过程，突出了“小庭深院”“断井颓垣”的空间感。空间形象的突兀反差，造成一种感觉的空白和心理的落差，忽喜忽愁，忽惊忽叹。热烈与颓靡、喧哗与悸动、欢欣与凭吊的复杂情感一时涌上心头。在杜丽娘的眼里，琳琅满目的花园，同时又是触目惊心的废墟。

为什么良辰美景对着奈何天？这“奈何天”指的是什么呢？是呼告不从人愿的老天爷吗？其实可以对照着看一看，宋代晏几道《鹧鸪天》有“欢尽夜，别经年，别多欢少奈何天”之句，指的是离愁别恨萦怀、没有欢乐幸福的日子。李玉《占花魁》传奇之《探芳》一出曰：“短长痴梦苦缠绵，都挨遍，寂寞奈何天。”说的是剧中男主人公秦重因思念花魁娘子而神思恍惚、寝食难安的苦闷生活。蒲松龄《聊斋志异》之《宦娘》［惜余春］词云：“自别离，只在奈何天里，度将昏晓。”感慨的是新愁旧恨剪刈不断的日子。曹雪芹《红楼梦》第五回引子唱道：“趁着这奈何天、伤怀日、寂寥时，试遣愚衷。因此上，演出这怀金悼玉的红楼梦。”这里“奈何天、伤怀日、寂寥时”三个短语并用，抒发了作者在情怀惨淡、空虚寥落、悲伤至极的时日里，呕心沥血创作《红楼梦》的衷曲。所以，良辰美景是春天的花园，奈何天是丽娘面对的情怀惨淡、空虚悲伤至极的时日，赏心乐事是游园赏春，这欣喜与哀愁、虔敬与怨叹交织的复杂心情，导引着丽娘的灵魂获得了片刻的解脱与舒展。摆脱了闺禁的腐气，呼吸着春天的阳光雨露，她感受到了大自然的无限生机给她的生命带来的活力。她甚至瞩望着“画栋朝飞南浦云，珠帘暮卷西山雨”（王勃《滕王阁诗》）的缥缈美景，想象自己身轻如燕，在云蒸霞蔚里惬意轻盈，在烟波画舫上浸润着“雨丝风片”。此情此景，如果说元微之《景申秋》诗“雨柳枝枝弱，风光片片斜”描绘过，还不如说王渔洋《秦淮杂诗》“十里雨丝风片里，浓春烟景似残秋”更契合丽娘的心绪。这被林黛玉称为“余香满口”、字字珠玑的曲子，传达了丽娘深刻的生命痛楚：花与园如此不协调，春光作践，生命空乏。传统太强大了，从来没有为试图前行的人们提供一个精神的出口。当她从徒然的幻想中跌落现实，发现锦屏人难得领赏春天的真谛，春光作践，青春抛掷，她突然意识到固有的生活秩序像一团浓重的阴霾裹胁着她，她感到生命即将被吞噬、被毁灭的危机。

[好姐姐]〔旦〕遍青山啼红了杜鹃，荼蘼外烟丝醉软。春香呵，牡丹虽好，他春归怎占的先！〔贴〕成对儿

莺燕呵，闲凝眄，生生燕语明如翦，呖呖莺歌溜的圆。〔旦〕去罢。〔贴〕这园子委是观之不足也。〔旦〕提他怎的！〔行介〕［隔尾］观之不足由他缱，便赏遍了十二亭台是枉然。到不如兴尽回家闲过遣。

游园赏春未尽，花事已经阑珊，春光易逝如飞，春水流走如驰，等到青山处处杜鹃啼血、荼蘼枝叶花架蔓延时，那令人陶醉的春光，又该是怎样一种景致呢？从时序上说，牡丹、杜鹃、蔷薇，都是在万紫千红之春过了后，作为殿后尘而开放的。“牡丹虽好，他春归怎占的先”？与花中之艳杜鹃、花中之茂蔷薇相比，花中之王牡丹虽为国色天香，但在绿暗红稀、群芳潋滟之后，却也只能趋步春天的尾尘。当丽娘听到了明快如剪的生生燕语，婉转圆润的呖呖莺歌，这种听觉的刺激，更增添了她孤独伫立于春光之外的黯然神伤和抑郁酸楚。生命无所附丽，青春无人能赏，爱无所交托，关于生命、关于爱的徒然渴望，被一点一点耗尽。春香游兴正浓，丽娘却已是春色伤人、意兴寥落、顾影自叹了。

游园回来，丽娘身心疲惫、意绪纷乱，禁不住低首沉吟：“春色恼人，信有之乎？常观诗词乐府，古之女子，因春感情，遇秋成恨，诚不谬矣。吾今年已二八，未逢折桂之夫，忽慕春情，怎得蟾宫之客？……吾生于宦族，长在名门，年已及笄，不得早成佳配，诚为虚度青春，光阴如过隙耳。可惜妾身颜色如花，岂料命如一叶乎！”在现实世界，丽娘找不到一个怜香惜玉的多情才子缔结良缘。

《牡丹亭》中杜丽娘的梦中幻境，是在游园归来绣房小憩中呈现的。

“爱之神惊梦”让丽娘见到了手持柳枝、风华正茂的多情才子柳梦梅，并与他相会于牡丹亭畔、梅花树下，两情缱绻，恩爱缠绵。也就是说，情窦初开的丽娘在一帘春梦中，获得了天然合理的情欲释放。因情成梦，因梦成痴，因痴成真，作者将这种痴爱真情上升到“至情”的高度，不但让少女大胆入梦求爱，而且让花神——这个爱的天使护佑着这一对有情人自成眷属。比之于李渔《十二楼》的《合影楼》里的故事——两家关系不睦的一对青年男女，因合影楼的止水倒影相识相恋，以流水荷叶传书递简，成就一段“影儿里情郎”的姻缘，柳梦梅是杜丽娘的真情挚爱生生呼唤出来的。比之于合影楼，《牡丹亭》的花园是杜丽娘一个人的花园。杜丽娘的花园，不是那才子佳人的后花园，以诗帕琴笺表达浪漫狂癫之地；不是落魄文人灵魂出窍，以考验、误会、冲突求得情感补偿之地。杜丽娘的花园，是她偶一涉足、休憩游玩之地，也是她自我觉醒、爱情萌发之地，更是她灵魂飞翔、超越生死之地。杜丽娘的花园，是凰求凤的颠倒，不借助外力，不经历磋磨，一经邂逅，一见钟情，人鬼相恋，生死相许。

说到底，梦中幻境的两情相悦，是丽娘受压抑的欲望本体，获得的一种超验的梦与神交的情感自慰。这种梦呓式的自慰，并不能从根本上改变她的生活。《寻梦》就开启了杜丽娘的第二次游园。在《寻梦》一出里，丽娘自言“梦无彩凤双飞翼，心有灵犀一点通”，为情梦迤逗，心思缭乱，一地里寻将来，见残红飘摇、荼蘼招引，遂有“这般花花草草由人恋，生生死死随人愿”的痴心哀怨，遂有“从此时时春梦里，一生遣恨系心肠”的沉迷无悔，遂有恨无花笺的深深遗憾、折柳问天的怅怅遗言。

湖山石边、牡丹亭畔，芍药、垂杨、梅树、梅子累累可爱。丽娘来到百转千回中曾经游历的花园，痴心想望再次入梦。然而，现实花园的颓败与凄凉，却全无梦中花园的生气与活力。被锁闭的灵魂所能抵达的现实的最远处——是寻梦寻不到的被圈禁的花园。台湾张淑香曾经说过：“杜丽娘的花园寻梦之旅，对她幽闭的生命，是一个负载过度的极端经验，同时也带来的释放和窒息。”园林春色，成为生命最绚烂的意象，但发现春天之时，即是春天转瞬即逝之刻。进入春天，就意味着进入了孤独，丽娘再也无法回归现实。旧地重游，她宁愿选择停留在春天，哪怕生命被撕裂。《写真》一出，丽娘在憔悴不堪、奄奄一息之时，心存想念，扶病就案，素描细画，留下了自己的写真小像，期望自己的青春妖娆日后有人能赏，更期待情根不灭、一灵神往，他年再续幽梦欢情。《写真》一出“近睹分明似俨然，远观自在若飞仙。他年得傍蟾宫客，不在梅边在柳边”的题词，被《才子牡丹亭》评为“子规夜半犹啼血，不信春风唤不回”。至情从内心生发出来，杜丽娘的本能，只选择自己相信的部分来塑造自我，哪怕毁灭旧我、向死而生。

《牡丹亭》中杜丽娘经历的冥界幽境，是从离魂之后开始的。

杜丽娘不是死于爱情的被破坏，而是死于对爱的徒然的渴望。因情成梦、因梦而殉后，那一灵不灭的至情，并没有伴随生命旅程结束而枯竭，《冥判》《魂游》《幽媾》《冥誓》等出，再次掀起至情的惊天地泣鬼神的鬼之灵追梦的波澜。丽娘到了阴司做了三年女监，才获审发落。丽娘诉说自己一梦而亡的经历，经过花神的恳求，胡判官查得杜、柳二人有宿缘，放其魂魄出地府枉死城。丽娘一灵咬住，至情不忘，把幽冥作情海，精魂随风游荡，四处寻找梦中人。而丽娘死后，游学才子柳梦梅因途中生病，寄居梅花观，拾得丽娘小像，觉其艳丽殊异，似曾相识，忆起自己昔日曾于梦中相会此人，于是于画上和诗一首，终日揣摩把玩，供奉，拜叫。柳梦梅发现春容，拾画叫画，心同此梦，题画唱和：“丹青妙处却天然，不是天仙即地仙。欲傍蟾宫人近远，恰些春在柳梅边”，有情人点亮了这夭逝的荒凉世界。一天夜里，丽娘终于于溟漠浩瀚中识得柳生行迹，翩然而至，她成了柳梦梅“画儿中爱宠”，他成了杜丽娘“影儿里情郎”。二人吐露心迹，丽娘告诉柳生复生的方法。柳生开棺祈祷，丽娘终于复活。

人鬼相恋，还魂回生，“但是相思莫相负，牡丹亭上三生路”，是由杜丽娘的自我发现与自我拯救之旅完成的。她做鬼而不顾地府森严，据理力争。胡判官竟也发恻隐之心，鬼气袭人的阴间竟然也有活气逼人的温情。在阴阳相隔中，丽娘始终相信梦里的意中人是现实存在的、只是暂时还没有找到的理想的爱人。在人鬼相恋中，她坦言对柳生的爱慕与追求，极人情恩爱之欢，并发下誓愿——生同室，死同穴。更其可贵的是，她不满足于阴阳相隔的处境，并积极地寻找还魂的出路，是至情的提携，让丽娘重新恢复了人的本真。也就是说，死亡，在杜丽娘，不是情海无边、回头是岸的解脱，而是更深的一种爱的召唤、情的沉迷。死亡对丽娘来说，是一种涅槃，把她由阴郁压抑的人世带入了另一片空明澄澈的异域。单相思终于演为刻骨铭心的互爱真情，丽娘更因为至情的巨大力量而重返人间。

《牡丹亭》中，杜丽娘的人世真境是由情理之外的还魂团圆接续绾合的。

在《回生》《婚走》《圆驾》等出目里，幽森的棺椁、幽静的梅花观和幽暗昏昧的朝堂形成了反衬和对比。丽娘复活后，和柳梦梅自媒自婚，相携出走，逃到临安。时杜宝镇于淮安，丽娘一日与母亲不期而遇，母女相认，遂让柳生往见自己的双亲。《婚走》一出：柳生喊“丽娘妻”，她竟然含羞不答。柳生因丽娘回生之喜要行婚配之仪时，丽娘却说：“秀才可记的古书云，必待父母之命，媒妁之言。”柳生说：“日前虽不是钻穴相窥，早则钻坟而入了。小姐今日又会起书来。”丽娘说：“秀才，比前不同。前夕鬼也，今日人也。鬼可虚情，人须实礼。”重返人间，并不是道德的无形枷锁又重新罩住了丽娘，而是丽娘期望自己的姻缘能够获得现世伦理的认可。

此后的御旨批断、大团圆等，似乎都落入俗套。那么，《牡丹亭》的后半部分真是糟粕太多、价值不大吗？实际上，《圆驾》一出，御旨批断已失去了权威，翁婿并未相认，丽娘也没有同父母团圆。传奇的结尾仍是一个不明不白的悬案。而丽娘在回生之后，面对皇帝逼问“不待父母之命、媒妁之言，则国人父母皆贱之。杜丽娘自媒自婚，有何主见”，却自豪而带有几分挖苦地说：“真乃是无媒而嫁。保亲的是母丧门，送亲的是女夜叉。”明言在阴间成亲，有地府凶神为媒。这种危言犯君的做派，已是另一个杜丽娘了。当皇帝责问柳生为何“这等胡为”时，柳生也理直气壮地说：“这是阴阳配合正理。”经历了出生入死的杜、柳二人，公开辩白自媒自婚的合理性，努力为这种个人要求争取合法的权利和社会认同，或许这说明汤显祖期望杜丽娘的至情在现世的完满达成一种普遍的社会理想吧。一种艺术超越现实之处，正在于它可以通过自身的力量传递传统的规则，同时也能通过自身缺失的部分预言未来世界的精神现象。

从《诗经》以来，中国文学的经典作品原本自有女性浪漫爱情的位置。但后来却常常被政治话语附会，成为道德教化的警诫。女性谈情即淫，万恶淫为首。女人有情欲，就是一种危险和罪恶。但是汤显祖却不但肯定了杜丽娘情欲的合理性，而且将它升华为一种至情哲学——因情成梦，因梦成戏。《牡丹亭》题词："天下女子有情，宁有如杜丽娘者乎？梦其人即病，病即弥连，至手画形容传于世而后死。死三年矣，复能溟莫中求得其所梦者而生。如丽娘者，乃可谓之有情人耳。情不知所起，一往而深，生者可以死，死可以生。生而不可与死，死而不可复生者，皆非情之至也。梦中之情，何必非真？天下岂少梦中之人耶？必因荐枕而成亲，待挂冠而为密者，皆形骸之论也。……嗟夫！人世之事非人世所可尽。"梦中幻境、冥界幽境，一个梦与神交，一个人鬼相恋，摆脱了人世真境的压抑和束缚，成就了一段惊天地、泣鬼神的至情佳话，也塑造了一位具有爱自然、爱自由、爱生命的天然个性的杜丽娘，倡扬了她一往情深、生死无妨的至情追求。她的至情超越三界，跨越生死、阴阳、人鬼的界限，并突破了人世间一切扼杀它的障碍和束缚，她的至情是超验的、理念化的，与“天理”合一的人性理想境界。汤显祖还说：“世之有有情之天下，有有法之天下……今天下，大致灭才情而存礼法。”汤显祖反对灭才情而存礼法的现存无情的世界，通过梦中幻境、冥界幽境，创造一种“有情之天下”。汤显祖第一次将人性的本体欲望作为一种合理合法的存在，提升到了令人必须正视、使人倍加崇尚、让人生死追求的高度，呼唤并践行“为情作使，劬于伎剧”。

据说《牡丹亭》一出，“几令西厢减价”，许多闺阁女子为之一掬同情之泪。从明至清，金凤钿、冯小青、商小玲、俞二娘、叶小鸾、黄淑素、陈同、谈则、钱宜、林以宁、冯娴、李淑、顾姒、浦映绿、程琼、吴规臣、吴兰徵、王筠、张襄、吴藻、姜映清……读过《牡丹亭》、演过《牡丹亭》、评过《牡丹亭》的女子可以列出长长的一个名单，形成了《牡丹亭》传播接受史上的一大奇观。为之嗜读成痴、为之制花笺、为之做绣样、为之摹画本者，如苏州女子金凤钿，读《牡丹亭》成癖，至朝夕把卷，吟玩不辍。死前还为丽娘守墓月余，死后竟用《牡丹亭》殉葬。为之泪、为之死者如冯小青，“冷雨幽窗不可听，挑灯闲看《牡丹亭》。人间亦有痴如我，岂独伤心是小青”。为之忘我扮演、为之伤情哭亡者如杭州女伶商小玲，擅演《牡丹亭》之《寻梦》《闹觞》两出，每演至此，缠绵凄婉，泪痕盈月。一日唱

“待打并香魂一片，阴雨梅天，守的个梅根相见”，遂堕地气绝。为之做序跋、为之留疏注者有冯小青、俞二娘、林以宁等。娄江女子俞二娘，酷嗜《牡丹亭》，有诗云：“画烛摇金阁，真珠泣绣窗。如何伤此曲，偏只在娄江。”终因读《牡丹亭》感怀身世，伤心过度，肠断而亡。还有为之品评、为之批点者，如程琼写《批才子牡丹亭序》，吴吴山三妇陈同、谈则、钱宜合评《牡丹亭》。还有为之作诗、引入己作者如《海山尘天影》之婉香双环、《红楼梦》之林黛玉，为之成诗集、为之入传奇者如叶小鸾作《返生香》、吴兰徵作《绛蘅秋》。

如顾姒《还魂记跋》所说“闺阁中多有解人”，那个时代，不独贵族名媛、闺阁女子喜欢《牡丹亭》，珍爱杜丽娘，还有父亲会授予女儿《牡丹亭》，母亲会觅购《牡丹亭》，丈夫会推荐《牡丹亭》，姊妹、闺蜜会传借《牡丹亭》，优伶艺人会排演《牡丹亭》。阅读、欣赏《牡丹亭》成为那个时代女性生活的一种风尚，也成为知识女性具有文化修养和艺术品位的一种身份体现。她们对杜丽娘有一份一见如故、难以割舍的情愫。因为她们在《牡丹亭》的“如花美眷、似水流年”里，品味到世间难得的那一份至真至纯的爱。这份爱满足了青春少女的爱情梦，弥补了她们在漫漫长夜里无望焦灼的生命期待中的爱意难寻、姻缘不谐。《牡丹亭》成为她们抵抗苦难的希望所在和憧憬幸福的精神寄托。

二十、原乡无梦南柯成

常羡人间琢玉郎，天应乞与点酥娘。尽道清歌传皓齿，风起，雪飞炎海变清凉。　万里归来颜愈少，微笑，笑时犹带岭梅香。试问岭南应不好，却道：此心安处是吾乡。

——苏轼《定风波》

《南柯记》作为汤显祖“临川四梦”之终篇的意义何在？除了对世事的感叹与对人生的感悟，如何理解作者《题词》之“梦了为觉，情了为佛”？王骥德为何说它“境往神来”？吴梅为何说四梦中“惟此最为高贵”？作为“临川四梦”的终篇，汤显祖如何给示幻设空间？王嘉明本改编昆剧《南柯记》如何回转文本的空间感及其负载的人性真实？其为情说法、立地成佛之真旨究竟如何？诸多问题，值得提问和思考。

先来看汤翁笔下淳于棼的原乡无梦与南柯无归。

《南柯记》演述武官淳于棼醉酒后梦至大槐安国，摇身变为驸马与瑶芳结亲，后宦途通达，戍守南柯，权倾一时，寻欢作乐，遭谗被贬，返乡归国，大梦醒后暴雨洗刷，蚁穴（梦中幻化为大槐安国）乌有，禅师度蚁，顿悟成佛。作为汤翁“临川四梦”之最后一梦，此剧与前三梦最大的不同，在于通过戏剧空间叠层与向度的预设，架空情之虚实，着落自在佛性。

《南柯记》第二出《侠概》［破齐阵］云：“乡心倒挂扬州。四海无家，苍生没眼，拄破了英雄笑口。”为淳于棼的现实世界定下了离散的基调。先君边将投荒，失散多年，是亲族的流散；精通武艺，怀才潦倒，是才华的失落；裨将抛掷，仕途落魄，是功业的无着；弟兄不伴，知交远去，是旧友的飘零。如［急板令］前腔“知交一时散休，到家中急难再游……肠断江南，梦落扬州”所唱，扬州的繁华与兵燹，拉开了渺远的外层空间断折的帷幕；扬州的驻足与凝望、倒挂与梦落，则暗示出切近的内层空间的悬置。淳于棼徒有英雄之志，却与身处的世界离散了情感纽带和精神联系，原乡无梦，四海无家，精神原乡流逝的残酷真相，逼着淳于棼在中观世界中肉身的沦灭。

如何安顿这无在、无往、无住的肉身？就空间的叠层预设看，如果说《邯郸记》是枕上梦，是以中观世界平行移出的“灵魂出窍”，动欲征伐，邀功封赏，来演绎卢生出将入相的黄粱美梦，那一桩强以私休招赘的姻缘事与功名路无甚瓜葛的话，那么《南柯记》则是树下梦，是以和中观世界对位的“肉身出离”，因情入梦，欲去情尽，来书写淳于棼入地生天的大梦圆觉，功名路与情缘事则靡丽攀缠，同归于尽。正如《南柯记》第三出《树国》借蚁王之口，交代“国中有国”，人下有人，淳于棼入幻故事的第一向度，不是“上天”而是入地，未活人间，先历地下，“蝼蚁国”是向下展开的一个微观世界。与夏松、殷柏、周栗堪称比并的大槐安国，俨然是一个时间上接续远古朝代的异邦；长安、吴都、北阙、南柯之所属，前二者集合了地上王城的北国与南朝，后二者则拉开了地下无何有的南方与北方，帝都与南柯幻城在空间上充塞着地上历史的叠层。而第十出《就征》紫衣使者所言“汉朝有个窦广国，他国土广大，也只在窦儿里；又有个孔安国，他国土安顿，也只在孔儿里。怎生槐穴中没有国土？古槐穴，国所居”，则以“窦”“孔”比出“穴”，疏散了蝼蚁世界的缩微攒聚感，强化了槐安国的空间存在感。而淳于棼作为一个被选择的闯入者，参与、见证了南柯——这异邦之中的异地，微观不断膨大、摄入、导引中观的历程。

因为蚁国求异族英俊之士为婿，决定了淳于棼被选择、被赐予的命运。与多情才子难遇佳人的现世磋磨不同，淳于棼与瑶芳公主一见钟情、姻缘美偕；与酣荡不习政务的人间武将颠倒，槐安一梦，他借妻族之势，求官外郡，镇守南柯。淳于棼在长期无守的远郡任职廿年，起废弛之政事，教化德政，挽颓败之风气，克己为民。不仅南柯大治，现国泰民安、一境清明之气象；且檀萝犯边，击退侵兵，守边有功，威震疆宇。然淳于棼的江湖之远，终不免受掣于庙堂之高，其于异邦异地的情遂事顺，均以蝼蚁前导，因公主成事，然助成之际已是无归之时。第三十三出公主一病不起，几度启请回朝，原想于己得以养息，于夫打点根基，却助力难继，视归如赴死，有“俺死为你先驱蝼蚁耳”之憾叹。究其实，南柯乃蝼蚁之远郡，太守乃放逐之去程。瑶台玩月，已见炎凉高寒；檀罗衅起，终须倒枝伐柯。蝼蚁之病起，即淳于之殇始，及至酒汉还朝有封相之荣，艳姬粲诱有狂荡之举，尚不知功高过主，槐王忌惮，部下损兵，右相间沮，“世情不同”，大势已去。槐安大王收清君侧、惩淫纵之网，股肱右相揽进谗、封杀之权，在南柯归不得、蚁国回不来的空间叠层里淳于棼被蛮力驱逐，梦断槐安。

《南柯记》以强烈的空间扭结与反转感，带给我们不一样的戏剧情境。尤其是以淳于棼为主角架构的“地下”内层空间，在背景模糊、见道轮回的第一重空间即淳于棼的现世人间之下，又凌虚架设数重“地外地”。这第二重乃槐树下之蚁穴，蝼蚁巨万，细小微缩。第三重是蚁穴内之蚁国王族，春秋史集结，小重天张大。蚁国之南柯则已入第四重空间，作为蚁族之远郡，南柯不仅是淳于棼因缘历幻的一场大梦，也是整本剧作地下天上反转、幻中设幻扭结的大关目。而南柯的放大，又是通过打开另外的人蚁互为幻影的空间实现的。南柯别郡新筑瑶台，瑶芳僻地消弭凉热。毗邻西道有犯边檀萝，四太子填房欲夺金枝，则已是极幻而幻灭，渐次接近现世的“天外天”。“地外地”里延伸出“天外天”，是一个设幻、示幻、极幻到除幻的循环。这多重套叠、不断缩放的内层空间，又与契玄禅师所在之外层空间——前世无量佛的“上天”，彼此依倚，往复同在，天地齐一，构成了《南柯记》爱与“同情”在、悦心无分别的“空”的空间的隐喻，正是王骥德《曲律·杂论》所称“境往神来，巧凑妙合”，亦刘世珩《南柯记跋》所云“言外示幻，居中点迷，直与大藏宗门相脗合”。[①]

《南柯记》以《禅请》《情著》《转情》《情尽》拾掇情理，缔造出“上天”应世说法的故事向度，与淳于棼的入地历幻相对应，这一空间叠层亦是由上向下展开的。淳于棼游禅智寺，禅机问对，前世佛契玄禅师示现烦恼因果：“如何是根本烦恼?〔净〕秋槐落尽空宫里，凝碧池边奏管弦。〔生〕如何是随缘烦恼?〔净〕双翅一开千万里，止因栖隐恋乔柯。〔生〕如何破除这烦恼?〔净〕惟有梦魂南去日，故乡山水路依稀。”鹦哥“蚁子转身，蚁子转身”的呼唤，叫不醒禅智寺道场的妄起痴情，“女子转身，女子转身”

---

① 蔡毅《中国古典戏曲序跋汇编》（二），齐鲁书社1989年版，第1269页。

遂牵惹出秋槐空宫、凝碧池边的一场钗盒姻缘，发付了南去槐内梦、无归南柯因。及至“寻寤（悟）”，见槐树中蚁穴被暴雨冲走，淳于棼央求禅师度化蝼蚁生天，方知八万四千听经穴下的蝼蚁，乃是禅师化出的生灵。“盒内金钗是槐枝，一点情千场影戏”，都则是起处起，去处去。淳于棼与瑶芳公主再会，已是人神相隔，“忉利天夫妻就是人间，则是空来”，情根断离，入地方能生天。“南枝之上，可宽四丈有余，也像土城一般，上面也有小楼子”，蝼蚁之穴不在不复，自立尚可自安。“〔净〕众生佛无自体，一切相不真实，马蚁儿倒是你善知识。你梦醒迟，断送人生三不归”，随缘见道，成人即佛，契玄禅师度化三生做道场；南柯大治，淳于无归，“求众生身不可得，求天身不可得，便是求佛身也不可得”，善始恶终而原乡永在。南柯一梦始于契玄禅师之度化成佛，而终局却在淳于棼之自在成人，正如汤显祖《南柯梦记题词》自述：“人之视蚁，细碎营营，去不知所为，行不知所往，意之，皆为居食事耳。见其怒而酣斗，岂不吷然而笑曰：‘何为者耶？’天上有人焉，其视下而笑也，亦若是而已矣……客曰：‘所云情摄，微见本传语中；不得有生天成佛之事。’予曰：‘谓蚁不当上天耶？经云：‘天中有两足多足等虫。’世传活万蚁可得及第，何得度多蚁生天而不作佛？梦了为觉，情了为佛。”①

---

① 蔡毅《中国古典戏曲序跋汇编》（二），齐鲁书社1989年版，第1267页。

以梦外拾掇之人视之，佛是世间法，而非出世想；以梦中移情之人视之，三生不可得，成人即佛。淳于芬自在磋磨，立生而不执于生，深情而不病于情，梦了情了，立地成佛。这立地佛，不是生身，不是天身，不是佛身，是自性真身。

再来看王本在舞台上呈现的空间回转与自性证成。

作为“临川四梦”之终篇大梦的《南柯记》，虽经万历刻本、覆刻清晖阁本、崇祯独深居本、清竹林堂刻本等版刻文献全本保存，亦有明清选本如《月露音》《怡春锦》，以及宫廷《穿戴提纲》《内学昆弋戏目档》存录《就征》《玩月》《瑶台》《花报》等析出折目，但相比“四梦”之前二梦的舞台演出，关于《南柯记》的演出资料却不多，全本演出尚难见记载。一般看来，《南柯记》在版刻与选本中的存录面貌，呈现出被过滤的痕迹和案头化倾向，如臧改本和冯改本訾议“临川四梦”音律不谐，或许影响了它的舞台传播；但叶堂《纳书楹四梦全谱自序》却坚持汤本原貌之正，对臧本改编不以为然；而清代亦有《缀白裘》《缀玉轩曲谱》《霓裳新咏谱》等选本播于教坊、流行场上。《南柯记》的场上传播冷寂，原因如果不在音律不谐、文辞雅驯等演唱形式本身，那么，钱希言《今夕篇》诗及小序与祁彪佳《归南快录》邀诸友观《南柯记》等观剧记录提供的文人借戏自遣、嚼味哲思佛性的接受界域，是不是可以说明作者的主观命意设定不适合大众化传播？还是在某一层面我们误解了汤翁《南柯记》的本旨表达？这是我一直以来读剧的困惑。王嘉明导演新版昆剧《南柯记》对戏剧舞台的空间演绎以及角色考量，让我对此剧有了不一样的理解。

“活明皇”蔡正仁、“昆曲皇后”张继青任艺术总监与顾问，王嘉明导演，施夏明、单雯担纲主演，江苏省演艺集团昆剧院倾力打造的新版昆剧《南柯梦》，计上下两本二十出戏。上本为《序曲》《禅请》《树国》《侠概》《情著》《入梦》《伏戎》《玩月》《花报》《瑶台》；下本为《序曲》《击帅》《弄权》《召还》《芳陨》《蝶戏》《疑惧》《遣生》《寻悟》《情尽》。在依从原著主干结构、删而不改原作曲词的基础上，以落魄武官淳于棼的醉入梦境、谐情遂欲、远宦历险，营造了层层叠叠的空间里梦与戏的纠缠；不仅接续了昆曲演出史上“临川四梦”百年空缺的历史链条，而且以角色张大与空间回转对《南柯记》做了“还原”式的舞台全本呈现。

新版昆剧《南柯梦》的上本，自《禅请》始，以契玄禅师追叙五百年前燃灯注油入蚁穴，坏了八万四千生灵，代入戏剧情境的第一重空间——虫业将近，前世佛扬州入定了障。《树国》一出接叙国中有国、人下有人的树下蚁国——大槐安国主千岁饮宴、请人择婿。接着《侠概》至《情著》，以七月十五中元节盂兰会为契机，不仅将契玄临照扬州孝感寺讲经的上层空间，与聘媒而来的琼英公主所示现的蚁国女儿之下层空间，与失意醉酒、烦恼无着的淳于棼“秋槐落尽空宫里，凝碧池边奏管弦”所在的俗世，并置在戏剧舞台上，而且当禅堂上淳于棼与琼芳郡主眉来眼去之际，借“双翅一开千万里，止因栖隐恋乔柯”的禅机问对，导入了“惟有梦魂南去日，故乡山水路依稀”的一场大梦。自《入梦》至《瑶台》五出，是为大梦之“渐入佳境”——入蚁国、招驸马、守南柯、伏檀萝、筑瑶台、庆升平，频示淳于棼次第飞升之福运。然福兮祸之所伏，下本自《击帅》至《遣生》七出，是为大梦之“层层跌破”——瑶芳病养归、夫妻情事冗、妻亡姻缘断、孤栖心意苦、三美设宴诱、右相谗言毁，极现淳于棼“非族异类”之颓势。最后两出，当紫衣使者一头牛儿送还，淳郎大梦醒来，侍儿杯中茶尚温，见槐底大窟，生蝼蚁，拜父母，唤妻子，问因果，全本收于“一点情千场影戏”，一佛圆满，万事无常。

从视觉效果上看，新版昆剧《南柯梦》在调度舞台的预置场景和梦与戏的空间回转上，的确颇具匠心。如淳于棼醉梦入蚁国的过程，有两名使者手持长竹竿牵引游动，这类似幻影的表演，不仅奇妙地实现了进入别有洞天的蚁国场景的虚实转换，而且一步步展演了淳于棼由沉霾黯淡的现实境遇，到被带入扑朔迷离的秘境，疑惧惊喜、焕然透亮的内心风景。而舞台上装置的从天而降的二十根长短不一、前后间隔有层次的木桩，更是将舞台活动起来，或悬空高挂，或升降悬浮，让出入于不同空间区隔里进行表演的角色，或明或暗，或前或后，形成对位和呼应，舞台的整体镜像与木柱间碎片化表演的呈现，切割了观众的视野，为观众提供了可能的、多重的可视点。此外，还有不断变幻的暗示与表达。琼英郡主、上真仙姑和灵芝夫人作为亮点人物的戏份改定与灵芝夫人男旦装扮，青花瓷与山水花鸟映衬的服饰写意，金钗钿盒幻化槐枝槐夹的入幻与出幻，是此剧可以传达的古典诗意的“空灵”复现。云锣音束打击乐器与昆曲曼妙婉转音声对撞形成的入梦与出梦，长杆木柱切割舞台带来的明场与暗场、前幕与后台的层叠镜像，以及游走其间的角色演绎的多重人物位置关系，则得益于导演对莎士比亚剧本的独到理解与中国式转化。“莎剧的流动性很强，空间是未知的，角色不是封闭的，这比较像日常生活，有很多面向”①，莎士比亚剧作的空间关系铺陈得很复杂，在王嘉明看来就像地理学上的地层。正是植入了这种地层同生的意识，使得新版昆剧《南柯梦》在建立幻象和破除幻象之间，造就了南柯故事前世佛、下世蚁与当下人一层层套叠的异质同在空间。

但从舞台演出对文本内层话语“忏情”的阐释看，新版昆剧《南柯梦》在分层区隔的空间里由角色表演带来的情感张力

---

① 陈然《王嘉明　说我实验？我是乱搞吧！》中，谈《理查三世》，《新京报》2015 年 5 月 22 日。

和艺术触感，则更惊心动魄。此剧透过立体呈现的多核梦境与舞台流动空间，揭示淳于棼入梦的心理动机——其实是为了找回自我；但其间的细节处理与欲念表达又非常巧妙。新版昆剧《南柯梦》一方面为了建构进入幻境的通道，淡化了传统士人关注的家国情怀，没有寻找父亲的冲动，没有思念原乡的自觉，割断了淳于棼与现实、与社会的所有联系；另一方面，舞台演绎又不断地在破除幻象，让主人公常常在梦与戏中穿梭，稀释了个体此在的合理性，张大了角色所扮演的淳于棼“人欲”的部分。这“一点情”由琼英公主的回眸闪烁牵起，在柱子上上下下、错落有致的光影中，淳于棼的执念不舍、贪恋心性，影影绰绰抖搂出来；而当三美人设宴求欢一声声逗引之际，伴随着木桩的悬空而下、垂落间阻，男欢女爱的挑逗与遮掩、真假与推让、诱惑与周旋、追逐与躲藏，这“一点情”一层一层地裸露出来。这“一点情”由琼英公主回眸悬起；由三女客猜姻缘、“胖瘦摸”、“好一份赤郎当五寸长牛鼻头”一地逗出；接着瑶芳公主“知为谁缱绻”，请驸马开扇，“槐安国里春生酒，花烛堂中夜合欢”，天就地和；继而檀萝四太子大动干戈、寻欢猎艳，一气难耐；展开戎装剑舞、扎靠对阵，刀光剑影中才子佳人两情缠绵；摇荡绿蚁香浮，恣欢逸乐，香艳旖旎，欲火心魔挡不住。正如王嘉明接受采访时所云：汤显祖“一直打破自己建立的幻觉，不断打断观众看戏的习惯，到了最后升天是他最大的一次叙事翻转，而且他升的是构成剧场中的众生相：生旦净末丑。……因此，容易令我们对于角色个性、戏剧张力、佛法，甚至所谓汤显祖风格的狭隘视野造成误解”[1]。如果理解了导演所说的、一直以来我们对《南柯记》的误解，回过头来再对照吴梅《四梦总跋》所说：“所谓鬼、侠、仙、佛，竟是曲中之意，而非作者寄托之意”[2]，或许可以触及新版昆剧《南柯梦》对原作是一种怎样的“还原”——汤翁的因情成梦，因梦说戏，其实一直是立足于尘世，立足于芸芸众生，立足于常情常欲，在表演在世成人的生活，而不是引导众生出世成佛。而新版昆剧《南柯梦》导演致力于建构的角色关系，也“不是要认同一个英雄，而是透过淳于棼去看到其他人。男主角淳于棼像是串佛珠的线，其他的人物像是佛珠的珠。‘有线无珠’和‘有珠无线’都不是人生，只有将佛珠和线串在一起才是人生”[3]。新版昆剧《南柯梦》借立地成佛的淳于棼道出的“人间君臣眷属，蝼蚁何殊？一切苦乐兴衰，南柯无二”主旨，对原作进行了一种试探性接近和逆推式“还原”。

---

① 玉涵《诸色皆空〈南柯梦〉》，《江南时报》2015 年 3 月 10 日。

② 蔡毅《中国古典戏曲序跋汇编》（二），齐鲁书社 1989 年版，第 1272 页。

③ 刘姝含《冲突矛盾之中的虚幻人生》，《中国艺术报》2015 年 03 月 18 日。

记得沈际飞《题南柯梦》云："夫蚁，时术也，封户也，雉谍具也，甲胄从也，黄黑斗也，君臣列也，此昔人之言，非临川氏之梦也。蚁而馆甥也，谣颂也，碑思也，象警也，佞佛也，此世俗之事，临川氏之说也。临川有慨于不及情之人，而乐说乎至微至细之蚁；又有慨于溺情之人，而托喻乎醉醒醒醉之淳于生。淳于未醒，无情而之有情也；淳于既醒，有情而之无情也。惟情至，可以造立世界；惟情尽，可以不坏虚空。而要非情至之人，未堪语乎情尽也。世人觉中假，故不情；淳于梦中真，故钟情。既觉而犹恋恋因缘，依依眷属，一往信心，了无退转，此立雪断臂上根，决不教眼光落地。即槐国蝼蚁，各有深情，同生忉利，岂偶然哉？彼夫俨然人也，而君父、男女、民物，闲悠悠如梦，不如淳于，并不如蚁矣，并不可归于蝼蚁之乡矣。"① 如此看来，汤翁之本说不及情与溺情，淳于棼所经历的执情、深情、溺情，"一切相不真实"，"堪不破，酣梦一场；堪得破，立地成佛"。"〔净〕你待怎的？〔生〕我待怎的？求众生身不可得，求天身不可得，便是求佛身也不可得，一切皆空了。〔净喝住介〕空个甚么？〔生拍手笑介，合掌立定不语介〕"，以其"断送人生三不归"方能"立地成佛也"；以其情尽方能情至；以其"叶落自归山"，方能自性证成人。如

---

① 蔡毅《中国古典戏曲序跋汇编》（二），齐鲁书社1989年版，第1268—1269页。

果说，《牡丹亭》的因情成梦，因梦而亡，将一个沉重的故事举重若轻地讲出来，那么新版昆剧《南柯梦》则直面人性的庸常与暧昧，把汤翁原本沉重之下本来要表达的轻倩意念复原了。

“纷纷聚观人，谁短更谁长”？读“四梦”之终篇，看新版昆剧《南柯梦》，或许可以用一种“姑妄言之姑妄听之”的游戏心态与非梦视角，来看待这一大篇“新世说”，来理解戾气搅扰的南柯一梦之虚幻性，来体贴淳于棼在众生蝼蚁之外孤独寻梦、爱欲难舍的生命温度与情了悟空、见道度世的永在感？

从汤显祖原作给示的“虚空中一大穴也，倏来而去……因天立地非偶然”[①] 的幻设空间出发，新版昆剧《南柯梦》演述了蚁国之下、瑶台之上的空间回转，在给定的传统中接引并突破了惯性逻辑。淳于棼以鲜亮本色的人生过往，缘欲生情，因情入梦，自我放逐而无往无归；而当入地归乡、迷路知返、彼岸此岸殊途同归之时，淳于棼即蜕去了原乡旧有的芸芸迷思，出离幻域而归真人间，从而立地成人——即人即佛；围绕着淳于棼自在之我的寻绎，自性在委顿与舒展、无住与永在之间的证成，文本完成了一种新的人的还原——为人生天的世间佛。

---

① 蔡毅《中国古典戏曲序跋汇编》（二），齐鲁书社 1989 年版，第 1268 页。

二十一、春波漾影与一笑花舫

巧笑倩兮，美目盼兮，素以为绚兮。

——《论语·八佾》

愿在衣而为领，承华首之余芳；悲罗襟之宵离，怨秋夜之未央！

愿在裳而为带，束窈窕之纤身；嗟温凉之异气，或脱故而服新！

愿在发而为泽，刷玄鬓于颓肩；悲佳人之屡沐，从白水而枯煎！

愿在眉而为黛，随瞻视以闲扬；悲脂粉之尚鲜，或取毁于华妆！

…………

愿在昼而为影，常依形而西东；悲高树之多荫，慨有时而不同！

愿在夜而为烛，照玉容于两楹；悲扶桑之舒光，奄灭景而藏明！

——陶渊明《闲情赋》

芳华未央，裳带纤窈，陶老闲情，如影随形；发泽似水，眉黛远山，渊明奇思，如慕依依；昼影西东，夜烛影明，桃源异境，如诉喁喁。春波摇漾里，怎样的影影闲情可以如此萦心满怀、挥之难去？花舫邂逅间，怎样的一瞥惊鸿可以如此丝丝缕缕、沁人心腑？

《春波影》一剧，写扬州名妓冯小青精通琴棋书画，被杭州富家子弟冯子虚娶为偏房，深受宠爱。因大妇冯二娘忌妒狠毒，小青遂被别置在外宅南楼。上元夜子虚派姑母杨夫人、表妹小六娘陪伴小青观灯，略遣愁绪。后冯二娘设法将小青接到家中，行监坐守，百般间阻。杨夫人同情小青处境，遂说和大妇送小青往冯家孤山别业寄居。此后大妇监管严密，不许冯生擅入，小青在幽闭孤独、凄凉难耐中一病不起，日日读书作画，聊以自慰。一日读《牡丹亭》剧本，深感自己和杜丽娘一样多情薄命，又闻娄江俞二娘读此书一病而亡事，遂请画师描下真容，一恸而逝。大妇将小青诗稿字画焚烧殆尽，冯子虚痛哭呕血。最后小青亡灵为仙尼超升，永驻琼楼。

《春波影》作者徐翙，字士俊，一字三有，号野君，又号紫珍道人，浙江仁和（今杭州）人，生卒年未详，约明末清初在世，家于鄞水，筑雁楼以居，与卓人月交厚。兼通文学音乐绘画，《杭俊诗辑》称其工杂剧，“所撰多至六十余种，佳者欲与王关马郑抗手”，评价颇高，惜多不传，另有诗文《雁楼集》。杂剧今仅见《春波影》《络冰丝》两种。《春波影》全名《小青娘情死春波影》，另有同题材杂剧《情生文》、传奇《疗妒羹》、《风流院》等相类，但私以为以作于天启乙丑年（1625）的《春波影》，为其中传世最早也最好的一种。《远山堂剧品》著录其为“逸品”，今存《盛明杂剧》本，明末《雁楼集》刻本。

小青的故事，有《小青传》见于康熙二十二年（1683）刊刻的《虞初新志》卷一，是明万历（1573—1619）后出现的一篇奇文。作为明代一桩真幻交织的文学奇案的主角，小青的故事发生在杭州，据说小青字玄玄，工诗能曲，耽于吟咏，嫁冯生做妾，为大妇忌妒，含恨而死。她凄婉动人的故事轰动一时，因此继起改编者甚众而广为流传。《春波影》塑造了一个早慧福薄、才情出众、命运凄惨的柔弱女子形象。小青的命运看上去是因为大妇的忌妒不容所致，但本质上却是一夫多妻制的婚姻结构造成的受害者之间的相互摧残所致。

我们先来看第一出以［得胜令］［鸳鸯煞］两曲领起的上元观灯始境：

〔杨〕冯郎为何此时还没有来？小青娘可也候得不耐烦哩！

［得胜令］〔旦〕知他个玩仙灯在那家，敢只是向章台

还走马。夜深沉，风露幽，灯辉映，清辉刮。〔小〕母亲，俺家去也。〔旦指小唱〕你也可思家，稳倩取妆偷卸。〔杨〕我们去罢，冯郎也只在此时便回。〔旦〕冤家恰归来月已斜。

〔小〕小青娘，闻得你长于词句，今夜恁般佳景，不赋彩毫，也是缺典。〔旦〕此时夜阑人倦，那有这样心情，妾有旧稿一编，慢慢奉教。

［鸳鸯煞］那里讨九天咳唾珍珠洒，止不过笔兴儿点染诗中画。闲着这灯下笙歌，月底琵琶。彻曙缠绵，半宵禁架。掩上了楼际窗纱，推出那嫦娥骂。忽忽地剩酒残茶，您可肯趁鸡鸣唤咱同下了榻。①

冯子虚避开大妇，将小青藏在南楼，上元夜怕小青寂寞，派杨夫人和小六娘去为她解闷。朗月高挂明素盘，火树银花不夜天。元宵观灯，是我国民间节日文化的传统。面对灯火灿烂的上元佳会、满街的欢声笑语，小青却倍添抑郁伤怀。那远处炸响的爆竹、醉意阑珊的灯火、庆赏喧哗的笑声、彩锦斑斓的人流，组成了一个遥遥相隔、恍惚如画的世界，但却不属于她。身处锦簇妖娆的夜景，空有娇痴妩媚的笑脸，风景独好，宜赏

① 《盛明杂剧·初集》卷二四，《续修四库全书·集部》1764册，上海古籍出版社2013年版，第5页。

宜画，却如月影水花，白白迤逗起小青满怀苦恨、无限缠绵。节日繁华和内心悲凄在心灵中的强烈撞击，使小青倍感“风前情思乱如麻”的悲苦：如何捕捉自己生命的那一份真实？如何猜度冯生浪游在外的行迹？其实，鼓打三更，请来的客人盘桓之后也要归去，她更担心的不是自己的孤苦处境，而是原来缱绻情深的冯生在情事间阻后的心理状态。如果他又寻花问柳，自己青灯孤影的苦苦煎熬、夜深人静的幽幽期待，还有什么意义呢？即或归来，也是月已斜、更早罢，须知“瘦影自临春水照，卿须怜我我怜卿”，为什么还让我独自厮守残夜垂帘之下？

为了化解小青百结的愁肠，善良的小六娘提议小青赋诗自慰。而小青却意态疲惫地拈出旧章加以应付，她哪有寻章摘句、吟诗作赋的兴致呢？“九天咳唾”有神来之笔的意思，李白有诗“咳唾落九天，随风生珠玉”，此之谓也。“那里讨”，就是将此意全否定抛弃了，可见心灰意冷到了极点。“灯下笙歌，月底琵琶”，本都是足以引发诗兴的景致，却硬是让它们“闲着”。一想到自己一身才艺、满腹诗章，却明珠投暗，无人赏爱，而自己盼望的情郎也始终不曾露面，内心的愁怨简直无法排遣。写诗也不足以解气，她索性掩上纱窗，将不属于自己的欢乐和月色拒于窗外。但纱窗阻隔了欢乐的人海，却仍割不断明媚的月光，这就招惹出小青对月中嫦娥的“骂”：我尽有剩酒残茶，嫦娥啊，你可肯趁五更鸡鸣下来和我同榻？你不必以清辉来关照我，真的同情我，就下来和我做伴吧！呼月的奇思妙想里，包含着多少无奈和悲情！对孤苦无依的小青来说，最后陪伴她的，其实也只剩下这普照大地的月光了。拒不得，推不开，骂不应，呼不来，分明的月光下，隐隐可以听到的，是小青的呜呜咽咽。

我们再来看第三出［醉春风］领起的一套曲子里小青吟唱的衷曲：

［醉春风］单则是山水自多情，盼不上书生真薄幸。墨花笔蕊也，痴心守着个影影。且索向缃帙丛中，牙签轴内，别寻佳境。〔旦倚桌翻书介〕这一卷是《牡丹亭》。咳，杜丽娘煞有情人也。……我道世间只有小青痴得没要紧，还有个杜丽娘早则恁般也。……

［小梁州］情种娄江不忍听，弄得个死死生生。断肠人遇断肠人，按不定泉路一同行。①

小青痴情，却遇上薄幸。日日对着写诗填词的笔墨，仿佛守着不存在的一个人影。“影影”二叠字，下笔何其轻盈？用意何其深重？往日填词骋怀是何等快意？今日写诗竟牵不起兴致，那就不妨读一读传奇。不经意间又翻到了这一卷《牡丹

① 《盛明杂剧·初集》卷二四，《续修四库全书·集部》1764 册，上海古籍出版社 2013 年版，第 13 页。

亭》，杜丽娘可以入梦，可以写真，可以题画，可以离魂。有情人早已打动了小青的心神，不料还有个娄江女俞二娘，携一卷《牡丹亭》痴吟，不忍听，不卒读，弄得生生死死比杜丽娘还凄惨。一个因情入梦，一梦而亡；一个痴想天外，魂随情去；一时又想到一样苦命、一样孱弱的女伴小六娘也一病不起，青春夭逝，身染沉疴的小青更觉生日难挨，去路已近。黄泉路上有几个有情人同行，似乎也算不虚度一生了。小青请来画师，要描真容，净体皈依。画稿已成，小青却要对镜儿比照一下自己写真的妆容。这一稿“觉得形似，却未尽吾神”，小青一而再，再而三要求再画一稿：

[朝天子]〔旦〕欠精。个中妙径，写不出些儿性。千般思省，比拟他厮称。要笔笔同明镜，如见其人，如闻彼声。兀的不低叫也，低低应。〔妪〕画得好耍子哩。〔旦〕虽然戏临。〔妪〕将完了。〔旦〕虽然已成，再看个风态如何衬？

〔旦如前看介〕神是矣，还欠些流动之致。我晓得了。他见我目端手庄，矜持太过，必须再画一幅。不要拘束了眼睛，我自闲耍，你自临摹。〔李〕这还使得。〔又画介〕〔旦作与妪指顾语笑，或扇茶铛，或检书，或自整衣褶，或代调丹碧诸色介〕……

〔李画完〕〔旦如前看了喜介〕如今却好了也，娟娟楚楚，似秋海棠花。①

小青看了第一幅画稿，埋怨画工画得不够精细传神，更没有把自己“千般思省”的性情传示出来。按她想，画里人儿不仅可看可赏，还应该呼之欲出。所以要求画工再画一稿。连老妪都觉得画得很不错了，可惜小青对第二稿仍不满意。端详着画里人儿，觉得有些神气了，但还少了流动意态。对视之际，她仿佛突然明白了画里人儿为何不似真容——原来是画外人儿太拘谨了，所以再请画工画第三稿。这一稿，她对画工作画就有了细节与关窍要求了——眼睛一定要传神，有灵动之气。为了达到这个效果，画外人儿竟然做出了指顾笑语、轻盈扇茶、展页检书、打叠衣褶、弄笔调色等各种姿态，风姿迤逗，含笑敛腕，轻移碎步，温柔软款，臻臻至至，可爱可怜！这哪里是做画稿模样儿，这简直就是绚烂青春的绽放！是小青“娟娟楚楚，似秋海棠花”一样的生命最后的回光返照！即便是这样的时刻，小青仍不忘谢了画工，央求老嬷嬷挂画在榻前，她要奠自己杯酒儿，口中呼喊：“小青，小青，此中岂有汝缘分乎？”

［耍孩儿］你那里秋波滴沥湘波冷。长守着孤帷只影。杯中梨酒莫辞倾，小青儿是你前身，博得个三更枝上留残

① 《盛明杂剧·初集》卷二四，《续修四库全书·集部》1764册，上海古籍出版社2013年版，第17—18页。

照，煞强似二月街头卖早春。春心如哽，卿须怜我，我也怜卿。……

[四煞]〔旦〕死生安足论，衷怀没处陈。浙潮有信人无信。恨的是，豪家公子心肠硬，恨的是，阃内冤仇陷阱深。黄泉近，辜负你陈家老妪，单不见杨氏夫人。……

[三煞] 凭着你寄殷勤、说事因。生前影子珍藏定。（夫人呵，你）朱门重到无人迹，只有那片影桃花倩女魂。情难尽，千愁万怨，短简长吟。……

[二煞]……〔旦〕你道是红颜二八同花俏，却不道，黄叶三秋带雨零。肝肠迸，那里讨千年化鹤，只落得百岁为磷。

[尾声] 相逢只此时，后会全无准。打叠起岭上梅花血浸，喜的是小六娘在泉下等。①

现在，真正是画外人儿面对画里人儿了，双眸盈盈看到的却是秋波滴沥，一样的孤帷只影，倾杯儿互诉衷肠。曾经屈辱风尘，曾经沉吟孤灯，曾经衷情错托，曾经冤仇陷阱——片影桃花倩女魂，卿须怜我我怜卿。小青枯萎的生命，看上去是因为得不到爱，而实际上却是因为她曾经为妓的身份，已不符合

① 《盛明杂剧·初集》卷二四，《续修四库全书·集部》1764 册，上海古籍出版社 2013 年版，第 18—19 页。

那个时代的家庭伦理；她多才多情的个性，更有悖于礼教对女性唯德是举的要求。诀别之际，千愁万怨，小青还不忘捎书拜谢杨夫人看顾，不忘取下花钿赠陈妪女孩儿。命已飘摇，哪里还能顾惜桌上纸包里的诗稿，此去虽杳，却一定要叮嘱把第三图（第三幅画稿）藏好。春心如哽秋雨零，抚几泪潸潸如雨。肝肠迸断一恸别，行行还了此生虚。

小青走了，留给这个世界的是什么呢？冯生寻迹而来，眼睛哭得红肿。二娘撵着脚后跟追来，却把小青诗稿一把火烧毁，理由是怕有嘲讪她的言语；还要追出画的真容，陈妪只好拿第一图应付二娘，亦被付之一炬。冯生呕血不止，小青虽死如生，因为在第四出里，芙蓉城仙尼接引小青列入了天上仙班。这难道就是小青最好的归宿吗？说天上怜才，小青不解，为何才子佳人不得成配？老尼唱："［那吒令］你也思金坚石坚，有几个李家的易安？你也思夫仙妇仙，有几个吴家的彩鸾？你也思双双的美缘，只有个少游的宅眷，那里讨个个价凤鸾俦、世世价鸳鸯伴？不记得骏马驰鞭。"剧末下场诗云："个个风流话小青，孤山亦有牡丹亭。可怜未识生前样，犹喜能传殁后灵。不是芳魂随影散，肯将艳曲带愁听。春风吹出桃花水，肠断殷红化作萍。"这两段唱词，道出了天下女子的美缘无分、鸳鸯无伴、魂影飘散、残梦难完。

比之同样写小青故事的明代其他戏曲作品如《疗妒羹》

《风流院》，《春波影》除了前叙大妇悍妒、冯生懦软，后叙仙尼接引、小青归真，其实在第二出第三出更多描写和关注的是，小青自外于这个世界的内心生活。第二出主要通过杨夫人之口转叙小青尴尬痛苦的人生处境，第三出则以小青自诉与陈妪旁衬切入，集中刻画的是小青临终前，拚却全身气力，与画师计较真容，三易其稿，托比形神，与画中小青交托信赖，相怜相惜，难耐一生拘禁，还我自由天真的心灵诉求。她的写真，是如此地烂漫，是如此地儿女呢喃，是如此地执着，是如此地倩影游弋。小青活在自己的心里，活在她想要成为的那个她自己的画里；活在她自己写的诗里，活在她抚摸过、赏读过的一卷《牡丹亭》里；活在她体贴过、沉浸过，甚至把自己叠入幻境的杜丽娘的梦中；活在为之伤怀过、祭奠过的早夭的娄江女子俞二娘批点牡丹亭的语境里。

卓人月在《小青杂剧序》中将小青与杜丽娘相提并论，说："天下女子饮恨有如小青者乎？小青之死未几，天下无不知有小青者，而见之于声歌，则有徐野君之《春波影》……斯岂非命耶?""论其生前之命，丽娘艰于嫁而小青易，丽娘得所从而小青弗得，丽娘死而复生而小青不复生，其不同则有如此。"的确，从追逐美的理想看，丽娘生时有梦，死而复生，比小青有幸。从求得善的人生看，小青虽然获得了现实的婚姻，但却找不到情感的寄托，以至于郁郁寡欢、怏怏而逝，比丽娘凄惨。虽然此剧最后缀上了一个小青被仙尼超升的结尾，但虚幻的宗教超度引小青去往的，依然是一个在小青看来残缺的世界。可以这样说，丽娘的故事更多昭示着理想的光彩，小青的悲剧则更多映现着现世的苦难。《盛明杂剧》眉批赞誉此曲“不减《会真记》‘斜月晶莹，幽辉半床’”，可谓抓住了此剧表现小青哀绝人生的基调和氛围。卓人月在《盛明杂剧》此剧第三出眉批说：“文章不令人愁，不令人恨，不令人死，非文也。若士（汤显祖之号）之后，幸有野君”，直将作者徐翙视同汤显祖之后为女性写心的伟大作家。祁彪佳《远山堂剧品》甚至说“此等轻逸之笔，落纸当有风雨声。小青得此，足为不死”。

同此一副情肠，成磷成鹤两殊。如果说，《春波影》给人无限伤逝之哀感，那么，《花舫缘》则给人无限生趣之顽艳。

《花舫缘》本事即广为流传的唐伯虎点秋香故事，最早出于《泾林杂记》，后经话本小说《唐解元一笑因缘》敷写流传开来。剧写应天府解元唐伯虎名高被谤，废黜在家，与好友春日游湖，对面花舫一青衣女子姿容秀爽，眉目含情，嫣然一笑转去。伯虎爱不能舍，随至南京，知女郎乃名宦沈公佐家侍女申氏，小字佣来，出身官宦，因家道中落而卖身为婢，但广览书史，颇通文墨。伯虎易名唐畏，卖身沈府为佣奴，伴沈家公子读书。一日于花园偶遇，被公子冲散，佣来认出是金阊吟诗书生，未能叙情而伤感不已。后唐畏逐渐赢得公子信任，并以替公子捉刀应付沈父考试而得到在沈府挑选丫鬟为妻的许诺。唐畏看遍阖府，选中佣来，并通过公子说服沈夫人，趁老爷下乡之际撮合成亲。沈公佐回府见唐解元书信与十余幅字画聘礼，忙打叠妆奁送新妇请罪，一对有情人终于冲破门庭和身份禁锢，聚首舟中。

《花舫缘》作者卓人月（1606—1636），字珂月，号蕊渊，别署江南月中人，浙江仁和（今杭州）人。卓人月与孟称舜、袁于令相善，诗文曲词莫不精工，但家事流离，文场摧羽，不遇于时，崇祯八年（1635）才成为贡生，第二年即去世，其短暂一生尝尽悲苦辛酸，遂有“生与欢，天之所以鸩人也”的悲剧性人生体验。其挚友徐翙曾有《哭卓珂月》七绝诗句“愿将天才文人力，齐赴天门夺子回”，惋悼他的早逝，还和沈泰一起成为了《花舫缘》的批点参评者。卓人月著有《蟾台集》、《蕊渊集》、《寤歌词》、《古今词统》（与徐翙合著）等，杂剧仅此一种传世。此剧据孟称舜《花前一笑》改编，亦参有叶宪祖《碧莲绣符》的一点情节。卓人月将孟称舜《花前一笑》中沈公佐养女的身份改为了婢女，可见二人对故事书写的维度有别。孟称舜渲染的是唐寅的诗酒风流，卓人月则借他人之酒杯，浇自家之块垒，借此抒发自己体验到的才子英雄本色、人生哀乐之情。

让我们进入第三出的曲境，看看《花舫缘》中的婢女佣来在花舫邂逅、花园偶遇之后，如何诉说期盼与才子结成连理的委曲心声：

[油葫芦] 镇日价凉簟沉沉睡思迷，闭纱窗，鼠昼窥。恰才个梦中相见了好多时，一回羞脸藏无计，一回笑靥偏多媚。正盘桓忘别去，猛跳醒又分离。问谁行生唤奴奴起？呸！原来是女墙下一莎鸡。

[天下乐] 嘱付您墙下哥哥莫乱啼，啼时甚意儿？早难道恁微虫一般有所思？我思量已是痴，你愁烦为甚的？恨只恨两愁人偏做一处栖。①

其时已有了花舫邂逅、惊鸿一瞥的一笑情缘，其时已有了花园相逢、脉脉无语的眷眷情根，情窦初开的少女，早已埋下了爱的期许和渴望，但身份的特殊、地位的可怜，都无法使她和心上人有哪怕一点点接触，更不用说表白心迹、互诉衷肠了。心上人卖身为奴的举动，更给她增添了格外的疑虑和愁苦。昨夜的一场梦让她与心上人欢会，书生的风流多情让她婉媚娇羞、流连忘返，不想却被女墙下的莎鸡唤醒，她禁不住发出了无端的抱怨与叱骂。莎鸡即纺织娘，是夏天常见的一种鸣虫。《诗

① 《盛明杂剧·初集》卷二三，《续修四库全书·集部》1764册，上海古籍出版社2013年版，第16页。

经·豳风·七月》说“六月莎鸡振羽”，莎鸡鸣叫时正是夏蚕络丝之时。而丝娟之丝常被用作思念之思的隐语。莎鸡的鸣叫搅乱了清梦，亦使人联想到少女长长的剪不断、理还乱的相思。愁疑猜想一处栖已灵俏动人，佣来痴情中所饱含的痛苦和喜悦更如抽丝剥茧一般疯长出来。

［那吒令］有一日见春舟咏诗，美飘飘绣衣；有一日遇花园俊姿，挂累累贱绨。俺瞳神不移，他行藏太奇。虚浮浮没处居，杳茫茫瞒名氏，葫芦提怎放愁眉？

［鹊踏枝］虽则是在阶墀，还则似隔天涯，眼色空调，心事难期。他丰致似垂杨拂水，俺情怀似柳絮风吹。[1]

佣来心间思忆，眼前陡地浮现出两次与才子相遇的情景：那一日是他绣衣飘飘，畅游于浩荡春风里，吟诗一叶轻舟上；又一日是他贱绨粗服，逡巡张望于花园里，失魂落魄于花枝下。两般模样、两副行藏，让佣来觉得蹊跷难解，一筹莫展。她不明白才子易名更行，入府为奴，究竟所为何来。她感到虽与才子同处花园，却咫尺天涯，可望而不可即。他的丰姿似垂杨拂水，风流潇洒，早已搅动人的情怀，让人心旌飞扬，早已如风吹柳絮，乱作一团了。

---

① 《盛明杂剧·初集》卷二三，《续修四库全书·集部》1764 册，上海古籍出版社 2013 年版，第 17 页。

〔女入见科〕姐姐，你兀自想那人哩。且问你那人有甚好处，只管想他？

〔旦〕罢了！俺意儿怎瞒得你？若问那生呵：

［寄生草］他须是风流客、锦绣姿。灌园陈仲骄齐士，当垆司马惊天子，佣舂梁子居吴地。他待学当时三个丈夫贤，我也做得过他们三个闺中事。

〔女〕他人才虽好，也则一贫如洗，怕没有强似他的？

［六幺序］笑世上婚新贵，嫁富儿。据着他一段丰姿，满腹才思，煞强似偌大家私！再休说拣名门一例相随，还只怕今生薄福无滋味，枉思量才色双宜。若能勾茑萝松柏相缘缀，有心待翻书赌茗，举案齐眉。……

［幺］似这般相思，真痴。风也难吹，剑也难施，人也难窥，我也难知。分明在门庭居止，反教咱梦魂儿别处飞。向日个水上逢伊，似交甫陈思。今日个墙内怜伊，似韩寿元微。一弄儿鬼病相贻，到头来丝牵绳系，知何地，做尽了柳泣花啼。多应是宿世情缘滞，少不得青春多恨，料还咱白首相携。①

小梅香的打趣、引逗，让佣来不经意间脱口道出了心事。

① 《盛明杂剧·初集》卷二三，《续修四库全书·集部》1764 册，上海古籍出版社 2013 年版，第 17—19 页。

欣赏他的倜傥风调，羡叹他的俊爽才情，堪比“灌园陈仲”“当垆司马”“佣春梁子”，更堪比的是，如能携手连理，佣来也愿意做一个患难扶持、见识超尘的闺阁女子。“灌园陈仲”即战国时的陈仲子，以其兄食禄万钟为不义而迁往楚国，楚王要拜他为宰相，他就与妻子连夜逃走，隐姓埋名为人灌园。“当垆司马”即大家熟知的西汉司马相如，他与文君私奔，因贫穷而到临邛卖酒，文君当垆，相如涤器，虽操劳贫穷而快乐幸福，司马相如终因《子虚赋》受赏于汉武帝而得官。“佣春梁子”说的是东汉梁鸿于京师做《五噫歌》而为汉章帝搜拿，遂与爱妻孟光避祸去吴，为人做佣工舂米为生的故事。这三位古人都是不慕权望富贵，甘愿处身下层的高尚之士。但佣来拈出这三个古人，却另有一番用意，意在表明自己不图名利、不慕荣华，甘与意中人携手并肩，一同闯荡生活的风雨。古人尚且如此，她更不在乎唐畏“一贫如洗”，她看中的是唐畏的“一段丰姿，满腹才思”，更赏识他屈就为奴、不重名分的一腔纯诚。《诗经·小雅·頍弁》有“茑与女萝，施于松柏”之句。茑与女萝，或为小灌木，或为地衣类植物，都缠绕于他木之上。依偎松柏的茑与女萝，象征着佣来渴望的相伴相守、天长地久。世间婚姻都以新贵、富儿为筹码，佣来却称果有满腹才思，煞强如偌大家私，愿与意中人“翻书赌茗，举案齐眉”，清贫相守，初心不移。佣来反而可怜起因她相思成疾、柳泣花啼的书生气，拼着青春白首，要酬这宿世情缘。很有趣的是［幺］篇里对这份难以安顿的相思的一连串比喻。风吹不走，剑无处砍，人不好揣度，己亦不明就里，梦牵着人魂飞天外。她自忖昔日花舫远游，相逢一笑，他好似汉皋台下郑交甫遇见神女，又好似赋佳句的陈思王梦着洛妃，一例是癫狂倜傥风流性。如今墙内咫尺，他却好似分香的韩寿，弄词的元微，搞得痴痴念念、柳泣花啼。这两种面孔，两种情肠，实在叫人难猜，实在让人费解。

唐寅与申佣来的一笑姻缘，明代后期曾广为流传。此剧虽以《花前一笑》改编，但却后来居上，不仅极力铺排了唐寅这位风流才子敢于打破贵贱界限，追求知己之爱的痴情之举，更饱蘸深情刻画了身卑志高的佣来不问贫贱、敢求才情的爽利性情。尤其是［六幺序］一曲，不但展示了佣来因爱的渴望而忐忑不安的心理，更宣示了她敢于自择良偶、与才子携手度人生的勇气和心性。在那个时代，一个地位卑贱的下层女子为了追求爱情所付出的艰辛和斗争，与一个满腹才华的青年男子把爱情变成现实婚姻的所作所为，是不可以等量齐观的。换句话说，正如徐翙批点此剧所云："文君自媒是千古第一嫁法，伯虎自鬻是千古第一娶法"，这一嫁一娶都被千古传唱，其内在意味却大不一样。卖身贵府、无人身自由的申佣来要跨越的外在阻力和心理障碍，比放浪不羁、才情横溢的唐寅要难上加难。没有非凡的见识、坚定的心意、敢于冒险的决绝，是冲不出来自社会、家庭的重重包围裹挟，更难以克服女性自身的弱点和惰性的。而此剧的曲词亦以新声体物写心，见作者“骚情赋骨”、亢爽个性，亦见佣来之超拔明决、英气风发。

“春波影”与“花舫缘”，剧里剧外，作者评者，两个悲喜难凭的故事，支脉交叠；画里画外，检书留影，舫上舫下，翻书煮茗，一曲情牵梦绕的衷肠，各表一枝。徘徊顾影里，生死明灭间，让人不禁扼腕叹其苦，喟然思之怜。看去一副情肠，同此一腔爱意：小青无奈，逢此凉薄，悍妇之摧，冯生之颓，孤影难凭，抑郁而亡；佣来如意，舫中笑去，事有主张，心有持力，一怀相思，酬得知己。问世间情为何物？直教人死死生生！

二十二、齐东绝倒与蕉鹿大梦

抑抑威仪，维德之隅。人亦有言：靡哲不愚，庶人之愚，亦职维疾。哲人之愚，亦维斯戾。

无竞维人，四方其训之。有觉德行，四国顺之。訏谟定命，远犹辰告。敬慎威仪，维民之则。

…………

昊天孔昭，我生靡乐。视尔梦梦，我心惨惨。诲尔谆谆，听我藐藐。匪用为教，覆用为虐。借曰未知，亦聿既耄。

——《诗经·大雅·抑》

瞻彼中林，甡甡其鹿。朋友已谮，不胥以谷。人亦有言，进退维谷。

…………

嗟尔朋友，予岂不知而作。如彼飞虫，时亦弋获。既之阴女，反予来赫。

——《诗经·大雅·桑柔》

远古的圣哲都是理想化人物，本应敛威养德，抑抑自警，承天载道，维民是则。在《齐东绝倒》里，却是舜囚尧，瞽杀人，私心虚位道不明。虞舜哲庶不分，智愚颠倒，任人唯亲，私意弃民。历来的渔樵，都站在历史之外评断人间，居于青山绿水之上闲隐逍遥。在《蕉鹿梦》中，却是朋伪诈，友不信，鹿死谁手说不清。渔樵纠结蕉鹿，患得患失，真幻不分，犹疑梦醒。虞舜的梦出离天下，而还原世情，渔樵的梦则几番重演，返归俗争。

可以先进入《齐东绝倒》的地界，宫里宫外，去见识不一样的虞舜。

吕天成的《齐东绝倒》一剧计南北曲四折，写已禅位的唐尧率四岳百揆朝见舜帝，司刑的皋陶、尧子丹朱、舜弟象、子商均、父瞽瞍也前来朝见。朝见前，唐尧先述说了几件不为人知的帝王隐私：舜居尧宫时曾苦逼尧子丹朱；尧、舜同为黄帝之后，尧却以两女娥皇、女英嫁舜，论起辈分，二女应是舜的姑婆了；虞舜还曾囚禁过唐尧。紧接着，舜弟象交代了昔日自己图谋家产、垂涎嫂嫂，曾伙同爹娘迫害哥哥。瞽瞍也回忆了自己自恃为天子之父，杀死典乐夔的儿子胄子。朝见后，皋陶奏瞽瞍杀人事，舜虽交由皋陶发落，但他既不想处死父亲，又不愿枉法，窃拟微服负父，逃往荒僻海滨。娥皇、女英虽百般阻拦，舜还是悄悄负父出逃。当唐尧派象和商均追到海上，舜已爱上了长天松涛、碧海流云，抛弃了家国愁夫妻恨，唯愿海上怡然快活，弃天下如敝屣了。最后，舜之后娘到东海一顿哭骂撒泼，虞舜才无奈回朝。百官迎接，皋陶请罪，唐尧也曲言回护，虞舜才释怀，重登皇帝宝座。

此剧作者竹痴居士，即吕天成（1580—1618），原名文，字勤之，号棘津，别署郁蓝生，明绍兴府余姚（今属浙江）人。作传奇初尚绮丽，后师沈璟而作风一变，字句平仄守法甚严。王骥德《曲律》叹惋其“风貌玉立，才名籍甚，青云在襟袖间，而如此人曾不得四十，一夕溘逝，风流顿尽”。所著《曲品》与王氏《曲律》号称明人论曲“双璧”，为研究明代戏曲和中国戏曲史的重要参考资料。小说有《绣榻野史》《闲情别寄》两种，戏曲有《烟鬟阁传奇》十五种，杂剧二三十种，今仅存《齐东绝倒》一种，为《盛明杂剧》初集卷三十收录。

《齐东绝倒》一剧，当是据《竹书纪年》“昔尧德衰，为舜所囚”之意，杂取《尚书》《史记·五帝本纪》《孟子·万章》《孟子·尽心》等记载演绎而成。《孟子·万章》有咸丘蒙问曰：“语云：‘盛德之士，君不得而臣，父不得而子。’舜南面而立，尧帅诸侯北面而朝之，瞽瞍亦北面而朝之。舜见瞽瞍，其容有蹙。孔子曰：‘于斯时也，天下殆哉，岌岌乎！’不识此语诚然乎哉?”孟子曰：“否。此非君子之言，齐东野人之语也。”《孟子·尽心》记载：桃应问曰：“舜为天子，皋陶为士，瞽瞍杀人，则如之何?”孟子曰：“执之而已矣。”“然则舜不禁与?”曰：“夫舜恶得而禁之？夫有所受之也。”“然则舜如之何?”曰：“舜视弃天下，犹弃敝蹝也。窃负而逃，遵海滨而处，终身欣然，乐而忘天下。”《齐东绝倒》当时参考诸书，由此写成一幕瞽瞍杀人获罪、舜负父而逃的故事，以齐东野人之语掀翻前人，笑倒后人。

作者自比于齐东野人，以虞舜枉法、皋陶宽宥的游戏笔墨，敷衍帝王家事，调侃前贤先圣，看似荒诞不经，实则对儒家孝亲之举，以及与之相联系的儒教信条和伦理规范，予以了尖刻讥刺，真可谓翻倒内囊，尽显败絮。正如西湖竹笑居士就此剧第一出写下的眉批：“此剧几于谤毁圣贤矣。子舆已开唐人小说之祖，小说复开元人杂剧之祖，何妨附此一种诙谐，聊作四书一笑。”[①] 在这一场历史性的朝见前，在唐尧的回忆中，尧舜的天下这一笔烂账被抖搂出来。作者一边借角色之口抖搂帝王家丑，一边又解构说“这是司马迁造出来的”，难怪西湖居士批语云：“史如腐迁捏造且多，何况后来作者子舆氏，尽信书不如无书，二语恰与咸秋桃应互发，腐儒训诂痴人前，真说梦不得。”[②] 倒是第一折前的题诗有“皋陶拿不着杀人的贼，商均

① 《盛明杂剧·初集》卷三十，《续修四库全书·集部》1764 册，上海古籍出版社 2013 年版，第 1 页。

② 《盛明杂剧·初集》卷三十，《续修四库全书·集部》1764 册，上海古籍出版社 2013 年版，第 4 页。

赶不转朝子的翁。傲象饶不过禅位的帝，嚚母放不下逃海的农”，谈笑中煞有痛哭流涕之感慨了。

第一折故事起，当百官退下，皋陶迟迟不肯离去，舜问起来，皋陶说有事禀报：

[南园林好] 论大辟杀人理穷，是瞽瞍加刑任公。〔生作惊状〕瞽瞍杀人了，这怎么好！〔末〕奏请圣裁操纵，拿下狱怎容松？桁杨里几时空，桁杨里几时空。

〔生〕全父者我之心，执法者尔之职，且自凭你。〔末〕谢帝恩。〔末下〕〔生〕吾父顽性，犹然杀人，奈何奈何？

[北沽美酒带太平令] 愁无计，心自忡。愁无计，心自忡。如狼噬老龙钟。（我有道理，窃负而逃，处于海滨，也罢了）做舍出宫，花春色浓，快捕逃眼又盲，忙趋负此蛩蛩，这天下要他何用？望海滨缥缈空蒙，没爹子便生皆梦，有位儿欲留徒恸。我呵，且索去云峰海东，长受得狐踪鬼烽，似深山野人闲咏。①

皋陶报的不是朝政大事，却是瞽瞍杀人的惊天大案，父亲顽劣杀人让虞舜惊恐不安。当皋陶请求圣上公断了案，披枷带

① 《盛明杂剧·初集》卷三十，《续修四库全书·集部》1764 册，上海古籍出版社 2013 年版，第 8 页。

锁投大狱，问罪如律惩凶恶时，虞舜给了皋陶一个模棱两可的态度——我有心保全父亲，你有责严正执法，你看着办吧。或许是缓兵之计，支开皋陶后，虞舜很快心生一计，要得父亲免受刑罚，唯有偷偷背着父亲出逃，没爹哪有我，有位唤奈何？两相比较，还不如撇下王位天下，去海东尽孝全父。

娥皇、女英听说虞舜要偷偷背着父亲逃跑，首先想到的是，傲象要思为帝，自家性命难保，虞家天下怎好，而不是舜的安危和夫妻情分；并“出谋划策”，想李代桃僵，让傲象“窃负而逃”；对虞舜要弃天下而救瞽瞍发出“真个痴也”的嘲骂，又请求虞舜让皋陶赦免瞽瞍作罢。而外扮的瞽瞍上场，在仓促逃亡之际，竟然说出“若你不做帝，我也不敢杀人”的话，可见瞽瞍竟然仗着儿子做了皇帝，强横滥杀，为所欲为。舜在几面夹攻之下，愁闷无端，唱：

［北红绣鞋］虽则是随着俺风儿忙倒着舵，也须防小民臣子暗谯诃。我怎肯将他僝僽反操戈。顾不得凤楼幽梦远，又何惜鱼幅好音讹。（我的孝心，苦了半世，下梢来才结果）。①

一国之君皇权在握，生杀予夺当不在话下，但虞舜却如此

① 《盛明杂剧·初集》卷三十，《续修四库全书·集部》1764 册，上海古籍出版社 2013 年版，第 11 页。

忌惮民众呵骂，为了尽孝心避免同室操戈，国不要了，家也不想要了。正当虞舜思忖如何背父出逃之际，没想到报子搜拿案犯，拿不到瞽瞍，竟然搜到帝宫里来了，安排下“势剑铜鐁”，气势汹汹要“碎剐零磨”。虞舜将计就计一边悄悄把父亲藏好，一边差找遍王畿内外不得的探子外出寻拿。情势危急，虞舜干脆撇下娥皇、女英，要把二十年前锄田掘井的气力抖擞起来，“在朝天子下銮坡”，哪怕前路多跌磕，决意负父外逃。

虞舜逃走后，唐尧差人去赶，皋陶把刑具都封起，说再不敢杀瞽瞍了。朝中乱成一团，都说：“国不可一日无君”，要推伯禹做帝，伯禹逃到阳城去了，伯益说烧山把舜烧出来，稷、契说不出来烧死的也有，使不得。羲和冷笑，说观天象，帝子在牛女之间，在扬州东边、越人海上。准备找人去追，商均不喜，且去找傲象计较，而傲象正在没天理地计较天下得失。傲象与商均侄儿说话间，竟然议论：“他（唐尧）有了天下，苦苦不要，让于人，人又不要，方才禅与我哥哥。哥又不是要天下的人，白白的把两个女儿都嫁与他，他又只顾爹，丢了天下逃走。”竟全是唐尧老儿不是，要“桀犬吠尧”背后骂人。有趣的是，此际补入的一段山中逸事，恰好与这乱纷纷人间形成了对照：末扮子州支伯、老旦扮善卷登场，他们不要舜给的天下，在深山隐居自乐，清溪绿树下醉卧，许由在箕山为帝王师，都被他们嫌弃，酒食闲乐都不约他了。这一干人看见虞舜靠近，却避而不见，远远归去了。虞舜逃难途中见一农夫，竟然也是当初舜要让与天下的同耕之旧友，借宿都被“石户良朋”嫌弃——“这样人，以天下自累的，我怎好与他说话”。遭受冷遇的虞舜只得暂且将息，天明再打叠行程。当朝中遣使追至，虞舜到了东海之上，顿时“不管国家愁，也不管夫妻恨”“立帝封功，任他争闹”，惊觉“救出几死人儿活半生”，“永世脱撄宁”。

如此写来，在第四折里，书写的重心更多放在了虞舜心灵自省过程的剖解上。舜逃到海滨后，沉醉于天风海涛的安闲欢悦之情，又念及家国不能两全，苦闷愁吟：

〔生扮舜引外走上〕〔生〕几日来与老亲海滨遵处，终日悠闲，好乐也呵！

［仙吕北点绛唇］大海嘘涛，远山独眺霜天晓。自在逍遥，记不起闲烦恼。

〔外〕我儿！你当初由农陟帝，好不荣贵。如今因我又做农了。〔生〕舜虽为帝，何尝不念畎亩之中。

［北混江龙］空惭不肖！历山数载自悲号。栖身田泽，混迹渔樵。三十鳏夫非抱恨，一双弟妹正无聊。荐贤四岳，觅配多娇。半生尘土，两鬓霜毛。莽山川解不得俺心忧，好宫阙讨不得爹行笑。梦回成幻，老去谁招？

…………

［北寄生草］非是我辞尊位，也都因犯法曹。为官的

讯罪难虚料，为君的御众难私拗，为儿的爱父难推调，因此上一心儿舍命去迢遥。怎禁得诸臣们苦死来求告。①

舜遵从父命来到海上，镇日欣赏海风松涛、金秋景色，逍遥自在，完全抛开了过去儿女家私、权势利欲的烦恼，心情无比宽松愉快。经父亲提醒，他还追恋起早年在历山躬耕垄亩、潜心务农、体贴民生的生活：那时或躬耕于田亩，或渔樵于山水，三十未婚也无所谓，弟弟妹妹天真活泼也开心，多么值得怀念哪！想及此，虞舜不禁大呼：惭愧呀，您这不肖之子！一旦做了皇帝，忙不迭地招揽天下贤良，挑选文官武将，还要三宫六院地把嫔妃选进宫来。半生劳碌，两鬓染霜；到头来落得个孤家寡人，累及父母；到头来落得个忠孝两难，狼狈逃窜。如果不能享受生之快乐，不能体贴一个人应该拥有的最基本的天伦之情，帝位权柄于我何益？即使身为万乘之尊，即使拥有江山社稷，如果不能为生身父母尽孝，让他们在有生之年过上舒心惬意的日子，人生还有什么生气和意趣？这真是多大的江山也解不了俺心中忧患，多美的宫殿也讨不到爹娘的笑脸。如今梦醒了，一切都成过去，否则后悔也来不及了。

虞舜在海滨自然风光的陶洗之下，心灵次第展开了一幅幅异

---

① 《盛明杂剧·初集》卷三十，《续修四库全书·集部》1764 册，上海古籍出版社 2013 年版，第 24 页。

样的风景：一则是荣华在握而忧患难平的赫赫大帝，一则是栖身畎亩、陶陶而乐的农夫渔父；一面是苦涩不堪的帝业回忆，一面是东海之滨父子悠闲的海天游赏。大起大落的人生变幻、“由农陟帝”又弃帝而农的戏剧性经历，使得虞舜真正感到：普通平民的身份和自食其力的生活，才更符合天伦人性，而天子圣贤，却逆亲失睦、灭伦悖理，帝位权力真乃人生的不幸、心性的荼毒！剧作虽因嚚母责骂、舜归帝位而收束于大团圆结局，但虞舜这一段自我省思的心路历程，与坐拥万乘、攫取权力的帝王生活不同，却揭开了帝王戏书写的另一维度——期望解脱权力辖制人心的帝家生涯，恢复做人的天真淳朴和自然本性。

《齐东绝倒》是吕天成唯一传世的杂剧作品，其曲辞符合人物声口，语言本色而充满机趣，在每一折首尾以大量对白连缀场面的功夫也很老到，思想立意颇高。剧中的虞舜已非勤政爱民、德行高洁、选贤任能、惩恶扬善的圣君，皋陶也不是明刑弼教以化万民的贤臣。作品一面借朝见前后其他人物的表演及笑谑，直言不讳冒犯儒家经典、古圣先贤，将儒教纲常的绝对权威和伦理信条撕碎，极尽讥嘲之能事，抖搂出淋漓的渎圣锋芒；另一面，又通过虞舜朝见中的局促不安和出逃之举，流露出浓重的悯圣意识：在位而不能全父，拥有天下社稷、至尊帝力，而不能享受起码的家庭生活快乐；弃位方得保全天伦亲情，并能重温渔樵耕钓、天性自然的生活。祁彪佳《远山堂剧品》称此剧："错综唐虞时人物事迹，尽供文人玩弄。大奇！大奇！"它与明代中期出现的一批文人抒怀写愤剧，如《真傀儡》《霸亭秋》《男王后》《一文钱》《郁轮袍》《渔阳弄》等作品一起，记写文人，编排历史，却与现实切合。渎圣与悯圣意识的交织，构成了此剧鲜明的时代色彩，昭示了带有梦幻色彩的理想意识和时代精神。

再来到车任远《蕉鹿梦》的水边，梦里梦外，来观想大不乐的渔樵。

《蕉鹿梦》一剧六折，作者车任远根据《列子》内容，撰出山神鬼使牵鹿设法、点醒世人好财无异于禽兽的故事。樵夫乌有辰连绵雨后上山砍柴，偶得一鹿，藏之干水池中，并覆之以蕉叶以防人看见。后来他却忘其所在，疑为梦境，归途中曾向渔人魏无虞打听并诉说梦中所见之事。魏无虞舍舟登岸，发现死鹿，载回家中，并向妻子诉说了樵夫做梦打鹿、自己捡到真鹿的事情。乌有辰失鹿回家，夜来又梦见藏鹿之处，并在梦中看见渔人魏无虞将鹿拿去。次日乌有辰寻路讨鹿，来到东村魏无虞家，为人本分的魏无虞见乌有辰言之凿凿，答应还鹿。不想乌有辰却陡起贪诈机心，讹诈索要两头鹿。两人争执不休，闹到衙门。经士师、国相评判，认为"世事原如梦，人生太认真"，最终将鹿平分给二人。这个真幻错杂、扑朔迷离的故事，主要通过真似梦、梦幻真的情节，梦幻感悟的结局，寓意人间世事的颠倒虚妄，以点醒世间贪恋财货、尚气角力者。

《蕉鹿梦》作者车任远（生卒年不详），名祝齐，字远之，号柅斋，别署舜水蘧然子，上虞（今属浙江绍兴）人。蔚有才情，结撰亦富，生卒无考，万历间（1573—1619）在世，曾与徐渭等仿竹林七贤逸事结为社友。有杂剧五种，其中《蕉鹿梦》《高唐梦》《邯郸梦》《南柯梦》，合称“四梦记”，吕天成列《曲品》之“上中品”，今仅存《蕉鹿梦》一种。另有杂剧《福先碑》、传奇《弹铗记》等。著有《知希堂稿》《濯缨集》等。《蕉鹿梦》为《盛明杂剧》二集卷二十七收录。

《蕉鹿梦》本事出于《列子·周穆王》：“郑人有薪于野者，遇骇鹿，御而击之，毙之。恐人见之也，遽而藏诸隍中，覆之以蕉，不胜其喜。俄而遗其所藏之处，遂以为梦焉。顺涂而咏其事，傍人有闻者，用其言而取之。”这从本剧第一折之前的题诗即可看出：“列子寓言纸上，樵人得鹿隍中。不是士师分剖，谁教国相折衷。”

在第一折里，山神出场，簇拥着白额侯、沧浪君、六雄公、玄丘尉，借列御寇仙师动问，随缘说法，为众生解迷：“如今世人好财，何异兽之逐食，投骨于地，则群犬狺然。弱肉可欺，则众强麇至。”遂设局幻化，让乌有辰射鹿藏隍，又自家迷惑，与渔人魏无虞争执强索，以渔樵话揭破人生“闲戏耍”。正如西湖林宗氏在此处［西江月］一曲处眉批云：“尝诵谢灵运咏梦诗云：意状盈眼前，好恶迭万变。乃悟觉时反不如寐时，历历皆真，何但蕉鹿。”①

此剧第二、第三折话分两头，一个往下走，渔人自在水中打鱼；一个往上行，樵人自在山上砍柴。原本不可能碰面的渔、樵，却因为蕉叶覆鹿而有了奇异的交集。

在第二折里，渔人夫妻以渔父生涯自得自乐，唱道：

> ［黄莺儿］〔生〕钓誉果何情，向沧州寄此生。浮家泛宅悠然兴，东海也不经，磻溪也有争。何如我轻舠一叶无名姓。〔合〕好忘形，尘劳世事，有耳与谁听。②

弃名弃利，浮家泛宅，忘形忘影，轻舟上下，正是人间无日不风波，世网哪如一钓蓑。

在第三折里，樵人出场了。樵夫终日砍柴为生，辛苦磋磨，突遇只鹿，以为意外之财到手，打倒后用蕉叶覆盖，本待砍柴完了挑回家去，却找不到鹿了，百思不得其解，以为自己在荒草坡做了一个梦。归途中遇见渔人，他竟然向渔人诉说梦境一般的寻

---

① 《盛明杂剧·二集》卷二十七，《续修四库全书·集部》1765 册，上海古籍出版社 2013 年版，第 1 页。

② 《盛明杂剧·二集》卷二十七，《续修四库全书·集部》1765 册，上海古籍出版社 2013 年版，第 4 页。

鹿，被渔人嘲笑："痴人，是你自己做的梦，怎么问我?"樵人越发迷惑，搞不清楚今日之身到底是在梦里，还是在醒着，央求渔人拿竹篙打他一下，以解"难不成砍柴也是梦"的疑惑。不想渔人打鱼不得，本待拾些堕樵，却意外发现了蕉叶覆鹿，一面感叹樵人明明打了鹿却说是做梦，一面却自家拿去舟中了。

第四折里，渔人夫妻的一段对唱对演，第二次提起似梦非真的话题：

> [前腔]〔生〕他非熊成象，我获麟如响。任他秦鹿存亡，那论楚弓得丧。且凭将横来，且凭将横来，好似功收鹬蚌，巧张罟网。细思量，腐鼠真成误，神龟合见祥。
>
> …………
>
> [前腔]〔旦〕迷真作妄，幻虚成诳。凭谁忘却筌蹄，忽自眩为梦想。你向隍中取回，你向隍中取回，岂由天降，定非鼎养。试参详，海客鸥从泛，雕陵鹊异常。
>
> …………
>
> [前腔]〔生〕空空生障，非非成想。如何逐在林中，我自知之濠上。据而今醒时，据而今醒时，但问六占不爽，一心无枉。细思量，狡穴从藏兔，多岐恐丧羊。①

① 《盛明杂剧·二集》卷二十七，《续修四库全书·集部》1765 册，上海古籍出版社 2013 年版，第 9 页。

在这一折里，渔人想到自己是个海边做营生的渔夫，原本不会得到牛羊等山上兽物。他笑着向妻子解释钓鱼之处遇樵夫问到梦里打鹿一事，前脚还在嘲笑樵人痴人说梦，后脚崖边拾柴就看到了蕉叶覆鹿。他得鹿成幻，我见鹿成真，如此巧合，也合着我鹬蚌相争之后坐收渔翁之利？虽然可能是幸运嘉祥之事，但也不知那人是梦是真？妻子听了丈夫一番解释，也不明个中因由，追问丈夫到底是真有樵夫，还是你梦见樵夫。进而觉得此番得鹿境况，妄念成诳，并非嘉祥。渔人却觉不必过虑。梦打鹿而失鹿，空空生障；无梦意而见鹿，非非成想。得鹿是实，管他彼梦我梦什么梦呢。

而樵人乌有辰在似梦非梦中当真做得一梦，梦见他打的鹿被东村魏无虞拿去了。他不相信这也是梦，径自寻到溪水舟边，这就到了第五折，乌有辰与魏无虞为寻鹿而发生争执的地方。

[水底鱼儿]〔丑上〕梦觉相寻，纷纷役此心。何如无梦，得失总无因。

…………

[苦歧婆]〔丑〕终朝寻趁，狐疑自哂，昨宵谛审，梦魂堪讯，怆惶欲攫市中金，依稀且辨楼成蜃。

…………

[水底鱼儿]〔生应上〕得鹿何心，归来恐未真。缘知梦里，觉后费追寻。

……〔见鹿，背云〕这人是本分的，且待我诈他一诈。〔回云〕我有两个鹿，怎么只是一个了？〔生〕为何有两个？〔丑〕我梦中打一个，是昨日寻不着的；昨日真打这一个，是夜来梦见的，岂不是两个鹿？〔生〕你这人真是做梦。打时节是真，忘记了是梦，总是这个鹿，怎的赖我两个？〔丑〕倒说我是做梦。若不是梦中打一个，我昨日不该做梦，若不是真打一个，你昨日不该拿回。定要还我两个才罢。〔生怒介〕你昨日问我时节，已认得我了，假托做梦来欺赖我，这鹿是我自打的，你自去寻那梦中打的。

［大迓鼓］〔生〕无端起祸因，把梦熊为衅，封豕相侵。（自古道：昼之所为，夜之所梦。你昨日已自要赖我了）你凭将刍狗虚来窘，岂料冰狐实可嗔。（我自渔人，你自樵人，有甚干涉）我自临渊，汝还负薪。

…………

［前腔］〔丑〕须当辨假真，把狙公且禁，狼子还驯。（自古道：赤脚的赶鹿，着靴的吃肉，你也只是个钓鱼的么）你羊裘漫自夸鱼乐，狸德从知有兽心。（只有樵夫打得鹿，不信你渔翁去拿得鹿，少不得官府也是明白的）你自探渊，咱须采薪。①

① 《盛明杂剧·二集》卷二十七，《续修四库全书·集部》1765 册，上海古籍出版社 2013 年版，第 9—12 页。

樵夫乌有辰得鹿如梦、寻鹿如醒，这得失蹊跷搅扰得他心绪不宁。为这意外得来一物，他思前想后、狐疑自忖：难道得财心切，偏巧生幻？难道横财招惹，原是空虚？他怎么也搞不明白，为什么会得鹿似梦非真、失鹿似真非梦。正当他四处寻觅，来到东村口时，却发现所见屋宇正如梦中布置，甚是诧异。征询魏无虞，方知昨日非梦，的的确确打得一头鹿。索要来也就了了，可乌有辰却诈念顿起，贪欲障眼，耍起无赖，咬定索要梦到和打到的两个鹿，惹得魏无虞怒从心起，心有不甘。于是魏无虞毫不客气责备起樵夫乌有辰对自己的栽赃来。飞熊入梦，典出《史记·齐太公世家》，是说周文王卜遇吕尚事，本来指的是帝王将得贤臣辅佐的征兆；这里用来形容乌有辰“得鹿忘义”，反将梦鹿作为挑衅的理由。封豖，本义是大猪，喻指贪婪横暴的家伙，这里借以形容强横贪婪的乌有辰。刍狗，是草扎成的狗，一向被视为轻贱无用之物，渔翁借以指那只死鹿。渔翁魏无虞以刍狗为喻指责樵夫乌有辰搬弄抵赖，实在不知尴尬羞耻，又表白自己如冰狐自洁，哪能遭此平白枉诬，今后我打我的鱼，你砍你的柴，再无干系。而乌有辰见他连先前那头鹿也不还了，自己就要落得竹篮打水一场空，气急败坏指鼻子骂脸，对魏无虞进行攻讦，摆出一副决不善罢甘休的样子，百般纠缠要让官府辨明真假。狙公，本意是指那个朝三暮四的养猴人，这里比喻赖鹿不还反复无常的魏无虞。乌有辰讽刺魏无虞，既然穿起了羊皮袄，就不要再假托清高、卖弄遮掩，还侈谈什么观鱼之乐？狐狸从来贪婪狡诈，冰狐哪能自守清白？你打你的鱼，我砍我的柴，打鱼的怎可能猎到鹿，这样的事官府也会搞明白。因失鹿的不忿，乌有辰甚至忘了自己因贪财欲望而起的诈骗行径，一定要到士师那里去讨个说法，还要教训一下这个他认为夺鹿赖鹿、贪馋刁蛮的人。

作为一部寓言剧，此段通过渔樵之间的互相攻讦，把原本没有多少意趣的争鹿事件敷衍得有声有色、耐人寻味。两个人物，渔翁魏无虞和樵夫乌有辰真假依倚、善恶交织的心理，也刻画得切实逼真、出神入化。这一场红尘纠纷，让局中人暴露了本性，揭示了人在贪欲妄念支配下扭曲的灵魂；这一场真幻风波，让局外人悟出了真谛，启发世俗之人于热闹处淡漠世心，莫争蜗角之利。这一番梦觉相寻，不但以事娱人，且以理悟人，以趣化人。吕天成《曲品》说：“蕉鹿梦，甚有奇幻意，可喜。”明林宗氏眉批也说：“人能于梦晓梦，而不能于梦晓觉，是故终身游于大梦而不知觉也。于梦晓梦者，其唯至人乎？请以问之泠然御风者。”都道出了此剧梦觉相寻、借幻求真、悟世成人的用意。

蕉叶覆鹿的典故，古人诗文多有引用。如明代诗人王守仁有诗《书庭蕉》云：“檐前蕉叶绿成林，长夏全无暑气侵。但得雨声连夜静，何妨月色半床阴。新诗旧叶题将遍，老调疏桐恨传深。莫笑郑人谈讼鹿，至今醒梦两难寻。”《红楼梦》第三十七回《秋爽斋偶结海棠社》，大家提议诗会须有别号。探春是“梧桐芭蕉尽有”的秋爽斋主，所以她说：“我最喜芭蕉，就称‘蕉下客’罢。”众人都道别致有趣，黛玉笑道：“你们快牵了她去，炖了脯子吃酒。”众人不解，黛玉笑道：“古人曾云‘蕉叶覆鹿’，她自称‘蕉下客’，可不是一只鹿了?”理解了这个典故，才能真正欣赏林黛玉的诙谐巧妙。而林黛玉口里的“蕉叶覆鹿”典故，明笔是打趣探春，暗笔则映衬着后文宝玉“芭蕉雪里埋”的结局。

令人绝倒的是，帝王梦中，唐尧禅位，虞舜逃位，伯禹避位，耕人却位，却天下烂账无倒断，纷纷家事乱如麻；让人细思的是，渔樵梦里，樵人得鹿，渔人见鹿，疑梦失鹿，入梦寻鹿，却谁人在真谁在幻，蕉鹿大梦一场空。正是：“阿堵由来说有神，无明从此又生因。为看蕉鹿终何在，到底都如梦里人。”①

---

① 《盛明杂剧·二集》卷二十七，《续修四库全书·集部》1765 册，上海古籍出版社 2013 年版，第 16 页。